11.5

어서 오세요 실력지상주의교실에 **키누가사 쇼고** 지음
토모세 슌사쿠 일러스트

조민정 옮김

이치노세 호나미

"뒤돌아보지 말고
그대로 들어줬으면 해."
라고.

"잠깐."

케야키 몰의 카페에서
돌아오는 길에 호리키타가 날 불러세웠다.
내가 뒤를 돌아보려 하자,
호리키타는 이런 말을 꺼냈다.

11.5

어서 오세요 실력지상주의교실에

어서 오세요
실력지상주의 교실에
11.5

키누가사 쇼고 지음 | **토모세 슌사쿠** 일러스트 | **조민정** 옮김

c o n t e n t s

P011   **소녀는 거울 속의 자신을 들여다보았다**

P016   **졸업식**

P113   **데이트하기 좋은 날**

P132   **방황하는 어린 양**

P214   **오빠가 동생에게**

P267   **마츠시타의 의심**

P319   **막이 오른 청춘**

○소녀는 거울 속의 자신을 들여다보았다

오늘은 3월 31일.

그 사람── 오빠가 이 학교에 있는 마지막 날이다.

"엉망이네."

거울에 비친 내 얼굴은 어딘지 침울하고 어두웠다.

어제 거의 자지 못해서 그런 거겠지.

이 학교에서 내가 오빠와 대화를 나눈 시간이 과연 얼마나 될까.

일 년이나 있었지만 분명 몇 시간도 채 되지 않을 것이다.

너무도 흐릿한, 친구만도 못하다고 야유받아도 할 말이 없는 얕은 관계.

오빠와 동생. 도저히 가족으로 보이지 않을 만큼 가깝고도 먼 존재.

"이대로 오빠와 헤어져도 괜찮아?"

거울 속의 나에게 물었다.

당연히 대답은 돌아오지 않는다.

그저 어두운 표정인 내가 나를 물끄러미 바라보고 있을 뿐.

무엇을 호소하는지는 굳이 눈동자를 들여다보지 않아도 알 수 있다.

오빠에게 하고 싶은 말은 산더미처럼 많은데.

이대로 헤어져도 괜찮을 리가 없다.

그렇게 생각하는 사이 일 년이 흘렀다.

결국 대화할 시간을 만들지 못했다.

하지만…… 지금은 다르다. 이제 오빠를 똑바로 마주 볼 수 있으니 당당하게 만나면 된다.

당당히 만나서, 마지막 인사를 전하면 된다.

"……아니, 못 해."

지금의 나는 이별 인사를 할 자격조차 없다.

나와 오빠의 관계에 변화가 찾아오긴 했다.

이제 오빠 앞에 설 수 있게 되었으니까.

하지만…….

지난 일 년 동안 나는 오빠에게 성장하는 모습을 거의 보여주지 못했다.

이대로 헤어지면 분명 오빠는 기뻐하지 않겠지.

오히려 무능한 여동생을 걱정하기만 할 거다.

그런 기분으로 오빠의 빛나는 3년을 끝낼 수는 없다.

차라리 만나지 않는 게 낫지 않을까.

그런 생각을 해버리고 만다.

내 멋대로 굴다가 오빠를 곤란하게 만들면 안 되니까…….

"아니야. 그렇지 않아. 그렇게 해도 될 리 없잖아?"

다시 거울에 비친 자신에게 물었다.

나는 아무것도 보여주지 못했다.

그렇다고 해서 도망치는 게 정답은 아니다.

나는 괜찮다고, 자신감을 가지고 오빠에게 전하면 문제는 해결된다.

그런데 무슨 수로?

어떻게 하면 되지?

이제 남은 시간이 없는데.

나의 어리석음을 좀 더 일찍 깨달았더라면.

입학 직후에 알았더라면.

"지나간 일을 후회해봐야, 아무런 의미도 없는, 거지……."

시계는 오전 8시를 가리키고 있었다.

오늘 정오 무렵이면 오빠는 이곳을 떠난다.

"어떻게 해야―― 어떻게 해야 해?"

있는 그대로의 내 모습을 보여주면, 그거면 충분하다고 생각했었다.

하지만 지금의 나는, 나이면서 내가 아니다.

오빠만 바라보고 달려왔던, 정말 어리석었던 여동생.

거울에 비친 내 모습은, 과거의 내 모습과 겹쳐 있었다.

"나는…… 도대체…… 누구야?"

그렇다.

거울에 비친 나는 나이면서 내가 아니다.

"……가짜."

지금의 나는 가짜다.

돌이켜 생각해보면 나는 인생의 절반 이상을 가짜로 보내왔다.

진짜 나를 감추고 계속 거짓으로 살았다.

'오빠가 바라는 여동생'으로 있으려고 한 가짜다.

외모도 인격도 성적도, 전부 오빠를 위한 것.

오빠에게 인정받기 위해 만들어진 가짜.

그런 가짜로는 오빠에게 인정받을 수 없는 거였는데.

아니, 그렇지 않아. 지난 몇 년간의 나는 틀림없는 나였다.

가짜라고 부를 수는 없다.

짧은 인생이었다고는 하나 반생을 함께해온 진짜 내 모습이었다고 할 수 있다.

그렇게 산 것을 후회하지도 않는다.

하지만…….

"내가 보여주고 싶은 건……. 정말로, 오빠에게 보여주고 싶었던 건——."

내가 그에게 보여줄 수 있는 단 하나.

그것을, 지금 본 듯한 기분이 들었다.

"……고마워. 가짜 그리고 틀림없는 진짜 나."

거울을 향해, 나를 향해, 나는 머리를 숙였다.

긴 머리카락이 찰랑거렸다.

나는 다시 고개를 들어 거울에서 눈을 뗐다.

과거의 나와 마주하는 것은 이것으로 끝.

시간이 없다.

내가 반드시 해야만 하는 것.

최후의 순간에야 깨달은 것.

오빠가 마음 편히 여행을 떠날 수 있게 해주는 마지막
선물.

○졸업식

3월 24일, 졸업식.

3학년들이 모든 과정을 끝내고 마침내 여행을 떠나는 일대 이벤트 날.

다른 재학생들에게는 단순한 통과 의례에 지나지 않겠지만, 개인적으로 볼거리가 있다.

우선 궁금한 것은 호리키타의 오빠와 나구모의 대결 결과다.

마지막 순간까지 경합을 펼친 결과를 아직 듣지 못했다.

호리키타의 오빠는 A반으로 졸업할 것인가, 아니면 나구모의 개입으로 실패했을 것인가.

사실 결과는 쉬는 날이었던 어제 이미 나왔겠지만, 나는 할 일이 있어서 방 밖으로 한 걸음도 나가지를 못했다.

어느 쪽이 됐든 오늘은 알 수 있겠지.

단순히 졸업식이란 게 어떤 건지도 궁금하기고.

졸업식이든 종업식이든, 처음 해보는 일은 저절로 가슴이 뛴다.

등교 시간이 다가오자 나는 문단속을 하고 학교로 출발했다.

"안녕."

엘리베이터에서 마주친 케세이가 인사하자 나도 가볍게

대답했다.

다른 반 학생도 몇 명 있어서 딱히 잡담을 나누지 않고 그 대로 조용히 로비를 빠져나와 둘이 나란히 걸었다.

"어떻게 올라간 C반인데 1학년 막바지에 다시 반납이라니. 그래도 생각했던 것보다 타격은 덜 입었어."

그런 케세이의 중얼거림이 맑은 하늘로 빨려 올라가듯 사라져갔다.

1학년 마지막 특별시험에서 진 우리 C반은 다시 D반으로 전락하는 전개를 맞이했다.

적어도 학생들은 충격을 받았겠지만, 그나마 다행인 것은 대전 상대가 A반이었다는 점. 그리고 프로텍트 포인트를 가진 내가 사령탑이었던 게 완화제 같은 역할을 했다는 점이다. 져도 어쩔 수 없다고, 또는 선전한 것만으로도 훌륭하다고 포장할 수 있었다.

그리고 D반으로 다시 떨어지긴 했지만, 반 포인트의 증감만 보면 결코 나쁜 수치는 아니었다.

3월 하순의 잠정적인 반 포인트
사카야나기가 이끄는 A반 – 1,131포인트
이치노세가 이끄는 B반 – 550포인트
호리키타가 이끄는 C반 – 347포인트
류엔이 이끄는 D반 – 508포인트

이 숫자는 3월 하순 기준이다.

반 포인트는 보통 매달 1일에 정산하여 반영하므로, 말하자면 아직 우리는 D반이 아니라 C반인 셈이었다.

포인트로 보면 류엔 쪽은 B반과 거의 비슷한 반 포인트를 가지고 있다. 이 포인트 그대로 다음 달 4월 1일을 맞이하면 반에 변동이 생기겠지.

하지만 이 학교에서는 다양한 상황이 반 포인트에 영향을 준다는 점을 잊어서는 안 된다.

성실한 학생이 많은 이치노세의 반과 빈말이라도 우수하다고 말하긴 어려운 류엔의 반.

아마도 사생활 등 다른 요소 때문에 반 포인트에 차이가 더 생기겠지만, 어쨌든 지금 B반 애들은 간담이 서늘할 거다.

그나마 지난 일 년 동안 이치노세가 B반을 사수한 게 다행이라고 할 수 있다.

그러나 이치노세와 류엔의 차이는 고작 42포인트.

다음 특별시험에서 류엔이 B반까지 올라갈 가능성도 작지 않다.

그렇게 놓고 보면 D반으로 돌아간 우리는 홀로 크게 뒤처진 것 같지만, 잊어서는 안 되는 건 작년 4월과 5월 시점의 반 포인트다.

작년 4월에는 모든 반이 똑같이 1,000포인트로 시작했다.

A반이어서 유리한 것도, D반이어서 불리한 것도 없었다.

지금 와서 생각해보면 그때 잘 버티는 게 최대의 기회였던 건데…….

하지만 우리 D반은 한 달도 채 지나지 않아서 모든 반 포인트를 탕진했다.

그 결과…….

작년 5월 1일 시점의 반 포인트
사카야나기가 이끄는 A반 – 940포인트
이치노세가 이끄는 B반 – 650포인트
류엔이 이끄는 C반 – 490포인트
호리키타가 이끄는 D반 – 0포인트

모든 반이 포인트가 깎인 5월. 실질적으로 이때부터 승부가 시작되었다고 해도 과언이 아니다.

그렇게 생각하면 우리 반은 1년 동안 347포인트를 획득했다.

생활 태도나 지각 및 결석 등이 영향을 줘서 반 포인트는 조금 더 깎이겠지만, 그래도 330~340포인트 정도는 남을 터.

이게 과연 뭘 의미하는가. 그건 우리가 일 년 동안 반 포인트를 제일 많이 늘린 반이라는 거다. 포인트 상승률 2위에 달하는 A반의 191포인트를 크게 웃도는 값이다.

작년 봄, 일찌감치 0포인트라는 밑바닥까지 치고 내려갔던 녀석들이란 걸 생각하면 잘했다고 할 수 있지만, 2학년이 되면 더 큰 활약이 필요하다.

그렇지 않으면 윗반과의 차이를 좁힐 수가 없다.

호리키타, 히라타 등 리더격 인물의 성장과 반 아이들의 전체적인 실력 향상.

그렇게만 된다면 아직 윗반과 충분히 경합할 수 있다.

주변에 인기척이 없어지자 케세이가 뭔가 생각났다는 듯이 입을 열었다.

"너무 신경 쓰지 마. 애들 대부분은 딱히 널 원망하고 있진 않아."

내가 사령탑을 맡아 실패한 것을 걱정하고 있다고 생각했는지 그렇게 말해주었다.

당연히 조금도 걱정하지 않았지만, 케세이의 말을 받았다.

"대부분, 이라."

위로해주려고 한 말이었겠지만 마음에 걸리는 단어이기도 했다.

즉 누군가는 내게 불만을 품고 있다는 뜻.

"그야…… 다 같은 마음일 수는 없겠지. 하지만 그건 네가 잘못했다기보다는 좀 더 성적이 좋은 애가 사령탑을 맡았어야 한다는 이야기였어."

결국, 날 탓하는 거랑 다를 게 없다는 생각이 드는데. 사람은 모순덩어리인지라 한 번 받아들인 일이라도 나중에 이의를 제기할 때가 있다.

A반에 진 이유가 '사령탑의 실력 차이'라는 불평이 나와도 이상할 게 없다.

"자기 멋대로 말하는 녀석이 있더라도 마음 강하게 먹어. 어차피 프로텍트 포인트가 없으면 아무도 사령탑이 될 수 없는 거였다고."

계속 날 다독이는 케세이.

"사실상 그렇긴 했지만, 류엔 같은 경우도 있으니까."

내가 그렇게 말하자, 케세이는 가볍게 쓴웃음 지으며 고개를 가로저었다.

"그 녀석이야 예외지. 걔는 허무맹랑한 짓도 퍼포먼스로 하는 거잖아. 실제로 프로텍트 포인트가 없으니 아니겠지 하고 생각하던 차에 류엔이 나와서 B반의 허를 찔렀고."

겉으로 보면 그렇겠지.

하지만 사실은 그렇지 않다. 그건 모두 류엔이 계산한 승리 전략이었다.

무방비한 퍼포먼스는 그 포석의 하나에 지나지 않는다.

"······그런데 키요타카."

이야기가 일단락되었을 즈음, 케세이가 그렇게 말했다.

"내가 독단으로 카츠라기를 만났다가 실패한 거, 왜 호리키타한테 말 안 했어?"

케세이는 학년말 시험에서 사카야나기와 대립해서 진 카츠라기를 우리 편으로 끌어들이자는 의견을 냈지만, 호리키타는 위험하기만 하고 확실성이 떨어진다고 거절했다.

하지만 케세이는 이를 받아들이지 못하고 독자적으로 카츠라기를 회유하려고 했다. 결과는 실패.

뭐, 실패하더라도 상관없는 작전이었지만.

카츠라기가 협력하지 않았을 뿐이지, 실질적 피해는 없는 거나 마찬가지였다.

"피해가 별로 없었으니까 된 거 아닌가?"

물론 케세이가 말하고 싶은 건 그게 아니다.

그걸 알면서도 나는 일부러 위로하는 척 말했다.

"그건 카츠라기가 비열한 수법을 좋아하지 않는 성격이어서 그랬을 뿐이잖아. 만약에 사카야나기나 류엔 같은 인간이었으면 심각한 타격을 입었겠지."

억지로 회유하려고 했던 만큼, 책임감을 강하게 느끼는 케세이는 일어나지도 않은 미래를 걱정했다.

말투를 보아하니, 자기 입으로 호리키타에게 카츠라기 회유 사건을 털어놓은 모양이군.

"……아아. 호리키타한테는 내가 말했어. 책임을 져야 할 것 같았거든."

질책받을 각오로 이야기를 털어놓았다고 솔직하게 말했다.

"그런데 카츠라기가 A반을 배신할 리가 없다는 확신이 너한테는 있었던 거냐? 키요타카."

"딱히 확신 같은 건 없었어. 실제로 카츠라기가 배신할 가능성도 있었고. 안 그래?"

"그야…… 그렇지만……."

그게 50%인지 1%인지는 덮어두더라도.

"호리키타에게 알리지 않은 건 그냥 까먹어서 그랬을 뿐이야. 그때는 사령탑 역할을 제대로 해낼 수 있을지 없을지 머릿속이 불안으로 가득했거든. 그런 의미에서는 나한테도 책임이 있지. 카츠라기의 회유에 성공했다면 오히려 일이 제대로 안 굴러갔을지도 몰라. 너나 나나 똑같아."

나는 사과하면서 카츠라기 회유 사건을 끝내려고 했다.

"'똑같다'라……. 그래도 내가 너무 안일하게 예측했다는 걸 통감하고 있어. 리스크를 생각하면 카츠라기를 회유하는 작전은 애초에 안 짰을 텐데."

이미 일어난 일은 돌이킬 수 없지만, 반추해볼 수는 있다.

"예측이 안일했다 하면 나 역시 같은 마찬가지잖아. 같이 있었으면서 아무 말도 안 했으니까."

"그렇게 말해주니 마음이 한결 편해진다."

그때 대부분이 수동적이었는데도 케세이는 이기기 위해 필사적으로 뭐라도 하려고 했었다.

"그리고 이번 일로 배웠으면 된 거 아닌가? 그런 전략은 쉽사리 성공하지 않는다는 거."

실패 속에서 배울 수 있는 것도 아주 많다.

그것을 잘 살릴 수 있을지 없을지는 본인 하기에 달렸지만.

"……그러네. 너무 이기고 싶은 마음이 커서 당장 눈앞을 보지 못했어. 정말, 냉정해지고 보니까 참 한심한 이야기다."

반성하듯 중얼거렸다.

카츠라기를 회유하려 했던 것은 분명 안일한 생각이긴 하지만, 그래도 도전해본 것을 높게 평가하고 싶다.

"그래서 호리키타가 너한테 뭐라고 말했어?"

"호리키타는 날 탓하지 않았어. 자칫 잘못했으면 우리 반에 피해를 줄 뻔했는데도. 비난하기는커녕 다음에도 아이디어가 떠오르면 꼭 말해달라고 하더라. 물론 너무 막 덤비지는 말아 달라는 충고도 들었지만."

아무래도 호리키타도 나와 비슷한 평가를 한 모양이었다.

인간은 실패를 거듭하며 성장하는 법이다. 결과만 보고 비난하면 훌륭한 지도자가 될 수 없다.

물론 주야장천 실패만 하는 인간이라면 언젠간 포기하고 말겠지만.

"솔직히 말해서 난 지금까지 호리키타가 리더 노릇을 하는 걸 긍정적으로 보지 않았어. 물론 머리도 좋고 운동신경도 좋지만, 말투라고 할까, 사람 무시하는 듯한 태도가 마음에 안 들었거든."

나는 부정하지 않았다. 적어도 지금까지는 히라타나 이치노세처럼 인덕이 있어서 리더를 맡은 게 아니었다.

어느 정도는 자기편을 만들긴 하지만, 그만큼 적도 만들고 만다.

"하지만…… 나도 비슷했으니까. 운동 따위는 할 필요 없다고 생각했었고, 머리 나쁜 녀석은 죄다 깔봤지. 다를 바

없었어."

1학년이 시작할 무렵의 케세이는 공부 못하는 학생을 무시하는 느낌이 있었다.

학생의 본분은 공부가 전부라고 생각한 결과였다.

"지금의 케세이와 1년 전 케세이는 완전히 다른 사람이야. 아주 많이 변했어."

"그래. 내가 봐도 이상할 정도로 그런 느낌이 들어. 물론 공부가 제일 중요하지. 하지만 운동과 소통 능력도, 그리고 우정도. 전부 다 필요한 요소라는 걸 알게 되었어. 그런데 그건 호리키타도 마찬가지였어. 그 녀석도 조금씩 변하고 있어. 예전보다 훨씬 믿음이 가고 신뢰도 싹텄어."

케세이는 아야노코지 그룹 이외에는 그다지 마음을 허락하지 않았다. 그런데도 그가 이렇게까지 호리키타의 장점을 칭찬한다면, 그건 그야말로 진심이란 뜻이리라.

"그럴지도 모르겠네."

나는 짧게 대답했다.

1년이나 걸렸지만, 케세이도 슬슬 호리키타가 어떤 사람인지 보이기 시작했으리라.

반 내부 투표 사건 이후로, 호리키타는 서서히 아이들에게 받아들여지고 있었다.

그건 예리한 전략이나 뛰어난 리더십 때문이 아니다.

호리키타의 굳건하던 마음의 벽이, 조금씩 허물어지기 시작한 거다.

이전의 호리키타는 모든 학생을 장애물로 보고, 약자가 버림받아도 모른척했다. 케세이와 비슷한 성향이었다.

"물론 호리키타의 말을 무조건 따르는 게 정답은 아니겠지. 호리키타가 잘못된 판단을 내린 것 같으면 망설이지 않고 이의를 제기할 거야. ……그게 옳은 길이겠지?"

그렇게 생각을 정리하는 케세이.

믿을 부분은 믿고, 의심해야 할 부분은 의심한다.

"그래. 그게 원래 '반'의 모습이겠지."

아무리 의지할 수 있게 되었다고 하나 호리키타 역시 같은 고등학생.

때로는 큰 잘못을 범할 때도 있으리라.

그럴 때 잘못을 지적해주는 학생이 한 사람이라도 더 있다는 것은 기뻐해야 할 일이다.

어깨를 나란히 하고 대화를 나누며, 문제를 해결하기 위해 함께 노력할 수 있다.

사카야나기와 류엔같이 독재 체제인 반은 할 수 없는 일.

말하자면 우리 반은 앞으로 이치노세의 반처럼 되어가겠지.

그리고 우리 반이 할 수 있는 방식으로 차이를 좁혀나가는 것이 중요하다.

1

체육관.

전교생과 모든 교사가 모였다.

관계자들과 평소에 본 적 없는 어른들도 나란히 서서 이번 졸업식을 따뜻한 시선으로 지켜보았다.

3학년들이 새로운 세상으로 크게 한 걸음 내딛으려 하는 순간이다.

진학하는 사람, 취업하는 사람, 아직 길을 정하지 못하고 멈춰 있는 사람.

아이라는 틀에서 벗어나 사회로 나아간다.

나는 상상해보았다.

2년 후, 나는 저 자리에 어떤 식으로 서 있을까.

그리고 무슨 생각을 하고 있을까.

설령 갈 길이 정해져 있다 해도, 분명 다양한 그림을 그리고 있을 거라고 믿고 싶다.

여기서 배운 것들이 살아가는 데 좋은 밑거름이 되리라고 믿고 싶다.

"그럼 지금부터 3년을 무사히 잘 싸워내고 훌륭히 A반으로 졸업하게 된 반 대표의 답사가 있겠습니다."

진행을 맡은 어른이 마이크에 대고 말했다.

더욱 조용해진 체육관.

"대표, A반──."

여기서 이름이 불리는 학생이 호리키타 마나부 또는 그 반 학생이 아닐 경우.

그것은 곧 최종 시험 결과에 따라 반에 변동이 있었다는 뜻이 된다.

재학생 대부분이 그 순간에 강한 염원을 느꼈으리라.

이 학교에 다니는 이상, A반으로 졸업하는 것이 유일하면서도 최대의 목표이기 때문이다.

"——호리키타 마나부 군, 앞으로."

그 이름을 들은 순간, 호리키타는 진심으로 안심했으리라.

나구모의 방해가 얼마나 있었는지는 알 수 없지만, 호리키타의 오빠는 무사히 A반으로 졸업하게 되었다.

그는 당당히 단상 위로 올라가 재학생과 관계자들을 쭉 둘러보았다.

"답사. 매화 향기에 봄의 기운을 느끼는 오늘, 저희는 졸업식을 맞이하였습니다——"

호리키타 마나부의 답사가 시작되었다.

성대한 졸업식의 감사 인사 등이 이어졌다.

그리고 3년 전 입학하던 날의 일을 언급했다.

"——고도 육성 고등학교에 입학해서, 다른 학교와는 다른 분위기를 느끼고 미래를 짊어진다는 커다란 책임감을 느낌과 동시에 보람 있는 3년을 보내자고 맹세했던 기억이 마치 어제처럼 생생합니다.”

천천히 말하는 목소리에 왠지 평온함 같은 것이 느껴졌다.

1년 전 입학식 때, 학생회장으로 같은 장소에 서 있던 인물과는 사뭇 달랐다.

엄숙하게 이어지는 답사를 들으며 나는 그러한 변화를 알아차렸다.

비단 호리키타의 오빠만 그런 것이 아니다. 재학생들 역시 나날이 성장했다.

“개인적인 이야기이긴 합니다만, 작년 오늘 학생회 대표로 1학년들에게 축사를 했던 기억이 납니다.”

내 생각이 이어지기라도 한 듯이 호리키타 마나부가 그렇게 말을 꺼냈다.

“작년 이 자리에서 본 것과 비교했을 때 일목요연하게 여러분의 성장을 느낄 수가 있습니다.”

1년 전 우리 1학년의 붕 뜨던 분위기를 호리키타 마나부는 침묵으로 바꾸었다.

그때는 많은 학생에게서 볼 수 없었던 것.

지금, 이 졸업식에서 잡담하는 사람은 단 한 명도 없다.

그리고 호리키타 마나부 역시 새 출발을 앞둔 학생으로서, 따뜻한 시선으로 재학생들을 바라보고 있었다.

“이제 3학년이 되어 재학생들을 이끌어갈 위치에 서게 된 2학년은 우리 학교의 규율을 지키면서 있는 힘껏 능력을 발휘해주길 바랍니다.”

몇 분 후, 이윽고 답사가 막바지에 접어들었다.

"이 학교에서 배운 것은 앞으로의 인생에 무엇보다 소중한 보물이자 자양분이 되리라는 것을 이 자리에서 맹세합니다."

그리고 호리키타의 오빠는 다시금 재학생들을 바라보았다.

"내년과 2년 후에 답사를 할 사람에게도 분명 이해할 수 있는 순간이 찾아오겠지요."

답사를 할 인물.

다시 말해 A반으로 졸업하는 반의 리더.

2학년은 조금 전 송사를 읽었던 나구모가 가장 강력한 후보일까.

1학년들은 아직 혼전 중이다. 호리키타일까, 이치노세일까, 류엔일까, 사카야나기일까.

아니면 새롭게 리더가 될 또 다른 누군가일까.

벌써 3분의 1이 지난 학교생활이지만, 다시 생각하면 아직 3분의 1에 지나지 않는다.

앞으로도 반은 계속 바뀌고 학생은 줄어들 것이다.

그렇게 해서 살아남은 반의 리더가 대표로 저 자리에 서는 것을 허락받는다.

천천히, 그러면서 물 흐르듯 답사를 읽어 내려가는 호리키타의 오빠.

"──3년 동안 정말 감사했습니다."

그 순간도 조금 뒤면 끝을 맞이한다.

답사는 이제 학생들에게서 교사들에게로, 학교 측으로 향했다.

훌륭한 답사가 끝나고, 졸업식은 다음 순서로 이어졌다.

2

졸업식이 끝나고 우리 재학생은 제일 먼저 체육관을 나와 일단 교실로 돌아왔다.

이제 졸업생과 전 교사, 졸업생들의 가족들이 모여 사은회가 시작된다.

사은회란 졸업생과 그 가족들이 교사에게 감사하는 마음을 전하는 행사라고 했다.

재학생은 돌아가도 상관없었지만, 동아리에 소속된 학생이나 3학년과 사이가 좋았던 학생들은 준비하고 있다가 졸업생이 나오기를 기다릴 모양이었다.

꽃다발을 건네거나 뭔가 특별한 고백, 이야기를 나눌지도 모른다.

잔뜩 들뜬 학생, 긴장해서 조용해진 학생 등 각양각색이었다.

"자, 내일 종업식 때 얘기해도 되지만, 간략하게 이번 학기를 총괄해보자."

모두 자리에 앉고 나니, 차바시라가 그렇게 말하며 학생들을 둘러보았다.

"우선 학년말 시험. A반을 상대로 선전했다고 해두마. 교사들도 너희의 성장한 모습에 놀랐다."

진 싸움이었는데도, 평소 신랄한 말투인 차바시라가 웬일로 칭찬했다.

"1년 전, 갓 입학했을 때의 너희와는 아주 많이 달라졌다. 잘도 여기까지 성장해주었다."

"하지만 선생님. 저희, 다시 D반으로 떨어지는데요? 엄청 꼴사납지 않나요?"

분하다는 듯 이케가 말했다.

"물론 처음으로 돌아간 것처럼 보이기도 하지. 하지만 1년 동안 너희는 분명히 성장했다. 단순한 반 포인트의 차이 이상으로, 실력 면에서 다른 반과 가까워졌다고 말해도 되겠지."

"그렇게 칭찬하니까 오히려 무서워지네. 뭐 있는 거 아녜요?"

스도가 한 말도 이해는 됐다. 보통 저런 말이 나오면 뒤에는 대부분 시험 이야기를 했으니까.

"아무것도 없다. 단순히 그렇게 생각했을 뿐이야. 교사가 된 지 4년째이고, 담임을 맡았던 반은 너희로 두 번째인데, 지난 D반 학생들과 비교할 수 없을 만큼 뛰어나. 그런데 그건 다른 반도 마찬가지야. 너희가 윗반에 올라갈 수 있을지 없을지는 앞으로도 끊임없는 노력을 계속하는가에 달렸다고 할 수 있다."

톡, 하고 칠판을 가볍게 노크하듯 때린 차바시라.

"내일은 종업식이다. 수업이 없다곤 하지만 엄연한 학교 생활이란 걸 잊지 말도록."

차바시라의 말을 끝으로 해산했다.

몇 명이나 3학년 배웅에 나설지는 모르겠다. 내 옆자리의 주인은 어떻게 하려나.

호리키타는 칠판을 뚫어지게 쳐다보기만 할 뿐 움직이지 않았다.

속으로 여러 가지를 생각하고 있겠지.

괜히 들쑤셨다가 물릴 것 같기도 했지만, 시험 삼아 물어보기로 했다.

"갈 거야?"

"어딜?"

"어디겠냐."

"오빠를 말하는 거면 갈 생각은 없어."

호리키타는 그렇게 말하며 시선을 피했다.

갈 생각은 없다……라.

"얼마 전부터 대화할 수 있게 되지 않았어?"

"너랑 상관없잖아? 우리한테는 우리의 문제가 있어."

그 문제를 껴안고 있는 건 이제 너뿐인 것 같은데.

"이 기회를 놓치면 이대로 계속 질질 끌고 가게 될걸."

"그건……."

갈등이 점점 풀리고 있다곤 하지만, 아직도 겁이 나는 모양이군.

그만큼 오랫동안 사이가 틀어져 있었다는 건가.

"참고로 난 갈 거다."

"뭐? 네가? 왜?"

호리키타가 노골적으로 놀랐다. 나는 평소에는 다른 사람과 엮이려고 하질 않으니 호리키타가 놀라는 것도 이해는 한다만……

"그 녀석이랑 친한 건 아니지만, 오늘이 마지막일지도 모르니까."

인사 정도는 해줘도 나쁠 거 없지.

"그래……."

"불만이냐?"

"별로. 네가 누굴 만나던, 네 자유지."

얼굴에는 여전히 왜 네가? 하고 쓰여 있었지만, 모른척하기로 했다.

나는 자리에서 일어났다.

지금은 사은회 중이다. 아마 교사 대부분이 거기에 가 있겠지.

그리고 그건 이사장 대행인 츠키시로도 마찬가지다. 참가하지 않을 리 없다.

"어디 가?"

"시간 보내러. 사은회가 끝날 때까진 딱히 할 일이 없으니까. 네 오빠를 만날 생각이면 나중에 합류하던지."

"……생각해볼게. 사은회는 얼마나 걸릴까?"

갈 생각이 없다고 했는데, 취소인가 보다.

"글쎄. 한두 시간 정도 걸리지 않을까?"

실제로 예정된 시간은 '90분'이고, 끝나려면 아직 시간이 많이 남았다.

그동안에 나는 해야 할 일을 할 것이다.

3

시간은 어제인 23일로 거슬러 올라가서.

선발 종목 시험이 끝난 날 밤, 나는 어떤 인물에게 전화를 걸었다.

"여보세요, 사카야나기입니다."

차분한 어른의 목소리.

내가 전화를 건 건 같은 학년 사카야나기 아리스가 아니라 그녀의 아버지였다.

츠키시로의 덫에 걸려 칩거 중인 사카야나기 이사장 말이다.

전화를 받은 사카야나기 이사장은 당연히 내 번호를 모르겠지.

"밤늦게 죄송합니다. 오랜만에 인사드리는군요, 아야노

코지입니다."

그렇게 일단 내가 누구인지 밝혔다.

"뭐? 아야노코지……? 아야노코지 군인가."

이름과 목소리를 들은 사카야나기 이사장은 나를 떠올리고 깜짝 놀랐다.

내가 아무 의미도 없이 장난삼아 전화한 게 아니라는 사실을 빨리 전해야 할 필요가 있다.

"갑자기 전화 드려 죄송합니다."

"아니아니, 놀랐네. 내 전화번호를 어떻게 알았지?"

"따님께 물어봤습니다. 학교 관계자와 연락할 때 쓰시는 번호라고."

학년말 시험을 마치고 돌아가는 길에 물어보니 사카야나기는 망설이지 않고 바로 번호를 알려주었다.

"이사장님도 따님에게만은 전화번호를 알려주셨더군요."

특혜를 주진 않겠지만, 역시 자기 딸은 사랑스러운 법인가.

그렇게 생각했는데, 사카야나기 이사장의 반응은 의외의 것이었다.

"아리스가……? 아니…… 난 딸한테도 전화번호를 가르쳐주지 않았어."

놀라면서 그렇게 부정했다.

"도대체 언제 어디서 알아낸 거지."

쓴웃음 짓는 듯한 사카야나기 이사장. 아무래도 진짜 알려주지 않은 모양이다.

"일부러 이사장님 전화번호를 감추고 계시는 겁니까?"

"교사들은 물론 다 알고 있고, 관계자에게 나눠주는 자료에도 실려 있긴 하지……."

그렇다면 입수하는 것 자체는 그리 어렵지 않다. 사카야나기가 어디서 보고 기억해둔 걸 수도 있으니까. 다만 소중한 딸에게도 공평하게 대하는 이 남자라면, 설상 울며 매달린다고 해도 도움을 줄 것 같지는 않은데, 사카야나기는 왜 굳이 전화번호를 외워두었던 걸까. 아버지에게 근황을 알리거나 시시콜콜한 이야기를 하기 위한 것은 아닐 텐데.

내가 전화번호를 물었을 때, 사카야나기가 기쁜 듯이 알려주었던 것이 기억난다.

어쩌면 사카야나기는 언젠가 내가 곤란을 겪을 때 이사장의 전화번호를 물을지도 모른다고 예상했을지도.

"그래서…… 내가 어떻게 반응해야 하지?"

전화번호의 입수 방법보다도 이사장으로서는 그게 더 중요하리라.

학생이 직접 걸어오는 전화야 환영하지 않을 게 분명할 테니.

"이사장님께 전화하면 안 된다는 규칙은 없는 거죠?"

먼저 그것부터 확인했다.

이 시점에서 아웃이라는 말을 듣는다면 통화를 더 이어갈 수 없다.

"물론 없지. 전화 자체를 거절할 명분은 없네."

그리고 이런 말도 덧붙였다.

"하지만 개인적으로는 이 통화를 빨리 끝내야 할 것 같군. 무슨 용건이지?"

그는 곤혹스러운 듯했지만, 나를 책망하려는 것 같지는 않았다.

뭐, 이사장에게 전화 걸면 안 된다는 규정은 없는 것 같으니.

"사카야나기 이사장님. 지금 부정 의혹을 받아 근신 중이신데, 그건 사실이 아니죠?"

"꽤 학생답지 않고, 또 당돌한 질문이군. 우리 학교 학생이 이사장에게 할 이야기로 아주 부적절해."

어디까지나 부드러운 말투로 내 질문에 대한 답을 이어나갔다.

하지만 이야기해야 할 본론과 직결된 것.

지금은 좀 더 물고 늘어져야 한다.

"가능하다면 대답해주실 수 없을까요?"

"……아야노코지 군. 자네의 목적이 뭔진 모르겠지만, 대답할 수 없는 질문이야. 그 이유는 내가 말하지 않아도 알겠지?"

"학생에게 할 이야기가 아니어서요?"

"그래. 너와 아무런 상관도 없는 이야기라서."

사카야나기 이사장이 처한 상황과 입장. 그것은 이 학교 학생과는 애초에 무관한 것.

그렇게 거절하는 것은 지극히 당연한 반응이라고 할 수 있다.

"옳으신 말씀입니다. 하지만 꼭 그렇다고도 할 수 없는 사정이 있어요."

일단 사카야나기 이사장에게 내 상황을 알려야 할 필요가 있다.

"어떤 사정인지 모르겠지만, 자네는 우리 학교 학생이다. 아야노코지도 아리스도 상관없어. 그걸 잘못 생각하고 있는 건 아니겠지?"

아이를 대충 어르는 식이 아니라 제대로 정중하게 설명하는 사카야나기 이사장.

그런 행동을 봐도 인간적으로 훌륭한 남자라는 사실을 엿볼 수 있다.

"물론입니다. 저와 사카야나기 이사장님 사이에 학생과 학교 관계자 이상의 접점은 없죠. 아니, 있으면 안 된다고 생각합니다."

그런 식의 특별 취급은 다른 누구보다도 내가 바라지 않는다.

"그럼 통화를 이만 끝내야 하지 않을까. 오늘 이야기는 못 들은 것으로——"

"아니요. 그래서는 『불순물』을 거를 수 없어요."

그 한 단어를, 사카야나기 이사장에게 사태를 알리는 신호, 시작점으로 삼았다.

"지금, 불순물이라고 했나?"

"네. 그 불순물이란 츠키시로 이사장 대행을 말합니다."

돌려 말해 봐야 득 될 것도 없기에 바로 본론을 꺼냈다.

"……츠키시로가 뭘 어쨌다는 거지?"

미세하게 목소리 톤이 달라졌다.

짐작 가는 부분이 있으니까 불순물=츠키시로라는 도식이 바로 뇌리를 스치고 지나갔을 터다.

"학생끼리 실력을 겨루는 중요한 시험에서, 츠키시로 이사장 대행은 사적으로 움직여 방해 공작을 펼쳤습니다. 사카야나기 이사장님은 그 사실을 알고 계시나요?"

"무슨 이야기인지 하나도 모르겠군. 츠키시로가 시험에 개입했다고? 도대체 무슨 소리인지……."

어디까지나 모르쇠로 일관하는 사카야나기 이사장.

내 진짜 의도가 보이지 않을 테니 당연한 반응인가.

"사카야나기 이사장님의 부정 의혹도 다 츠키시로 이사장 대행이 벌인 짓이라는 말입니다. 공평을 중요시하는 사카야나기 이사장님이 눈엣가시 같았겠죠."

수화기 너머의 사카야나기 이사장은 잠시 생각에 잠긴 것 같았다.

화이트 룸과 관련된 연결 고리가 있다고는 하지만 나는 일개 학생.

어른의 일로 대화를 나눌 상대로는 적임자가 아니라 생각하겠지.

하지만 모든 것이 내게서 기인했다고 하면 이야기는 달라진다.

아니 그런 건 사카야나기 이사장도 진작에 알아차렸을 터.

하지만 실질적 피해가 나오지 않는 한, 아무 행동도 할 수 없다.

"왜 츠키시로가 그런 짓을? 그는 원래부터 위에 있는 인간이야. 굳이 나를 끌어내릴 필요는 없지 않을까? 이 학교에 와서 시험을 방해했다고? 굳이 그래야 하는 이유를 모르겠구나."

이것은 마지막 확인이다.

나와 대등하게 정보를 공유할 수 있는 상대인지 아닌지 판가름하기 위한 확인.

"츠키시로의 목적은 비밀리에 저를 퇴학시키는 겁니다. 오로지 그 목적 하나 때문에 이 학교에 온 거예요."

나는 내가 쥔 정보를 여기서 못 박아 두었다.

"근거가 있는 게 아니라면 문제가 될 수 있는 발언인데."

"네. 하지만 여유롭게 눈치 싸움하고 있을 시간이 없습니다. 그 남자는 목적을 완수하기 위해서라면 수단과 방법을 가리지 않을 테니까요."

이사장이 아버지에 대해 어디까지 알고 있는가에도 달렸다.

그리 가까운 관계가 아니라면 내 말에 현실미를 느끼기 어려울 것이다.

하지만 지금까지 통화한 분위기를 보아하니 대충 예상이 간다.

사카야나기 이사장은 아버지를, 아버지의 생각을 잘 파악하고 있다.

"교사가…… 네 아버지가 너를 데려가기 위해 그렇게까지 한다고?"

그 근거라고도 할 수 있는 게, 방금 내뱉은 말이다.

나는 아직 츠키시로의 뒤에 아버지가 있다는 말은 하지 않았다.

그걸 확인하지도 않고 연결 짓고 있는 것이 증거다.

"학년말 시험 때 방해 공작을 했다고 했지? 뭔가 피해가 나왔나?"

당연히 사카야나기 이사장은 이번 특별시험의 이면을 알 턱이 없다.

알고 있었으면 지금쯤 어떤 형식으로든 접촉을 해왔겠지.

"그건 지금부터 말씀드리지요."

학년말 시험 때 츠키시로는 시스템을 장악해서 내 답을 바꿔치기했다.

프로텍트 포인트를 빼내기 위해 1승을 빼앗았다.

고작 1승, 그러나 1승.

이는 학년 전체에 영향을 미치는 부정행위.

만약 이 1승을 그대로 가져갔다면 우리 반은 상위 반과의 차이가 확 줄어들었을 것이다.

내가 경위를 설명하자 점점 돌아오는 목소리가 작아졌다.

겨우 한 학생을 퇴학시키기 위해 어떤 수단이라도 가리지 않고 썼다는 사실이 명확해졌기 때문이다.

그리고 이게 끝이 아니다.

아야노코지 키요타카라는 학생이 퇴학당할 때까지 계속 일어날 일임을 암시하고 있다.

"그렇게 된 겁니다. 믿어주시겠습니까?"

다른 사람이 말했다면 그저 허풍이라고 생각할 수도 있다.

하지만 사카야나기 이사장은 내 아버지를 안다. 내 과거를 알고 있다.

그러니 혼자 알아서 결론을 낼 것이다.

있는 일, 없는 일까지 다 포함해서.

"믿을 수밖에 없겠군. 그가 자네를 퇴학시키려고 우리 학교에 들어온 걸 말이야. 새 시스템 도입 이야기는 들었지만, 설마 그런 이유로……."

명목은 학교와 학생을 위해서였지만, 사실은 나를 퇴학시키기 위한 한 가지 수단에 지나지 않는다.

"아야노코지 군을 원래 자리로 되돌리기 위해서라면 뭐든 개의치 않는다는 건가. 자네가 나에게 연락한 이유를 알 것 같군. 학생이 어떻게 손쓸 수 있는 일이 아니니까 말이지."

한 번 상황을 이해하고 나면, 사카야나기 이사장이라면 그렇게 말할 줄 알고 있었다.

"내게 도움을 청하기 위해 전화한 거라고 받아들여도 되겠나."

"비슷합니다."

순순히 인정했다.

눈에는 눈 이에는 이로.

학교 측과 싸움에는 학교 측 인물을 내세울 수밖에 없다.

특히 이사장 대행이라는 위치에 있는 츠키시로는 평소 만나기도 어려운 상대가 아닌가.

"하지만 그전에 물어볼 게…… 아니, 확인할 게 있는데."

"말씀하시죠."

대답할 수 있든 없든, 원하는 답을 해주기로 마음먹었다.

"시험 결과까지 손을 댄다면, 츠키시로는 자네가 상대하긴 무척 어렵네. 앞으로가 어려워질 거로 보고 내게 연락한 것만 봐도 얼마나 위기인지 알 수 있지. 그런데도 자네는 아주 침착하군."

그리고 이렇게 말을 이었다.

"혹시라도 착각하고 있다면 지금 미리 정정해 두겠네. 나는 자네의 기대에 부응할 자신도 없고, 그럴 위치도 아닐세."

무슨 말을 하고 싶은 건지 잘 알았다.

사카야나기 이사장이라는 카드로 츠키시로를 배제하기란 불가능하다는 의미다.

만약 그걸 기대하고 전화를 걸었다면, 내가 잘못 생각했다고 말하고 싶은 것이다.

"난 지금 부정 의혹을 받아 근신 중인 몸이야. 나조차 궁지에서 벗어나지 못하고 있지. 그런 내게 과도한 기대를 걸어도 곤란하네."

그래서 조바심조차 느껴지지 않는 내게 그 부분을 확실하게 강조한 것이다.

"물론 평범하게 도움을 청하려고 전화 드린 거라면 그랬을지도 모르죠."

"……무슨 말인가?"

"지금까지 저는 최대한 튀지 않는 것을 신조로 이곳에서 학교생활을 해왔습니다. 평범한 학생으로 3년을 보내고 싶은 마음으로 이곳에 온 거니까요."

그게 입학 전의 목표. 감정. 이곳에 온 본심이다.

"그런데 지금은 태어나서 처음으로 스스로 목표를 세워 실행하려 하고 있지요."

"……그래. 그건 잘 알겠네. 그래서 자네를 받아들였지."

사정은 몰랐지만, 결과적으로 그 호의에 깊이 감사하고 있다.

"하지만 이대로 이사장 대행의 개입을 허용한다면 그 근간이 흔들리게 될 겁니다. 이번엔 프로텍트 포인트 덕분에 살았지만, 다음에도 똑같은 짓을 당하면 퇴학을 피할 수 없어요."

츠키시로도 당연히 자신의 위치를 이용해서 내 예상을 웃도는 짓을 저지를 것이다.

어중간하게 대처해서는 학교 측의 부정에 반격할 수 없다.

즉 지금까지와 같은 자세로 임해서는 안 된다는 거다.

"그래서 지금 나에게 도움을 청하는 거잖나? 아닌가?"

"이번에 전화 드린 목적은 사카야나기 이사장님께 『츠키시로』를 멈추게 해달라고 부탁하기 위해서가 아닙니다. 상대가 규칙을 깨는 전략을 쓴다면 저도 똑같이 움직여야 한다고 말하려는 거죠. 결과적으로 학교가 소란에 휘말릴지도 모릅니다."

"그렇군. 그러니까 나한테 전화한 건……."

"네. 불의의 사태가 일어났을 때, 방패막이가 되어 줄 존재가 꼭 필요합니다."

츠키시로를 배제해달라고 부탁드리는 게 아니라 츠키시로를 배제한 후에 몰려올 후폭풍의 이야기.

흉기를 든 상대를 같이 찌르려면 정당방위를 입증해줄 존재가 필요하다.

그때는 학교 측의 도움이 꼭 필요해질 거다.

그리고 그때 비장의 카드가 되어 줄 수 있는 사람이 바로 사카야나기 이사장이라는 거다.

츠키시로를 배제하고 의혹을 푼다면 그는 다시 이사로 복귀할 수 있다. 사카야나기 이사장에게 나는 이 상황을 타파할 열쇠가 되는 것이다.

다만 그도 아이에게 이런 기대를 걸어도 좋을지 망설여질 터.

그걸 걷어 내주는 것이 중요하다.

"하지만 정말로 츠키시로를 멈추게 할 수 있을까? 아무리 그래도 일개 학생으로는……."

"물론 이사장 권한을 가진 츠키시로는 성가신 존재입니다. 학생처럼 시험으로 떨어트리는 것도 불가능하니까요. 그게 저와 그의 가장 큰 차이입니다."

게다가 평소에 쉽게 볼 수도 없으니 공격을 날리기도 쉽지 않다.

수작을 부릴 때만 일방적으로 자유롭게 움직일 수 있는 치트 같은 존재.

"일단, 제가 먼저 움직일 수 없는 이상 츠키시로가 어떻게 나오는지 살필 겁니다."

"그렇게 해서 그의 공격을 피할 수 있겠나?"

"쓸 방법은 몇 가지 정도 있습니다. 우선 최소한의 방어막을 칠 필요가 있겠죠."

츠키시로가 그 남자의 지시를 받아 움직이고 있다면, 그도 남은 시간이 그리 많지 않을 거다.

느긋하게 일 이 년이나 들여 나를 퇴학으로 몰 리가 없다. 승부를 내려면 봄방학이 끝나는 4월 즈음. 그때 펼쳐질 공방전이 중심이 되겠지. 그때를 잘 넘기면 내가 공격하지 않아도 필연적으로 츠키시로는 위기에 내몰린다. 그렇게 된다면 무리한 수단을 쓸 수밖에 없을 것이다.

"제한된 시간이야말로 그의 유일한, 최대의 약점일 겁니다."

나는 그때 만전의 태세로 덤비면 된다.

"학교 관계자에 대한 학생의 발언이라고는 도저히 생각할 수가 없군. 모르는 사람이 들었으면 불같이 화내도 이상하지 않아……. 하지만 선생님의 아들이라는 걸 알고 들으면 참 이상하게도 듣고 만단 말이지."

"존경할 만한 존재에게는 저 역시 그에 걸맞은 태도를 보입니다. 하지만 학생끼리 경합하는 자리에 억지로 끼어드는 어른을 대우할 생각은 없습니다."

사카야나기 이사장은 대답하지 않았지만, 내 말을 받아들인 듯 되물었다.

"봐주지 않겠다고 했는데, 그럼 츠키시로의 방해 공작을 어떻게 막을 생각이지?"

어떤 식으로 방어막을 펼칠 것인지 궁금해했다.

해야 할 일이야 뻔하다.

부정을 용납하지 않으려면 나 역시 학교 측 인물을 움직일 수밖에.

"우선 츠키시로에 대항할 수 있는 학교 측 사람이 필요합니다. 감시하는 눈초리만 강해져도 행동에 큰 제약이 생길 테니까요. 이번처럼 쉽사리 움직이지는 못할 겁니다."

상대를 편하게 내버려 두지 않는 것은 모든 승부에서 꼭 필요한 전술이다. 피하기만 해서는 통하지 않는 법이다.

굳이 권력자일 필요는 없다. 맞설 용기가 있기만 하면 된다.

"그렇군, 그래야 비로소 뭐든 할 수 있을 테니."

사카야나기 이사장 역시 내가 무엇을 원하는지 이해한 듯했다.

나는 학교 측의 사정은 모른다. 누구를 믿을 수 있고 누구를 믿을 수 없는지.

츠키시로라는, 조직에서 높은 위치에 있는 사람에게도 정의를 관철할 수 있는 인물이 있는지 없는지.

츠키시로 편에 붙을 가능성이 있는 교사는 끌어들여선 안된다.

수화기 너머에서, 사카야나기 이사장이 생각에 잠겼다.

인물 선택이 운명을 가르는 만큼 무엇보다도 중요하다는 걸 그도 잘 알고 있을 터.

"담임 차바시라 선생은 이미 알지? 자네를 지켜보라고 내가 부탁했네."

"네. 제 사정을 조금 아는 듯했습니다."

"그래. 현실미 없는 이야기인데도 많이 이해해주었어."

쓰임새가 있고 없고를 떠나서 말이지.

"저도 사정을 아는 사람을 무시할 순 없다고 생각합니다. 그 선생님을 기점으로 신뢰할 수 있는 교사를 제 쪽으로 끌어들이는 게 가장 좋죠."

아버지가 아들을 퇴학시키기 위해 사카야나기 이사장을 끌어내리고 학교 시험을 조작했다고 말해 봐야 아무도 믿어줄 리 없다. 하지만 차바시라가 상세히 이야기한다면 상황은 달라질 것이다.

"그렇다면——."

잠시 생각한 뒤, 사카야나기 이사장이 낸 답은.

"역시 1학년 A반의 마시마 선생이 적임자겠군. 1학년 시험 담당자이기도 하고, 누구보다도 학생을 생각하는 사람이야. 아이들을 제일 우선으로 여기는 아주 훌륭한 교사지."

그 이상의 적임자가 없다면 내가 불만을 가질 건 하나도 없다.

오히려 가까이에 그런 교사가 있어 주는 게 좋다고도 할 수 있다.

"차바시라 선생과는 동기라는 점도 좋아. 이야기를 이어 가는 것도 어렵지 않을 거다."

"알겠습니다. 마시마 선생님 말씀이군요. 우선 차바시라 선생님에게 말해서 의논할 수 있도록 움직여보겠습니다."

"하지만 그리 쉽게 되진 않을 걸세. 학교에서 웬만한 곳은 남의 시선에서 벗어날 수 없고 감시 카메라도 넘치니까. 만날 타이밍과 장소를 신중하게 생각하는 게 좋아."

츠키시로가 온종일 나를 감시하고 있지는 않겠지만 어떤 식으로든 경계한다 해도 이상하지 않으니까. 나와 마시마 선생님이 은밀하게 대화를 나누고 있다면 의심의 눈초리를 피할 수 없다.

평소에 어디에 있는지는 모르겠지만, 츠키시로는 어느 정도 자유롭게 행동할 수 있다. 나를 향해 기습이라도 날린다면 웃을 수 없다.

"뭔가 조언을 해주신다면 저로서는 움직이기 한결 수월할 듯합니다만."

고도 육성 고등학교 그리고 이사라는 직무에 대해 누구보다 잘 아는 사카야나기 이사장에게 조언을 구했다.

"빨리 움직인다면…… 그래, 졸업식이 끝난 후에 3학년과 교사들이 모여 사은회를 열지. 거기에는 이사장도 매년 참가하게 되어 있어. 즉 츠키시로도 반드시 거기 참가할 거다. 흥미가 있든 없든 책무는 다해야 하니까."

"이사장으로서의 직무를 소홀히 한다면 학교 측의 비판도 강해질 테니까요."

"그래. 그거야."

자유롭게 움직이기 위해서라도, 츠키시로는 사카야나기 이사장보다 더 능력 있는 남자를 연기해야만 했다.

즉 감시하는 눈이 필연적으로 느슨해지는 순간.

"그런데 1학년 담임도 참가하는 게 아닌지?"

"사은회는 표면상 한 시간으로 되어 있지만, 예년 조금 연장해서 90분 정도로 잡고 있어. 교사 둘이 30분 정도 자리를 비운다고 해서 문제가 생기진 않겠지. 자리를 비우는 거야 흔한 일이고, 애초에 그 행사의 주체는 3학년 담임뿐이니."

몰래 만나기에 좋은 타이밍은 졸업식 후 사은회인가.

"장소는── 응접실이 좋지 않을까. 응접실에는 감시 카메라도 없으니. 거길 쓰는 게 제일 좋을지도 몰라."

즉 만난 기록이 남지 않는다.

교사들에게 학생 기숙사로 오라고 할 수도 없는 노릇이니까.

"저는 이의 없습니다."

그런 방향으로 논의의 장을 마련하는 데 찬성했다.

"차바시라 선생에게는 내가 먼저 연락해 언질을 주마. 하지만 어디까지 얘기할지는 자네가 판단할 일이야. 그렇게 했는데도 설득에 실패한다면 포기할 수밖에 없다고 생각하네."

"옳으신 말씀입니다."

사카야나기 이사장이 직접 연락한다면 차바시라도 그리고 제안이 갈 마시마 선생님도 무시할 수 없다.

이 전화로 얻을 수 있는 최대한의 도움을 받았다고 할 수 있다.

"늦은 밤에 갑자기 전화 드려서 실례가 많았습니다."

"아닐세. ——아, 마지막으로 하나만, 별로 중요한 이야기는 아니네만, 뭐 하나 물어봐도 될까."

"이야기요?"

"자네가 평범한 학교생활을 꿈꾸고 이 학교에 왔다는 건 교육자로서 기쁘게 생각하네. 그런데 졸업하고 나면 뭔가 계획이 있나? 하고 싶은 일이라든가, 어디로 진학하고 싶다든가."

그렇게 묻는 사카야나기 이사장.

"어디까지 아시는지는 모르겠지만, 제 운명은 정해져 있습니다."

"……그 말은……."

그 반응만으로 충분했다.

"졸업 후에 저는 화이트 룸으로 돌아가 그곳에서 지도자의 길을 걷게 되겠죠. 아버지도 오로지 그걸 위해서 지금까지 절 키웠을 테니까요."

이 학교를 떠나면 나를 지켜줄 방어벽은 하나도 없다. 고작 싸구려 아파트, 밤에 갑자기 들이닥치든 무슨 짓이든 해서 나를 화이트 룸으로 다시 끌고 가는 거야 별로 어려운 일도 아니겠지.

"자네는 운명을 받아들이고…… 그러면서도 지금 여기 있는 거군."

"그렇기에 이 3년을 꼭 지켜낼 생각입니다."

간단히 말하자면 반항기와 비슷하다.

아버지의 명령을 거부하고 하고 싶은 일을 하는 것이다.

"자네에게 이 학교가 평생 잊지 못할 좋은 추억으로 남길 바라네."

"감사합니다. 꼭 그럴 겁니다."

사카야나기 이사장과의 통화를 마친 나는 숨을 푹 내쉬었다.

어디까지 믿어도 될지는 모르겠다만, 적어도 츠키시로 편이 아니라는 것만은 분명하다.

딸이 이곳 학생이기도 하고. 나랑 같은 학년이라는 점도 물론.

4

이게 내가 사카야나기 이사장과 간밤에 나눈 대화.

나는 응접실로 향하고 있었다.

어딘가에 모여 함께 움직이는 짓은 하지 않았다.

이미 누군가 와 있을까, 아니면 내가 일등으로 왔을까.

"실례합니다."

노크한 후 응접실에 발을 들인 나는 차바시라의 모습을 확인했다.

그녀는 창가에 서서 내게 시선을 던졌다.

"일찍 왔구나, 아야노코지. 약속까지 아직 10분 넘게 남았는데."

"너무 아슬아슬하게 맞춰 와도 좀 그럴 것 같아서. 그쪽도 빨리 온 것 같은데."

나를 살피는 듯한 시선을 보내면서도 말을 신중히 고르는 차바시라.

사카야나기 이사장으로부터 이야기를 들었을 때 어떻게 받아들였을지 대충 짐작이 간다.

소파가 비어 있는데도 둘 다 앉지 않는 이상한 광경이 펼쳐졌다.

"마시마 선생님은?"

"얘기는 해뒀다. 나랑 동시에 빠져나올 순 없으니까. 그나저나 대담하게도 굴었더구나, 아야노코지. 평온한 학교생활을 보내고 싶었던 게 아니었나?"

마시마 선생님이 오기 전까지 차바시라의 말장난에 살짝 장단을 맞춰줄까.

"제일 먼저 그 평온을 흩트린 사람이 할 말인가?"

"사정이 어떻든 도저히 선생님을 대하는 태도라고 생각할 수 없네. 고칠 생각은 없고?"

"교사가 해선 안 되는 행동을 해놓고 그런 말을 하는 건가."

아무것도 아닌 일개 학생인 나를 협박하면서까지 D반을 위로 올리려고 했다. 그 점 때문에 나는 불신…… 아니, 강한 혐오감을 품고 있었다.

차바시라는 어딘지 겸연쩍은 표정으로 시선을 피했다.

"하긴, 부정은 못 하겠구나."

그만큼 내심 A반에 대한 열망이 컸다는 건가.

사카야나기 이사장에게 신뢰를 얻고 부탁받은 입장 때문에 표면적으로는 나를 이용할 수 없었겠지만, 좀 더 잘 처신했어야 했다.

아니—— 어떤 방법을 썼다 한들 결과는 똑같았겠지만.

차바시라가 설득했다고 해서 태도를 느슨하게 풀진 않았겠지.

그렇다곤 해도 지난 1년 사이에 내 사정도 처음과는 크게 달라졌다.

"너는 날 좋아하지 않지. 그런데 왜 나한테 말한 거냐, 아야노코지."

자신이 이 모임에 불린 것이 아무리 생각해도 이상한 모양이었다.

마시마 선생님을 끌어들이기 위한 장기 말이었다지만, 그걸로 끝내고 빼버리는 수도 있었으니까. 아무래도 그게 신경이 쓰이는 모양이었다.

"적어도 그쪽을 좋아하지 않는 것만은 확실해."

"그렇겠지."

감정이 어떻든 이용해야 할 상황일 때는 뭐든 이용해야 한다.

호감 비호감과 이해득실은 전혀 별개의 문제니까.

차바시라가 있으면 마시마 선생님을 설득하기가 아주 조금이나마 더 수월해질 거라 판단했기에 지금이 있는 것이다.

"어디까지 들었지?"

"마시마 선생한테 말해서 이 자리를 마련하라고. 그리고 네가 중요한 이야기를 할 테니 협력해주라던데……."

아직 츠키시로에 관해서는 하나도 듣지 못했나.

이사장이 내게 모든 권한을 다 넘긴 모양이다.

"그래서? 우리한테 무슨 용건이지?"

"그건 마시마 선생님이 온 뒤에. 두 번 말하기 힘드니까."

"무슨 이야기인진 몰라도 내게 도움을 청할 거면 그에 상응하는 태도를 보여야 않을까?"

지금까지 일방적으로 방어전만 해서인지, 차바시라가 저항을 보였다.

"사카야나기 이사장의 지시에는 교사로서 기본적으로 따라야 하지만, 꼭 그래야 하는 건 아니지. 무슨 뜻인지 알아?"

"내 태도가 그렇게 신경에 거슬려?"

"그래, 거슬려. 어느 정도 우수하다고 해도 넌 고작 고등학교 1학년이잖아? 게다가 반 대항전이긴 했어도 학년말 시험에서 사카야나기에게 졌지. 내가 기대한, 상식을 넘어서는 실력은 없었어."

기대한 실력자가 아니어서 괜히 혼자 낙담한 건가.

"실력이 있으면 다소의 언동도 너그럽게 봐줄 수 있지. 하지만 허세에 불과하다면 아니다."

A반인 사카야나기를 이기지 못하면 차바시라의 꿈은 이루어질 수 없다.

언제까지고 내게 주도권을 잡힌 채 침묵하고 있을 수는 없는 모양이다.

교사인 차바시라지만, 이번 일은 일반적인 직무 내용에서 벗어나게 될 것이다.

내용에 따라서는 당연히 거부할 수도 있다.

그리고 때에 따라서는 츠키시로 쪽에 붙을 수도 있겠지.

내가 자기 손에서 완전히 벗어났다고 계속 어필해봐야 역효과만 나온다.

어느 정도는 머리를 굴리는 것 같아 안심하면서 나는 한숨을 내쉬었다.

"알겠습니다. 일단 태도는 고치기로 하죠, 차바시라 선생님."

"뭐야?"

바로 받아들이자 깜짝 놀라는 차바시라.

그 정도의 저항에 내가 굽힐 거라고는 생각하지 않았겠지.

이제 할 이야기를 위해서이기도 하지만, 아직 나를 길들일 수 있다는 가능성을 일부러 보여주었다.

그야 뭐, 이것만으로 차바시라가 완전히 믿지는 않을 테지만.

속으로는 내가 혀를 쏙 내밀고 있을 거라고, 혼자 상상하고 있겠지.

어쨌든 나라는 존재가 D반에게 플러스라는 사실을 내세웠다.

"생각이 좀 바뀌어서요. 4월부터는 진심으로 A반을 향해 움직일 생각입니다."

"대체 무슨 꿍꿍이지? 이 자리를 마련한 것도 그렇고, 도대체 무슨 생각이냐?"

"진짜예요. 2학년 막바지 무렵에는 D반이나 C반에서 벗어날 예정입니다. 아직 반 포인트 차이가 너무 커서 바로 A반으로 올라가긴 어려울 것 같지만……. B반까진 올라갈 생각입니다."

그건 차바시라가 원래 가장 바라던 상황.

D반이 A반으로 올라가는 것.

이제껏 이 학교에서 아무도 이루어내지 못한 영역.

"눈이 번쩍 뜨이는군……. 하지만 말로야 어떤 약속이든 할 수 있지."

"그렇죠. 하지만 그래도 A반행 티켓을 갖고 싶지 않나요?"

티켓이 진짜든 가짜든, 빈손인 것보다야 훨씬 낫다.

"아까도 말했지만 넌 A반과의 학년말 시험에서 졌어. 3승 4패로 선전하긴 했지만 진 건 진 거지. 운이 크게 좌우하는 시험이었다고 해도, 그걸 핑계 삼게 할 생각은 없다."

다시금 나를 과대평가했다고 강조했다.

"어떤 상대, 어떤 시험에서든 이길 거라고. 그 정도로 과도한 기대를 걸었어."

정말 자기 마음대로 환상을 품고 있었군.

"잠시 뒤에 다 모이면 그 진실도 보여 드리죠."

"진실을 보여줘……?"

"이야기를 끝까지 들은 다음에도 제 실력을 믿을 수 없다면 마음대로 하세요."

"그게 무슨 뜻——"

차바시라가 추궁하려는 순간. 응접실에 들리는 강한 노크 소리에 말이 끊겼다.

"……네."

차바시라가 대답하자 마시마 선생님이 응접실로 들어

왔다.

"벌써 와 있었군."

그리고——

"안녕하세요."

마시마 선생님과 함께 의외의 인물이 들어왔다.

A반 학생, 사카야나기 아리스.

물론 내가 부른 것도 아니고, 아직 무슨 이야기인지도 모르는 마시마 선생님이 불렀다고 생각하기도 어렵다.

"저는 A반. 마시마 선생님과 함께 있더라도 이상할 게 없지요."

굳이 말씀드릴 것도 없지만, 하고 덧붙이는 사카야나기.

"차바시라 선생님이 날 부른 걸 이미 알고 있었어. 이번 일과도 상관있다고 해서 데려왔는데……."

아마 사카야나기 이사장이 내 전화를 받았다고 이야기한 거겠지.

돌다리도 두드려보고 건너겠단 건가. 내가 정말로 딸을 통해 연락한 건지 뒤로 알아본 모양이다.

하지만 그게 이 자리에 사카야나기가 나타난 이유와 상관이 있을지.

어떤 역할을 맡고 싶어서일까, 아니면 단순한 호기심일까.

십중팔구 후자일 터.

"괜찮습니다, 예상했던 일이에요."

나는 뜻밖의 손님을 안으로 들이기로 했다.

사카야나기는 가볍게 웃더니 나를 향해 고개를 끄덕여 인사하더니 차바시라는 쳐다보지도 않고 응접실 문을 닫았다.

사카야나기가 이 자리에 나타난 것이 차바시라는 도저히 이해되지 않는 듯했다.

아니, 그건 마시마 선생님도 마찬가지겠지.

여하튼 이렇게 해서 필요한 사람은 다 모였다.

제한된 시간을 유의미하게 써야 한다.

"나에게 할 얘기가 있다고? 굳이 사카야나기 이사장을 통해 연락한 것도 모자라, 사은회를 빠져나와 밀회라니…… 예삿일은 아닌 것 같은데, 무슨 용건이냐."

"지금부터 말씀드리겠습니다."

나는 두 교사에게 우선 앉기를 권했다.

하지만 마시마 선생님은 사카야나기에게 먼저 앉으라고 지시를 내렸다.

"그럼 사양하지 않고."

다리가 불편한 사카야나기를 앉히고, 마시마 선생님은 선 상태로 팔짱을 꼈다.

자신이 앉을지 말지는 무슨 이야기인지 파악한 후에 정하려는 거겠지. 차바시라도 그를 따랐다.

세 사람의 시선이 내게 쏠렸다.

사은회에서 자리를 비울 수 있는 시간은 기껏해야 2, 30분. 무척 짧은 시간이다.

단도직입적으로 말해야 하는데, 과연 어느 타이밍에 내

말을 이해할지.

고작 한두 번의 이야기로 쉽사리 이해받을 만큼 상황이 현실적이지 않으니까 말이지.

시간을 아끼기 위해, 나는 츠키시로 이사장 대행 이야기부터 시작하기로 했다.

"바쁘신 와중에 이렇게 오시게 한 건 츠키시로 이사장 대행에 관한 중요한 이야기가 있어서입니다."

처음부터 예상을 빗나간 이야기가 나오자 마시마 선생님의 곤혹스러운 기색이 한층 깊어졌다.

뜻밖의 이야기를 뜻밖의 학생이 꺼냈으니, 그런 표정을 짓는 것도 당연한 반응.

차바시라도 마찬가지로 이해가 따라가지 않는 듯했지만, 이곳에 등장한 의외의 인물인 사카야나기를 한 번 쳐다볼 뿐이었다. 사카야나기는 그 시선을 그대로 받아들이며 대담하게 웃었다.

너희보다 내가 사정을 훨씬 잘 알고 있어.

그런 희열마저 느껴지는 그 표정을 보며, 역시 사카야나기답다고 생각했다.

"학교의 존재 자체를 흔드는, 도저히 그냥 보고 넘길 수 없는 사태가 일어나고 있습니다. 그 사태를 수습하기 위해 극비리에 두 분께 도움을 청하고 싶습니다."

"중요한 이야기라고 들었는데…… 날 놀리는 건가? 차바시라 선생."

그런 게 아니었다는 걸 알면서도 마시마가 차바시라에게 설명을 요구했다.

"놀리는 게 아니야. 설마 내가 호시노미야 선생처럼 의미도 없는 짓을 하겠나."

"그렇지만 이 상황이 전혀 이해가 안 된다고. 지금 사은회가 한창이란 말이다."

졸업생들과 교류할 마지막 시간.

어린애의 망상에 귀를 기울여 줄 여유가 없다.

"아야노코지는 대체 뭘 하려는 거냐?"

"글쎄. 무슨 꿍꿍이인지는 나도 몰라. 어제 말했듯이 나도 사카야나기 이사장한테 연락을 받고 이 자리를 마련했을 뿐이니까. 나도 이해할 수 있도록 설명해 봐라."

두 사람으로부터 의혹의 눈초리가 날아들었다. 이야기를 계속 이어나가야겠다.

"현재, 사카야나기 이사장님이 부정 의혹을 받아 근신 중인 것과 츠키시로 이사장 대행이 이 학교에 온 원인이 저에게 있다고 한다면, 마시마 선생님은 어떤 생각이 드시나요?"

"뭐라고?"

본론을 꺼내도 상황이 쉽사리 진전되지 않았다.

그러기는커녕 나를 향한 마시마 선생님의 의혹은 더 깊어져 갔다.

"도무지 알아들을 수 없는 이야기군. 네게 원인이 있다고?"

당연히 그런 반응이 나오겠지.

학교의 시스템 자체가 한 사람의 재학과 퇴학에 휘둘리고 있다고는 전혀 생각하지 못하고 있다.

역시 우선은 학년말 시험에 있었던 일부터 말해야 하나.

"어떻게 된 일인지부터 설명해드리죠——."

내가 학년말 시험 이야기를 꺼내려고 했을 때 사카야나기가 손을 들었다.

"외람되지만, 모두 발언해도 되는 거라면 제가 대신 말씀드려도 될까요?"

이 상황을 예상하기라도 했다는 듯 사카야나기가 그렇게 말했다.

"너도 사정을 알고 있다는 거냐, 사카야나기."

"네. 적어도 선생님들보다는 자세히 알고 있습니다."

사카야나기가 재빨리 움직였다. 당사자가 하는 이야기보다 사정을 잘 아는 인물이 발언하는 게 주변의 이해가 빠를 거라고 판단한 건지도 모른다. 내가 가볍게 고개를 끄덕이자 사카야나기는 마시마 선생님에게로 시선을 옮겼다.

"그 말은 사카야나기 이사장에게 사정을 들었다는 뜻인가?"

"아니요. 일개 학생으로 아는 것뿐입니다. 아야노코지와는—— 음, 이해하기 쉽게 말씀드리자면 소꿉친구 같은 사이인지라."

즐거운 듯이 그렇게 설명하는 사카야나기. 그렇게 말해도 괜찮을까 싶은 생각이 들었는데, 교사들 입장에서는 의외로 놀라운 표현이었던 모양이다.

"소꿉친구라고……? 설마 그런 사이였을 줄이야."

차바시라가 그렇게 말하자 사카야나기가 말을 보충했다.

"어디까지나 『같은』 사이였지만요. 어쨌든 일단 설명해드리겠습니다."

친구 이야기를 매듭짓고 사카야나기가 설명을 시작했다.

"얼마 전에 치렀던 학년말 시험. 저와 아야노코지가 사령탑으로 대결했던 건 기억하시리라고 생각합니다. 마지막 체스에서 제가 이겨 승패가 판가름 났죠."

그것이 학교 측이 아는 결과이자 진실.

"그게 뭐 어쨌다는 거지?"

당연히 마시마 선생님도 차바시라도 그 사실을 의심하지 않았다.

"만약에— 그때 승부에 외부 개입이 있었다면? 그리고 그게 원인이 되어 승패가 달라졌고, 최종 결과에 큰 영향을 미치고 말았다면? 아주 큰 문제라고 생각하지 않으시나요?"

"시험은 엄정하게 진행되었어. 그런 일이 있었을 리 없다."

"무엇을 근거로 엄정했다고 말씀하실 수 있을까요? 두 분 모두 그때 그 자리에 안 계셨잖아요?"

담임은 자기가 맡은 반에 있을 수 없었기 때문에 차바시라와 마시마 선생님은 각각 이치노세의 반, 류엔의 반을 맡았다. 고로 시험을 지켜보지 못했다.

"원래는 체스 시합에서 제가 졌습니다. 아야노코지의 승리였어요."

"아야노코지가 체스에서 이겼다고? 무슨 소릴 하는 거냐. 나는 그 체스 시합을 따로 봤어. 결과부터 과정까지, 전부."

그 이야기에 먼저 달려든 사람은 마시마 선생님이 아니라 차바시라였다.

체스에서 지는 바람에 다시 D반으로 떨어졌으니 일부러 찾아서 봤다 해도 이상할 건 없지.

"아직도 모르시겠나요?"

그런 교사들을 시험하는 듯한 말투로, 사카야나기가 마시마 선생님과 차바시라에게 물었다.

"무슨 말이 하고 싶은 거지? 설마 츠키시로 이사장 대행이 체스 결과를 뒤집기라도 했다는 건가? 사카가미 선생님과 호시노미야 선생님과도 시험 후에 회의를 했지만, 문제점은 하나도 나오지 않았어."

"결과를 뒤집은 게 아니라 과정을 바꾼 거예요. 상식의 틀에 갇혀 있어서는 진실을 볼 수 없어요. 사령탑이 보낸 지시는 학생에게 바로 전달되지 않고, 학교 측의 심사를 한 번 거친 후 헤드셋을 통해 알려지는 구조였죠. 부정을 막는다는 의미에서는 이치에 맞는 시스템이지만, 반대로 말하면 학교 측이 마음대로 내용을 바꿀 수도 있다는 의미이기도 합니다."

여기까지 말하면 아시겠나요? 하고 사카야나기가 두 사람에게 살짝 이해를 구했다.

마시마 선생님이 그제야 처음으로 츠키시로 이사장 대행

과 시험에 대해 의문을 품기 시작했다.

"대대적인 설비를 이용한 시험은 선생님들에게도 이례적이었을 거예요. 그렇겠죠. 그건 츠키시로 이사장 대행이 시험에 부정 개입하기 위해 갑작스레 준비한 것들이니까요."

사카야나기는 거짓말과 허풍도 절묘하게 섞었다.

츠키시로가 어디까지 계획했는지, 자세한 것은 츠키시로밖에 모르는 상황이기 때문이다.

사실 확인 없이 억측만으로 우리에게 유리하게 해석해서, 마치 그게 진실인 것처럼 말했다.

그 말에 막힘이 없어, 교사들에게는 다 사실인 것처럼 들렸으리라.

또 쉴 틈 없이 발언을 이어갔기에 마시마 선생님도 차바시라도 정보 과다로 다 흡수하지 못한 상태에서 사카야나기의 이야기가 이어졌다. 빠른 진행을 위해 뇌가 일단 진실로 처리하기 시작해버렸다.

"그가 마지막으로 입력한 일수와 실제로 호리키타에게 전달된 음성—— 즉 기계가 읽은 일수는 다른 내용이었다는 이야기입니다. 아야노코지가 생각한 수가 그대로 나왔다면 제 패배였지요. 무슨 의미인지 이해 가시나요?"

처리 능력을 시험하듯이 사카야나기가 미소 지었다.

그 정도는 이해하시겠죠? 하고 강제적으로 답을 하나로 좁히면서.

"츠키시로 이사장 대행이—— 뒤에서 손을 썼다고?"

"퇴학이 목표인 그분에게 아야노코지가 가진 프로텍트 포인트는 눈엣가시일 테니까요."

두 교사가 입을 다물었다.

하지만 곧 마시마 선생님이 목소리를 높였다.

"사카야나기의 말이 사실이냐, 아야노코지."

"네. 사실입니다."

"두 사람이 입을 모아 주장하고 있으니 어느 정도 신빙성이 있다는 건 인정하지. 나도 1년간 담임이었던 만큼 사카야나기의 성격과 사고방식을 어느 정도 이해하고 있으니. 그저 아야노코지가 이기도록 만들고 싶었을 뿐이라면, 그냥 시험에서 지게끔 대충했으면 그만이었다. 이런 식으로 자기 평가를 깎아가며 아야노코지를 위로 올려봤자 득 볼게 없어."

A반 리더인 사카야나기가 거짓말까지 하며 졌다고 해봤자 얻을 게 없다.

마시마 선생님이 말했듯 만약 사적인 이유로 내가 이기게 만들려고 한 거라면 시간제한이든 뭐든 얼마든지 확실한 방법으로 승리를 양보할 방법이 있었다.

굳이 이런 자리를 마련해놓고 신빙성이 의심스러운 이야기를 할 필요가 없다.

"대략적인 이야기는 알겠지만, 그게 진실인지 아닌지 제삼자가 확인할 방법이 없잖나?"

비웃음을 사도 이상하지 않을 만큼 허무맹랑하게 들리는

이야기에 차바시라가 그렇게 말했다.

"그만큼 믿긴 힘든 이야기야. 마시마 선생은 어떻게 생각해?"

차바시라가 굳은 표정으로 이야기를 듣는 마시마에게 의견을 구했다.

"어떻게 생각하고 자시고, 뭐 하나 증거가 없잖아."

마시마 선생님이 한 보 뒤로 물러나려 하자 차바시라가 그를 막았다.

"나는 이 이야기가 마냥 헛소리라고 생각하지 않아. 츠키시로 이사장 대행이 온 뒤부터, 학교 분위기가 전체적으로 이상한 건 사실이니까."

"그냥 이사장 대리가 마음에 안 들어서 하는 이야기라면 생각할 가치도 없어. 네 반이 이겼다 맹신하는 것도 마찬가지고."

학생 쪽에 선 차바시라에게 마시마 선생님이 냉정한 말투로 말했다.

그리고 곧 우리를 보며 물었다.

"두 사람 다, 증거는 있나?"

"저희가 츠키시로 이사장 대행에게서 부정을 저질렀다는 이야기를 직접 들었다고 말씀드려도, 마시마 선생님은 믿어주시지 않겠죠?"

"……당연하지."

뒤에서 부정을 저지른 사람이 당당하게 죄상을 떠들 리가 없다.

츠키시로의 자백이 지금 아무런 도움이 안 될 건 이미 알고 있었다.

"이사장 자리에 앉아가면서까지 퇴학시켜야 할 아이가 있다니, 도저히 상상이 안 간다."

"그러시겠죠."

"학생을 의심하고 싶지는 않아. 이런 자리에서 괜한 거짓말을 해봐야 좋을 게 없단 걸 모를 만큼 너희가 어리석다고도 생각하지 않고. 하지만 역시 증거가 있어야 해."

증거가 없으면 마시마 선생님은 믿고 싶어도 믿지 않겠지.

"네 정체가 뭐냐, 아야노코지. 뭔데 이사장 대리가 그렇게까지 하는 거냐."

결국 이 질문이 나오고 말았다. 사건의 원인이 내게 있으니 사실 시간문제였다.

사카야나기 이사장을 부패 의혹으로 근신시키고 츠키시로라는 인물을 보내 오로지 나를 퇴학시키기 위해 움직였다. 중요한 시험에 부정까지 저질러가며.

내 입으로 설명해야 할까, 아니면 맡기는 게 좋을까.

내가 입을 다물고 있자 마시마 선생님의 눈이 차바시라에게로 향했다.

"차바시라 선생은 알고 있나?"

"……솔직히 말하자면 나도 '무언가가 있다'는 것밖에 몰라."

나를 살피는 듯한 시선을 보냈지만, 나는 차갑게 무시했다.

차바시라도 사실 거의 모른다. 알고 있는 걸 떠들어봐야 내가 손해 볼 건 없다.

"입학 필기시험에서 아야노코지의 성적을 봤지. 전 과목이 50점이라는 기묘한 성적을 말이야."

"전 과목이 50점? ……설마 의도적으로 맞췄다는 건가?"

"조사해보면 마시마 선생도 알 수 있겠지."

"후훗. 아주 재미있는 일을 했구나."

"설령 그게 진짜라 해도 증거는 되지 않는다. 입학시험 성적을 제 손으로 깎는 사람이 없을 뿐이지, 실력만 있으면 일부러 같은 점수를 내는 건 어렵지 않아. 우리 학교 입학 문제 배점 방식은 아주 심플하니까."

"또 있어. 아야노코지가 입학했을 때 사카야나기 이사장으로부터 특별한 학생이 있다는 말을 들었어."

"사카야나기 이사장한테……? 그게 지금 이 자리에 차바시라 선생이 있는 이유라는 건가."

차바시라가 고개를 끄덕이면서 그때의 일에 대해 털어놓았다.

"담임이 되었으니까 아야노코지에게 어떤 안 좋은 일이 생기면 바로 보고하라고 부탁받았거든. 아야노코지 키요타카의 아버지는 무척 권위 있는 인물이야. 그리고 자식이 이 학교에 입학하는 걸 원하지 않았지. 사카야나기 이사장이 반쯤 억지로 입학시켰다고 들었어."

"보호자 허락도 없이 입학 허가를 내렸다는 건가. 사카야 나기 이사장도 참 무모한 짓을 했군."

보통, 고등학교는 부모의 허락을 구해야 진학할 수 있다.

의무 교육 밖에서 아이가 원하는 대로 굴러갈 만큼 만만한 세상이 아니다.

"제 아버지와 아야노코지는 면식이 있어요. 그래서 아야 노코지의 딱한 사정을 가엾게 여기신 거죠. 그런데 그게 지 금에 와서 문제가 된 거예요. 츠키시로 이사장 대행이라는 존재가 나타나 아버지가 부정을 저질렀다고 날조해 근신시 키고 아야노코지를 퇴학시키려 하고 있어요."

마시마 선생님은 이것이 제일 마음에 걸리는 부분이리라.

"아들이 멋대로 진학하는 걸 막으려고 츠키시로 이사장 대행을 보냈다는 말이냐……?"

어중간한 권위로는 절대 불가능한 일.

"그럼 왜 이렇게 번거로운 수단을 쓰지? 직접 학교에 항 의하면 되는 이야기 아닌가?"

"이미 한 번 직접 와서 아야노코지와 사카야나기 이사장을 만난 적이 있다."

"그럼 본인에게 보호자가 직접 퇴학시키겠다고 말했다는 건가?"

"네. 차바시라 선생님 말씀처럼 저는 사카야나기 이사장과 아버지가 다 계신 응접실에서 직접 면담을 했습니다. 복도 에 설치된 감시 카메라 영상을 조회해보시면 금방 아실 수 있겠죠."

"아직 아야노코지가 남아 있는 건 이사장과 함께 퇴학을 거부했기 때문이고?"

"맞아."

마시마 선생님이 확인하자 차바시라가 고개를 끄덕였다.

"사카야나기 이사장은 학생의 의사를 존중했지. 난 그렇게 마무리된 줄 알았는데…… 설마 츠키시로 이사장 대행이 아야노코지를 퇴학시키기 위해서 온 사람일 줄은 상상조차 못 했다."

차바시라의 말에 사카야나기가 덧붙였다.

"그럴 수밖에요. 차바시라 선생님은 아무것도 모르시니까."

"넌 꽤 자세히 알고 있는 모양이군."

"예. 제가 차바시라 선생님보다 훨씬 아야노코지에 대해 잘 알고 있죠."

쓸데없이 우위성을 강조하는 사카야나기.

"예정에 없던 제가 나타났는데도 그가 거부하지 않은 것만 봐도 알 수 있지 않나요?"

다짜고짜 사실만 들이민 사카야나기가 의기양양하게 웃었다.

"이제야 겨우 이야기의 자초지종이 보이네. 적어도 아버지가 아들을 데리고 돌아가려 한다는 것만은 확실한 것 같군."

마시마 선생님이 그런 말을 했다. 말투를 보아하니 아직도 확신이 부족한 것 같군.

"하지만 이상하지 않나? 아야노코지의 아버지가 얼마나 강한 권력자인지는 모르겠다만, 굳이 이렇게까지 해가며 퇴학시키려는 이유가 뭐지? 가장 중요한 그 부분을 이해할 수 없다."

"아야노코지가 다른 애들과는 비교도 안 되는 굉장한 실력자이기 때문이죠."

"지난번 아야노코지의 선발 종목 시험 결과는 나도 봤다. 플래시 암산과 체스 솜씨가 상당한 수준이긴 했지. 하지만 우수한 학생은 그밖에도 많이 있어. 그의 실력이 그만큼 특별하다는 생각은 들지 않는다만."

"마시마 선생님. 선생님을 설득할 방법을 모색하고 있다는 건 부정하지 않겠어요. 하지만 슬슬 지금 일어나는 일들을 똑바로 마주 보시는 게 어떨까요? 입학 전부터 제 아버지는 아야노코지를 지켜보았고, 츠키시로 이사장 대행이 부정을 저지르면서까지 그를 퇴학시키려 하고 있어요. 그게 현실이자 유일한 진실이에요."

마시마 선생님은 팔짱을 끼고 눈을 지그시 감았다.

"이미 마시마 선생님도 속으로는 결론을 내리셨을 테죠. 증거야 지금부터 찾으면 됩니다."

그는 잠시 침묵한 후, 눈을 뜨고 나와 사카야나기 그리고 차바시라를 응시했다.

"그렇군……. 뜻을 거스른 아들의 진학이 마음에 들지 않아 어떻게든 해서 퇴학시키려고 한다는 것까지는 믿지. 하지만 순순히 협력할 마음은 아직 들지 않아. 그 이유가 뭔지는 알겠지?"

우리가 표면적인 이야기만 하고 있다는 걸 마시마 선생님은 알고 있다.

"전부 다 말할 생각은 없는 거겠지?"

세상에 알려지길 바라지 않는 정보가 있다는 것도 슬슬 알아챘겠지.

오히려 그 정도로 생각이 깊은 사람이 아니면 곤란하다.

"맞아요. 말씀드려도 바뀔 게 없는, 아니, 의미가 없는 이야기예요."

화이트 룸 이야기를 전부 털어놔 봐야 어른들은 이해할 수 없으리라.

상식적으로 생각하면 그 남자가 이상한 짓을 꾸미고 있는 건 명백하다.

게다가 여기서 화이트 룸에 대해 열변을 토한다 한들 진실에는 닿을 수 없다.

철저한 물밑작업 끝에 잘 수습될 게 불 보듯 뻔하기 때문이다.

쓸데없는 과정을 굳이 밟을 필요는 없다.

"만약에 내가 협력하지 않는다면 어떻게 할 거지?"

"포기할 생각은 없지만, 츠키시로 이사장 대행에 맞서기 어려워지겠죠. 학교 측이 시험이든 뭐든 부정을 저지르기란 식은 죽 먹기니. 실제로 이미 종목 선발 시험에서 한 번

당했고요."

학생의 힘으로 막기는 거의 불가능한 수법이다.

남은 건 마시마 선생님이 그것을 못 본 척 넘길 수 있는 인간인가 아닌가, 그것을 물을 뿐.

"나를 시험하는 건가, 아야노코지. ……좋아. 앞으로 있을 특별시험과 필기시험에서 츠키시로 이사장 대행이 부정 관여하는 걸 허용하지 않도록 애쓰지."

마침내 마시마 선생님이 우리 쪽에 서겠노라고 선언했다.

"마시마 선생. 그게 쉽지 않은 일이란 건 잘 알고 있겠지?"

차바시라가 냉정하게 말했다.

"부정을 저지르고 있는 게 사실이라고 해도, 자칫 잘못하면 우리 목이 날아갈 수 있어."

뭐, 걱정이 들 테지.

츠키시로에게 반기를 드는 행동은 곧 교사 생명을 내거는 일이기도 하니까.

어중간한 정의감만으로 이길 수 있는 상대가 아니다.

"아직 완전히 믿는 건 아니지만, 아야노코지의 말이 진실이라면 아주 중대한 문제야. 학교 측이 멋대로 시험 내용이나 결과를 바꾼다니, 있어선 안 될 일이다. 할 수 있는 한 철저히 막을 거야."

"그렇지만 지금은 몸을 사리는 편이 좋지 않겠어? 선발 종목 시험에서 규칙 위반으로 바로 오늘 아침에 감봉당한 참이잖아."

흥미로운 발언이라고 생각했는지 사카야나기가 그 말을 놓치지 않았다.

"규칙 위반으로 감봉? 무슨 일이 있으셨던 거예요?"

"너희에게 할 얘기가 아니다."

"D반과 B반의 시합 내용에 걸리기 때문인가요? 늦든 빠르든 저희 귀에도 자세한 내용이 들어오게 되어 있어요. 그리고 지금 언급한 츠키시로 이사장 대행의 부정 의혹과 관련된 이야기라면 불안 요소는 지금 얘기해주시는 게 좋지 않을까요? 나중에 문제가 될 수도 있잖아요?"

"이번 일과는 아무런 상관도 없다."

말해주려 하지 않는 마시마 선생님 대신 차바시라가 입을 열었다.

"내가 말하지. B반 대 D반의 선발 종목 시험에서 마지막 종목으로 D반이 낸 유도가 채택됐다. 그리고 출전 선수는 야마다 알베르트였지. B반의 이치노세는 전의를 상실해 출전 선수를 고르지 못했다."

"그렇겠죠. 유도로 그를 이길 수 있는 1학년은 없을 테니까."

"이치노세도 유도가 나왔을 때 내보낼 학생을 미리 정하긴 했을 거다. 하지만 그대로 내버려 뒀으면 선수가 무작위로 나올 상황이었지. 그대로 내보냈다면 어떻게 됐을지 알 수 없다. 위험한 사태가 일어났을 수도 있어."

주어진 시간 안에 선수를 정하지 못하면 종목에 참가하지 않은 학생 중에 무작위로 선택된다.

그건 여학생이라도 예외가 아니다.

"바로 기권하든지 하면 그만이지만, 사이가 돈독한 B반이니까요. 선발된 학생이 이치노세를 위해 있는 힘을 다해 싸웠을 수도 있죠."

그리고 상대가 누구든 알베르트는 전력을 다하려 하겠지.

그렇게 되면 큰 사고로 이어질 수 있다.

"그래서 마시마 선생이 독단적으로 부전패 판정을 내렸어. 츠키시로 이사장 대행은 그게 마음에 들지 않았겠지."

그래서 감봉 처분이 내려졌다는 말인가. 확실히 규칙 위반이긴 하다.

"그 일도 이번 일도 똑같아. 학생이 위험하다 싶으면 멈출 거다. 부정이 있으면 바로 잡는다. 학생한테 가르치고 있는 걸 교사가 지키지 못해서야 되겠어?"

그러기 위해서라면 자기 자리가 위험해지는 것도 무릅쓰겠단 건가.

"못 말릴 것 같네."

"난 늘 각오하고 교사 생활을 하고 있어."

누구나 말은 쉽게 하지만, 마시마 선생님은 정말로 유언 실행이 가능한 인재 같았다.

"너의…… 아니, 마시마 선생의 생각이 이렇게까지 확고하다면 더는 말하지 않겠어."

"그럼 일단 교섭이 성립된 것으로 봐도 될까요."

사카야나기가 내게 말을 돌리자, 내가 고개를 끄덕이며 말했다.

마시마 선생님을 더 설득해봐야 무의미하다고 판단한 모양이다.

"마시마 선생이 받아들였다면 나도 협력하지. 그래도 되겠지? 아야노코지."

"저희 편이 한 사람 늘어나는 건 환영할 일이니까요."

"이 이야기는 여기까지 하고 일단 덮어두지. 비밀은 반드시 지킬 것. 이렇게 하면 문제없겠지?"

"물론입니다."

마시마 선생님도 차바시라도 츠키시로의 부정을 실제로 본 건 아니니까 그러는 게 좋겠지.

이 건과 엮인 교사가 늘어나면 그만큼 정보가 샐 가능성도 커진다.

부정을 폭로하려는 움직임이 있다는 사실을 알면 당연히 츠키시로는 한층 경계심을 키울 것이다.

"저도 일단 아야노코지 편에 설 생각이에요."

"사카야나기. 아야노코지의 사정을 알고 있다고 해서 그를 특별히 대하는 건 문제가 있다만."

"무슨 말씀이시죠? 그를 특별히 대하는 건 당연한 일, 아니 저의 권리예요."

마시마에게 바로 반론했다.

"……권리라고?"

"네. 반별 경쟁 구도가 잡혀있다곤 하지만 사람이 모이면 여러 가지 사정이 교차하는 법이죠. 다른 반에 있는 친구나 연인을 위해 반을 배신하는 학생도 있는가 하면, 돈으로 서로 협력하는 관계 또는 협박을 하는 사람도 있듯. 감정 하나로 반을 넘어선 협력 관계가 될 수도 있어요. 이 학교는 쭉 그렇지 않았나요? 아니, 이 학교가 아니라 사회를 보아도 마찬가지입니다. 제 말이 틀렸나요?"

누구든 특별하게 여기는 상대가 있고, 그걸 막을 권리는 없다고 사카야나기는 주장했다.

"설령 제가 A반 모두를 외면하고 아야노코지만 돕는다고 해도 선생님은 절 비난할 수는 없어요. 그건 희생된 학생들의 몫입니다."

사카야나기의 말에 마시마 선생님은 불만을 느꼈겠지만, 이렇다 할 반론은 하지 않았다.

"물론—— 특별취급하는 게 상대에게 좋은 일인지는 다른 얘기지만요."

"무슨 소리야."

"이사장 대행을 배제할 때까지는 가만히 있겠지만, 그 이후로는 사정이 달라진다는 뜻이에요. D반이 A반의 방해가 된다면 저는 언제든 가차 없이 밟을 거예요."

"그래? 그렇다면 됐다."

강한 의지를 드러내는 사카야나기를, 마시마 선생님은 그대로 받아들였다.

"다시 한번 확인해두는데, 츠키시로 이사장 대행이 부정을 저지른 증거는 아직 하나도 없는 거지?"

"이미 흔적을 다 지웠을 거예요. 뒤늦게 찾아봐야 아무 의미 없지 않을까요."

일부러 증거를 남기는 멍청한 짓은 하지 않는다.

"그럼 역시 다음을 기다리는 수밖에 없겠군."

2학년에 무슨 시험이 있을지는 우리보다 교사들이 훨씬 잘 알고 있다.

츠키시로가 어떻게 나올지 생각하는 건 마시마를 비롯한 교사들에게 맡기자.

"슬슬 30분이 지나가는군. 사은회를 계속 빠질 순 없으니. 일단 학생인 너희부터 나가거라. 우리는 그 뒤에 따로 나갈 테니."

"알겠습니다."

나와 사카야나기는 함께 응접실을 빠져나왔다.

그리고 나란히 복도를 걸었다.

"과감한 판단이었는데, 마시마 선생님을 우리 편으로 끌어들인 건 큰 성과야. 1학년 주임이니 누구보다도 츠키시로 이사장 대행에게 가까이 갈 수 있고."

"그래. 완전히 막지는 못하더라도 어느 정도 힘이 되어 준다면 그걸로 충분하겠지."

"정의감이 지나치게 강한 면이 좀 마음에 걸리긴 하지만."

"그 믿음직스러운 자세가 도리어 발목을 잡을 수도 있으니까.”

“너무 깊이 파고들면 마시마 선생님의 목이 날아가겠지. 뭐, 그런 식으로 날아간다면 어차피 이 일이 아니어도 쫓겨났겠지만.”

그렇게 말하는 사카야나기의 옆얼굴이 무척 행복해 보였다.

“즐거운가 보군.”

“즐거워. 아야노코지는 즐겁지 않아?”

“글쎄. 나는 성가실 뿐이니까. 그보다 네가 여기 온 건——”

“응. 재미있을 것 같아서. 방해였으려나?”

바로 인정하는 사카야나기.

“아니. 네가 와줘서 마시마 선생님을 설득하기 한결 수월했어. 고맙다.”

“그렇다면 다행이네.”

나를 보며 사카야나기가 웃었다.

“그리고 학교 측의 부정으로 우리의 승부를 계속 방해받을 순 없으니까.”

츠키시로가 저지른 부정을 사카야나기는 강하게 분노하고 있었다.

철저하게 싸워서, 그를 배제하려 할 거다.

“지금 적은 방심하고 있어. 이때 빨리 끝내야 해.”

츠키시로에게 우리는 고작 고등학생. 얕보고 있다.

거기서 빈틈이 생기는 법이다.

"아야노코지. 당분간은 츠키시로 이사장 대행을 제거하는 데 있는 힘을 다해주길 바라."

"그래? 그럼 사양 않고 해볼까."

믿을 수 있을지 어떨지 저울에 달아볼 필요는 없으리라.

사카야나기의 성격은 충분히 알고 있으니.

5

두 학생이 나간 후.

마시마는 차바시라에게 솔직한 의견을 털어놓았다.

"아직 좀 이해가 안 되는 부분이 있어."

"그건 나도 마찬가지야. 하지만 아야노코지가 한 말은 사실이겠지."

"학생 하나 때문에 학교 시스템에까지 손을 뻗치다니. 아무리 현실이라고 해도 쉽게 믿을 수가 없군."

마시마가 한탄했다.

"1년간 그를 봐온 담임의 의견은 어떤가?"

"어려운 질문이네."

그곳에 오래 머물 수도 없는 노릇이라 두 사람은 아야노코지와 사카야나기가 나간 지 1분 정도 지났을 때 응접실을 빠져나왔다.

"매사에 무기력하고 무심해. 어디에나 있는, 존재감이 별로 없는 평범한 학생이지."

다른 반 담임들도 비슷한 인상을 품고 있으리라.

실제로 이미지가 흐릿하다. 이름과 얼굴이 겨우 일치하는 정도의 존재.

"하지만 어른 앞에서도 전혀 흔들리지 않는, 모든 것을 꿰뚫어 보는 듯한 그 눈빛. 그건 학생의 눈빛이 아니야."

"난 아직 반신반의하지만."

"그렇겠지. 고등학교 1학년이라고 하면 아무래도."

"교사가 된 지 얼마 되지 않았지만, 많은 학생을 봐왔어. 최근에는 호리키타 마나부나 나구모 미야비가 특출했지."

"그 둘은 나도 동감이다."

두 사람 모두 학력과 신체 능력이 우수했다. 학년에서 일등이었으며 유례를 보기 힘든 카리스마를 가졌다.

"올해 1학년들은 그 두 사람에게 조금도 미치지 못하는 인상이었어. 물론 어느 하나가 그들에게 필적하는 학생도 있지만, 모든 면에서 그만한 인재는 없었지. 아야노코지는 어느 정도라 보면 되는 거지?"

"대답에 따라 움직일 셈인가?"

"아니. 아야노코지가 어떤 인물이든 츠키시로 이사장 대행의 부정을 용납할 생각은 없어. 단순히 호기심이다."

"호기심…… 드문 표현을 쓰는군, 마시마 선생. 하지만 나도 아직 다 살펴본 건 아니라서."

차바시라 역시 아야노코지에 대해 알고 싶어 안달 난 인물 중 한 사람.

대답해주고 싶어도 대답할 게 없다.

"정말 성가신 문제를 가져왔군."

어이없다는 듯 마시마가 팔짱을 꼈다.

"원래 교사란 학생과 적절한 거리를 유지하며 관리하는 사람이야. 묘한 관계를 맺는 건 좋은 선택이 아니지."

"멀쩡한 관계로 돌려놓기 위해서라도 빨리 츠키시로 이사장 대행을 배제하는 게 좋겠군."

"글쎄—— 배제한다고 끝날까?"

"무슨 뜻이지?"

"그의 부정을 폭로해서 배제했다 치자. 그 후에 또 다른 자객을 보내지 않는다고 확신할 수 있나? 아야노코지의 문제가 불씨가 돼서 학년 전체…… 어쩌면 학교 전체에 악영향을 미칠 수도 있어."

그게 불안하다고 마시마는 말했다.

그렇다곤 해도 마시마는 학생을 못 본 척하지는 못할 것이다.

"나는 학교가 진흙탕이 될까 걱정이다."

"그렇지."

그렇게 되면 정당한 평가를 받지 못하는 학생도 나올 것이다.

그건 교사로서 반드시 막아야만 하는 일.

"부디 내 이 예감이 틀리기를 바란다."

두 교사는 앞으로 기다리고 있는 전개를 상상하며, 그것이 기우이기를 바랐다.

6

교사들, 사카야나기와 이야기를 끝내고 나는 체육관 근처로 향했다.

잠시 뒤면 사은회를 마친 3학년들이 나올 것이다.

핵심은 밖으로 나오는 그들을 맞이하는 것.

3학년 중에는 오늘 바로 학교를 떠나는 사람도 있을 터.

그들을 기다리는 1학년과 2학년 사이에는 시간이 흐를수록 점점 긴장감이 쌓이고 있었다.

전부 몇이나 되려나, 대충 눈으로 봐도 100명은 넘어 보였다.

그리고 무리에서 떨어져 있는 사람이 한 명.

"역시 왔군."

내가 말을 걸자, 호리키타가 나를 쏘아보았다.

"……뭐, 오면 안 돼?"

"안 되긴. 오히려 좀 다시 봤다."

"다시 봐? 무슨 소린지 잘 모르겠네."

"예전의 너였으면 여기 못 왔을 거란 생각이 들어서."

그런 내 칭찬을 호리키타는 왠지 삐딱하게 들었다.

"그런가. 난 나야, 아무것도 달라지지 않았어."

성장 혹은 자기를 다시 보는 것을 부정했다.

아니, 그냥 남 앞에서 순순히 인정할 수 없는 것뿐이려나.

체육관에서의 사은회가 끝났는지, 마침내 문이 열렸다.

이리하여 졸업식은 정식으로 완전한 끝을 고하게 되었다.

졸업생, 재학생에게 남겨진 공식적인 교류의 장은 이게 마지막이다.

해방되어 속속 나오는 3학년들.

대부분 밝은 표정이었지만, 몇몇은 얼굴에서 웃음을 찾아볼 수 없었다.

학교를 떠나는 아쉬움인가, 아니면 A반으로 졸업하지 못한 후회인가.

아니, 아마 후자였다면 대부분이 우중충한 표정을 짓고 있었겠지.

언뜻 봤을 뿐이지만, A반이 아닌 학생들의 표정에도 기쁨이 담겨 있었다.

"어떻게 생각해?"

호리키타에게 물었다.

"꿈을 향한 지름길을 걷지 못했더라도, 자력으로 개척할 수 있어서 그런 것 아닐까. 진학도 취직도, 실력이 있으면 특권 없이도 실현할 수 있어."

인생의 길은 앞으로도 계속 이어져 있다.

그들은 현실에 맞서, 진로를 향해 계속 걸어가겠지.

그런 의미에서는 이 화려한 무대에 당당히 있어도 아무것도 이상하지 않다.

졸업생 중에는 아무도 상대하지 않고 곧장 기숙사로 돌아가는 학생도 있었지만, 대부분은 그 자리에 머물렀다.

3년 동안 남긴 손톱자국, 아니 흔적이 여기에 보이는 것 같은 느낌이 드는군.

남아 있는 졸업생 사이에는 학생회장을 맡았던 호리키타 마나부도 섞여 있었다.

아직 아무도 접근하지 않은 지금이 기회다.

사람들이 모여들면 호리키타가 끼어들 틈이 없다.

그러나 정작 이 순간을 기다린 호리키타가 한 걸음도 움직이지 않고 있었다.

"지금 가는 게 좋을걸."

"나도 알아."

그와 얘기하기 위해 여기서 계속 기다리고 있었으면서, 막상 때가 오면 움직이질 못했다.

그러는 동안 한 명, 또 한 명 호리키타의 오빠에게 다가가는 학생들이 늘어났다.

이러고 있다간 일을 그르치겠다 싶은 생각이 든 나는 강행수단을 쓰기로 했다.

나는 머뭇거리는 호리키타의 등을 밀었다.

"자, 잠깐?"

"동생의 특권을 쓰고 오라고."

하지만 호리키타는 발을 땅에 딱 붙이고 앞으로 나아가려 하지 않았다.

"……지금 내가 가는 건 너무 부자연스러워."

"오빠에게 여동생이 가는데 뭐가 부자연스럽다는 거냐."

"부자연스러워, 불순물이야."

자신을 경멸하듯 호리키타가 그렇게 평가했다.

지난번의 덫, 그러니까 호리키타가 내게 요리를 대접했던 것과 입학 직후의 기억이 어딘지 겹쳐졌다.

그때 호리키타는 1학년들 앞에서 연설하는 호리키타 마나부를, 마치 멀리 있어 닿지 않는 존재를 바라보는 듯한 눈으로 봤었다.

세세한 부분은 성장했어도 심지가 여전히 그대로인 거다.

경험을 쌓아도 여전히 어려운 것도 있겠지.

또 나약한 생각이 고개를 내민 탓인가 생각했는데…….

"착각하지 마. 겁먹어서 이러는 게 아니야. 오빠의 3년이 어떤 3년이었는지 보고 싶어서 왔을 뿐이야."

"그렇군."

말을 거는 게 전부가 아니라는 말.

그것도 나쁘지 않다.

호리키타의 오빠에게 2학년 몇몇이 더 다가갔다.

"꽤 인기가 많군."

학생회장으로 그리고 A반으로 달려온 남자. 당연히 인기가 있겠지. 1학년과는 접점이 별로 없을 줄 알았는데, 생각보다 많은 1학년이 다가가고 있었다.

이윽고 작았던 원이 점점 커지기 시작하며 졸업생들 틈새에 섞였다.

호리키타 마나부는 이따금 작은 미소를 보이며 부드러운 태도로 후배들을 대하고 있었다.

제일 마지막에는 아주 살짝, 다른 표정을 보였지만.

중압감에서 벗어난, 홀가분한 분위기를 엿볼 수 있었다.

그런 오빠의 모습을 호리키타는 눈에 새기듯이, 깜빡거리는 것조차 아까워하듯이 지켜보았다.

그리고—— 그런 오빠에게 한 남학생이 다가가는 모습이 보였다.

현 학생회장, 2학년 A반 나구모 미야비였다.

그의 뒤를 이어 부회장 키리야마, 비서 미조와키와 토노카와, 아사히나의 모습도 보였다.

분위기가 무거워졌다기보다는 독특하게 바뀌었다.

"졸업 축하드립니다, 호리키타 선배."

축하 인사를 건네며 나구모가 미소와 함께 호리키타 마나부에게 다가갔다.

그는 나구모의 인사를 싫은 기색 없이 받아들였다.

"과연 대단하시네요, 호리키타 선배. 결국, 저는 선배를 꺾지 못했습니다."

"그렇지도 않아. 솔직히, 최후의 순간까지 네가 어떻게 나올지 알 수 없었다. 굳이 네 패인을 찾자면 그건 나와 같은

91

학년이 아니었다는 거다. 아무리 깊이 간섭하려 해도 결국은 외야니까."

아무리 대결하고 싶어도, 학년 차이는 뛰어넘을 수 없다.

시험에 직접 뛰어들 수 없는 이상, 할 수 있는 일은 몹시 적다.

오직 쓰러트릴 생각뿐이라면 류엔처럼 장외 난투를 하는 방법도 있지만.

"그렇군요. 저는 왜 1년 늦게 태어났을까요."

패배보다 오히려 같은 학년이 아닌 게 분해 보였다.

"그래도 마지막으로 악수를 청해도 될까요."

"물론, 거절할 이유는 없지."

호리키타의 오빠도 흔쾌히 승낙해, 두 사람은 손을 마주 잡았다.

잠시 기분 좋은 침묵이 이어졌다.

학생회장끼리니 굳이 말하지 않아도 통하는 게 있을지도.

"너에겐 앞으로도 긴 1년이 기다리고 있어. 부디 만족할 수 있는 학교생활을 보내길 바란다."

호리키타 마나부의 충고. 그는 나구모의 폭주를 말리지 않았다.

오히려 자유롭게 해보라며 격려했다.

"네. 얼마 안 남은 시간, 열심히 해보겠습니다. 진정한 실력 지상주의 학교로 바꿀 겁니다. 준비는 이미 끝났으니까요."

그 발언을 들은 호리키타의 오빠가 고개를 끄덕였다.

"나도 너랑 비슷한 감상인 것 같군. 1년 차이로 네가 만들어가는 학교를 볼 수 없는 게 조금 아쉽다. 가까이에서 보면 좀 더 이해할 수 있는 것도 있었을 텐데."

"글쎄, 어떨까요. 이것만은 선배나 저나 서로 물러설 수 없다고 생각하는데요."

학교의 전통과 규칙을 지키려는 자와 무너뜨리려는 자.

각자의 생각이 정반대인 이상 대립은 피할 수 없다.

"뭐, 괜찮아요. 호리키타 선배가 남긴 후배가 있잖습니까?"

나구모의 시선이 조금 떨어진 곳에서 지켜보고 있는 이쪽——여동생 쪽으로 향했다.

호리키타가 살짝 긴장하는 게 느껴졌다.

"선배의 여동생이 있으니 나중에 직접 물어보시죠."

졸업해서 떠나도 남매니까 늦든 빠르든 다시 만날 터.

그때 다시 자기 이야기를 들으라는 뜻이다.

"그렇군."

긍정한 호리키타의 오빠와 나구모의 굳게 맞잡은 손이 떨어졌다.

"감사했습니다."

"나 역시."

전 학생회장 호리키타 마나부, 현 학생회장 나구모 미야비.

마지막은 의외로 평화롭게 막을 내렸다.

나구모는 다른 학생을 방해할 생각은 없는지 바로 호리키타 마나부와의 거리를 벌렸다. 학생회장들의 만남은 화려

하지만, 반대로 다른 사람이 접근하기 힘드니까.

나구모는 곧장 호리키타 쪽으로 다가왔다.

같은 2학년 A반 학생, 아사히나 나즈나도 함께. 다른 학생회 멤버로 보이는 학생은 다른 졸업생을 만나러 갔는지 보이지 않았다.

"이야기 다 들었겠지? 내년에 잘 해봐라. 이름이——"

"호리키타…… 아니, 스즈네입니다."

호리키타의 목소리에는 긴장감이 묻어나고 있었다.

평소라면 눈 하나 깜빡하지 않을 텐데, 오빠와의 대화를 들은 직후라 영향을 받은 걸까.

그런 모습을 왠지 즐거워하는 듯한 나구모가 한 번 뒤돌아보았다.

시선의 끝에는 말할 것도 없이 학생회장 호리키타 마나부가 있었다.

위험을 무릅쓰고 계속 도전했던 상대.

지금은 후배들에게 둘러싸여, 졸업 축하 꽃다발 등을 받고 있었다.

"저 남자는 대단한 사람이었어. 네 오빠라는 걸 자랑스럽게 여겨라."

그렇게 칭찬하고는 다시 호리키타 스즈네 쪽으로 시선을 돌렸다.

"네. 자랑스럽게 생각해요."

그의 시선에 호리키타는 힘주어 대답했다.

"뭐 달리 궁금한 게 있으면 대답해줄 수 있어. 오늘은 기분이 좋으니까."

"……그럼 사양하지 않고 물어보겠습니다."

호리키타는 나구모에게 질문을 던졌다.

"후회는 없나요?"

"무슨 후회?"

"나구모 학생회장의 눈빛이 그다지 분해 보이지 않아서요."

조금 전 두 사람의 분위기를 말하는 거겠지.

나구모는 호리키타 마나부가 A반으로 졸업한 것을 진심으로 축하하는 것 같았다.

하지만 바깥에서 본 학생회장들의 관계는 다르다.

나구모는 집요하게 호리키타 마나부에게 싸움을 걸었고, A반에서 내려가게 만들려고 했다.

당연히 여동생의 눈에는 좋게 보이지 않았을 터.

그런데 막상 마지막에 와서 나구모는 순순히 호리키타 마나부의 A반 졸업을 축하했다.

자기가 건 싸움이 통하지 않았음에도 불구하고 말이다.

"호리키타 선배에게 쉽게 이길 수 있을 거라고는 생각하지 않았어. 이길 수 있는 상대가 아니야, 그렇잖아?"

"그건…… 그렇지만요."

"미야비도, 호리키타 선배에게 완패했다는 걸 아는 거지."

아사히나가 끼어들자 나구모가 가볍게 시선만 던졌다.

"패배라니? 내가 뭘 졌다는 거지?"

"응? 호리키타 선배가 A반으로 졸업했잖아? 그럼 네가 진 거지."

무슨 소릴 하냐는 듯 아사히나가 대답했다.

하지만 나구모는 여전히 졌다는 생각은 하지 않는 것 같았다.

"물론 결과만 놓고 보면 선배는 결국 A반으로 졸업했지. 하지만 그게 왜 내 패배가 되지?"

"네가 건 싸움이잖아? A반으로 졸업했으면 진 거 아니야? 안 그래?"

아사히나는 옆에 서 있던 호리키타에게 동의를 구했다.

호리키타는 대답 없이 나구모의 주장에 귀를 기울였다.

"내가 승부에 도전한 건 사실이지. 하지만 승패를 원했던 게 아니야. 만약 호리키타 선배가 B반으로 떨어졌다 하더라도 나는 선배의 평가를 바꾸지 않았을 거다. 그 사람의 능력은 반 따위로 헤아릴 수 있는 게 아니야."

하지만 아사히나는 여전히 모르겠다는 표정이었다.

"잘 생각해 봐라. 선배가 A반으로 졸업해서 내 평가가 떨어졌나? 난 여전히 이 학교의 학생회장이고 변함없이 A반에 머물러 있지. 뭘 졌다는 거냐?"

"아니, 하지만……."

"애당초 2학년과 3학년 사이에 제대로 된 승부가 이루어질 리가 없잖아."

구조상 승부 자체가 되지 않는 걸 알면서도 나구모는 호리키타의 오빠에게 계속 도전했다.

"단지 난 인정받기 위해…… 아니, 날 인정하게 만들려고 선배를 공격했을 뿐이야."

오늘 호리키타 마나부는 나구모를 인정하는 듯 말을 했다.

아니, 처음부터 실력 자체는 높이 평가했겠지.

단지 방식이 마음에 들지 않았을 뿐이다.

나구모는 그 방식까지도 인정받고 싶었던 모양이지만.

"무슨 사랑에 빠진 소녀 같은 말이네."

"그럴지도 모르지. 졸업 후에 선배가 어떻게 할지 대략적인 이야기는 들었어. 나는 그 뒤를 따라갈 생각이야."

나구모의 얼굴에는 아쉬움도, 분함도 찾아볼 수 없었다.

호리키타의 마나부와의 대결을 마지막 순간까지 즐겼다는 듯이.

"졸업 후에도? 진심이야? 네 진로까지 호리키타 선배에게 다 맞추려고?"

"적어도 지금은 그럴 생각인데."

"호리키타 선배를 얼마나 좋아하는 거냐……."

"2학년에는 내 적수가 없어. 당연히 1학년도 그렇고. 즉, 이 학교에서 이제 할 일은 단 하나. 학교 시스템 자체에 손을 대서 따분한 걸 재미있게 만들 거야."

나구모 미야비가 학생회장이 되고 임기의 절반이 지나려하고 있었다.

하지만 아직 이렇다 할 새로운 움직임은 없었다.

호리키타 마나부가 졸업하고 자기가 3학년이 되면 슬슬 시동을 걸겠지.

그게 어떤 식이 될지 아직은 잘 모르겠지만.

"그나저나 1년이 지나도록 여전히 널 어떻게 평가해야 할지 잘 모르겠군, 아야노코지."

나구모의 시선이 이제야 처음으로 내게 향했다.

호리키타 남매에게 보내는 것과 달리, 그야말로 '지루한' 눈이었다.

"알아볼 것까지도 없다는 뜻이죠."

내가 그에게 주목받았다는 게 나구모의 마음에 걸리는 모양이다만, 그 정도 위화감으로는 흥미까지 이어지지 않는다.

아직도 나를 모르고 있다면 내가 그를 굳이 자극할 필요는 전혀 없다.

"뭐, 4월이 되면 싫어도 알게 되겠지. 진정한 실력주의가 되면 싫어도 싸울 수밖에 없으니."

호리키타 마나부가 떠나고 학교는 이제 완전히 나구모의 지배하에 놓이게 되었다.

학생회가 아무리 강해도 학교를 상대로 어디까지 영향력이 끼칠 수 있을지 조금 회의적이다만, 나구모가 하는 것을 보건대 1학년 때와는 다를 거라는 건 틀림없어 보였다.

"반 대항전이 없어질 거란 뜻인가요?"

나구모의 말이 신경 쓰였는지 호리키타가 물었다.

"그게 가장 이상적이지만, 아무래도 그건 불가능하겠지. 학교에서 받아들이질 않을 거다."

어깨를 움츠리며 나구모가 어이없다는 듯 한숨을 토했다.

"하지만 지금보다 더 개인의 실력이 좌우하는 구조로 바뀌긴 할 거야. 우수한 학생이 상위 반에 있는 건 당연한 일이지, 안 그래?"

호리키타는 동의도 부정도 하지 않고 묵묵히 귀를 기울였다.

"그리고 지금까지 해왔던 것 이상으로 1학년부터 3학년까지 한 데 섞여서 대결하는 재미있는 이벤트를 몇 가지 제안 중이야. 학교 측이 받아들인다면—— 너랑 대결할 수 있을지도 모르지."

호리키타를 보며 말하는 나구모. 지금의 나 따위 안중에도 없겠지.

하지만 그 와중에도 본능적으로 나를 평가하고 알아보려 하는 듯한 느낌이 든다.

"미야비, 슬슬 가지 않을래? 인사하고 싶은 선배가 있잖아, 이러다 돌아가 버리겠어."

"아, 그래. 1학년이랑은 다음에 또 이야기하면 되니까."

나구모와 아사히나는 호리키타 마나부 이외의 3학년이 있는 곳으로 이동했다.

"후우……. 저런 사람이랑 말하려니까 여러 가지로 조심스럽네."

"학생회장이니까."

학년은 하나밖에 차이가 나지 않지만, 우리 눈에는 구름 위에 있는 존재다.

"난 이만 갈게. 이제 할 일도 없으니."

결국 여기서 오빠와 대화하는 건 포기한 모양이다.

"괜찮겠어? 내일 학교를 떠날지도 모르는데."

"네가 말 안 해도 알아."

호리키타는 딜레마를 느끼며 먼저 돌아가겠다고 했다.

나는 얌전히 눈으로 배웅하기로 했다.

"……넌 안 가?"

"어어. 난 좀 더 여기 있으려고."

"그래…… 그럼."

내가 남아 있는 게 신경 쓰이는 듯했지만, 이내 호리키타 는 뒤돌아 기숙사 쪽으로 향했다.

나는 그냥 가만히 호리키타 마나부를 비롯한 3학년들을 지켜보기로 했다.

딱히 흥미가 있어서는 아니다.

그저 이 광경을 눈에 새겨두고 싶었을 뿐이다.

2년 뒤의 내 모습을 대충 상상하면서.

그렇게 얼마간 잔뜩 상기되어 있다가 한 사람, 또 한 사람 돌아가기 시작했다.

이윽고 모두 가고 없어지려 할 때 즈음.

이별 인사를 모두 끝낸 듯한 호리키타 마나부가 나를 발견하고 다가왔다.

"아직 있었나."

내가 이 자리에 가장 어울리지 않는다는 걸 잘 알고 있다.

"날 기다렸나?"

"그러던 참이야."

내가 다른 3학년에게 말을 걸지 않았다는 건 멀리서 보고도 알았으리라.

"그쪽이랑 말하는 것도 이게 마지막일지 모르겠네. 학교는 언제 떠나지?"

바로 본론을 꺼내기로 했다.

만약 오늘 바로 떠난다고 하면 호리키타에게 말 해줘야 하니까.

"31일 낮에. 12시 반 버스에 탈 예정이야."

일주일 뒤인가. 내일 바로는 아니지만, 얼마 남지 않았다.

"스즈네는 돌아갔나 보군."

"그쪽의 3년을 눈에 잘 새기고 돌아갔어."

둘이서 기숙사 방향으로 시선을 한 번 던졌다.

이미 호리키타는 없었다.

"그랬나."

그의 표정으론 무슨 생각을 하는지 알 수가 없었다.

하지만 이대로 자리를 만들지 않으면 두 사람은 끝내 만나지 못할 가능성도 있다.

혼자 그런 걱정을 하고 있는데……

"혹시 괜찮으면 스즈네에게 말을 전해주겠나? 31일 정오에 정문 근처에서 기다리겠다고."

"그런 건 직접 전하는 게 좋지 않나? 아직 시간 있잖아."

이쪽이 만날 의사가 있다면 어렵진 않을 것 같다.

호리키타는 금방이라도 달려올지도 모른다.

"그 녀석이 솔직하게 굴지 않을 수도 있으니까. 네가 해줬으면 한다."

"역효과가 날지도 몰라. 내가 전하면 더 안 올 수 있다고."

꼬인 데가 있으니까 말이지.

"그때는 그게 스즈네의 선택인 거다."

"정말로 괜찮은 거지?"

거듭 확인하자 바로 대답이 돌아왔다.

"괜찮아. 너한테 맡긴다."

뭐, 책임을 묻지 않겠다면 전하는 거야 어렵지 않지.

오히려 이 이야기를 들으면 호리키타는 십중팔구 나올 거다.

이미 화해는 시작되고 있다.

"너랑 좀 더 이야기를 나누고 싶지만, 다음 일정이 있어서."

후배들과 이런저런 약속이 있는 모양이군.

오늘 정도는 남매 일이고 뭐고 다 잊고 한 학생으로 보내고 싶은 걸까.

"그리고 너도 아무 의미 없이 오래 얘기하는 건 바라지 않겠지?"

"뭐, 그렇지."

아무리 사람들이 거의 다 돌아갔다고는 하나, 역시 전 학생회장과 함께 있으면 눈에 띄기 마련이다.

"혹시 괜찮으면 31일에 너도 와주면 좋겠다."

"사람 많은 데서 인사하는 거 잘 못 하는데."

"걱정할 것 없어. 그날은 너와 스즈네 말고 아무도 부르지 않을 계획이니까."

그렇다면, 하고 나는 작게 고개를 끄덕이며 제안을 받아들였다.

"고맙다."

그 말을 끝으로 호리키타의 오빠와 헤어졌다.

3학년 중 유일하게 대화하던 상대인 만큼, 그가 가면 내 용건도 끝이다.

이만 나도 돌아가 볼까.

"아야노코지, 괜찮으면 같이 돌아갈래?"

그때 내게 말을 건 것은 히라타였다.

조금 전까지 3학년에 섞여 인사하던 모습을 멀리서 보기는 했다만.

"인사는 다 끝냈어?"

"응. 졸업식은 끝났지만, 대부분은 며칠 더 학교에 머무니까. 친했던 사람들이랑은 따로 송별회를 한다는 모양이야."

그럼 히라타도 여기저기 초대받았겠군.

3학년은 최대 4월 5일까지 학교에 머무를 수 있다.

물론 그전에 준비가 끝난 학생은 학교를 떠나겠지만.

남은 기간이 얼마 없다. 대부분 준비를 마쳤다고 봐도 될 것이다.

거절할 이유도 없어서 나는 히라타와 기숙사에 돌아가기로 했다.

7

편의점을 지나칠 때쯤 히라타가 나를 힐끔 쳐다보았다.

그러더니 다시 아무 일도 아니라는 듯 정면을 향했다.

아까부터 저 행동을 몇 번이고 반복하고 있다.

뭔가 말 꺼낼 타이밍을 살피는 것 같은데…….

이윽고 결심을 굳혔는지 히라타가 입을 열었다.

"실은── 아야노코지가 들어줬으면 하는 게 있는데."

히라타는 말을 꺼내기 어려워했다.

학년말 시험인가 잠깐 생각했지만 아무래도 아닌 모양이다.

"뭔데? 상담이냐."

"음…… 뭐, 비슷한 거려나."

히라타는 잠시 망설이더니 고개를 끄덕였다.

"해결해줄 수 있을지는 모르겠지만, 뭐든 말해 봐."

히라타가 날 의지하다니. 썩 나쁘지만은 않군.

하지만 뭘 고민하고 있는지는 도통 감이 오질 않는다.

야마우치 퇴학 사건으로 시름에 잠겨 있을 때는 오히려 알기 쉬웠지만, 그건 이미 해결했다.

아직 감정이 조금 남아 있을 수는 있겠지만, 그걸 상담하진 않겠지.

이미 어느 정도 소화를 끝내 스스로 해결 가능할 수 있게 되었을 터다.

"의외라고 생각할지도 모르지만……."

그런 식으로 운을 떼더니 이야기를 시작했다.

"그게, 지금은 연애에 대해 적극적일 수가 없달까…… 잘 모르겠어."

정말 의외의 이야기였다.

설마 히라타에게서 연애의 고민 상담을 받을 줄이야.

"잘 모른다는 게 무슨 뜻인데?"

일단 이야기를 들어봐야 할 것 같다.

나는 히라타를 재촉했다.

"내가, 아마도 여자애를 좋아해 본 적이 없어서 그런 것 같은데……."

왠지 창피한 투로 그렇게 고백하는 히라타.

"……? 여자애랑 사귀어 본 적이 없다고?"

"카루이자와 했던 계약 연애를 빼면 그런 셈이지."

그럴 수도 있기야 하겠지만, 조금 의외군.

남녀 모두를 평등하게 대하는 게 히라타란 남자다.

연애 경험 한두 번쯤은 있을 줄 알았는데.

케이와 했던 연인 연기는 논외다. 그저 학교폭력을 당하지 않도록 막아줬을 뿐.

가만, 여자애를 좋아해 본 적이 없다고?

"그럼 지금도 신경 쓰이는 여자애가 없어?"

"그렇지……."

여자애를 모두 똑같은 눈으로 바라볼 수 있는 것도 뭐 이점이라면 이점인데, 참 신기하군.

"미짱은?"

미짱은 히라타와의 관계가 진전되기를 염원하고 있다. 명확한 연애 감정을 품고 있다.

"나는 친구 이상의 관계는 될 수 없다고 차마 말 못 하겠더라."

친구부터 시작하고 싶다던 미짱.

나중에 가서는 연인이 되기를 바라고 있을 터다.

하지만 히라타에게 그럴 생각이 없다면, 그건 이루어질 수 없는 소원이다.

쓸데없이 질질 끄는 것도 미짱을 위한 게 아닐 텐데.

즉, 그게 상담 내용인가.

히라타는 망설이고 있었다.

"분명하게 말해야 한다는 건 나도 알아. 하지만 그게 어려워."

그녀에게 상처 주지 않고, 전달하는 방법.

"모순——이지, 이거."

"그렇지."

마음씨 착한 히라타이기에 늘 이런 식으로 어려움을 겪는다.

"그런데, 그건 지금의 대답이지? 앞으로는 어떻게 될지 모르는 거 아니야?"

연애 감정이라는 건 스스로 제어할 수 있는 게 아니니까.

자기도 모르는 순간 갑자기 불이 들어오는 법이다.

……아마도.

"물론 앞이 어찌 될지는 모르지. 하지만……."

돌이켜 생각해 봐도 미짱과 연인이 된 모습이 그려지질 않는다는 건가.

외모나 성격을 봐도 별로 불만을 가질 만한 부분은 없는 것 같은데.

그야 연애가 그런 것만으로 움직이는 건 아니겠지만.

"나는 아마—— 아니, 그런 미래가 없다고 확신한 모양이야."

모르겠다고 말하면서도 속으로는 이미 답을 낸 듯 보였다.

그렇다면 내가 할 말도 뻔하지.

"그럼 확실하게 말해. 미짱은 진전을 원하고 있으니까."

나는 히라타의 눈을 쳐다보며 말했다.

답을 보류해봐야 미짱만 기다릴 뿐이다.

그럴 바에야 빨리 선을 그어버리는 게 낫다.

그러고도 히라타를 따르겠다면…… 뭐, 그건 미짱의 자유지만.

그런데 히라타가 슬쩍 눈길을 피했다.

"……그 애가 상처 입어도?"

"네가 그러고 있는 게 상처 입히는 거다. 안 그래?"

다시 한번 나는 히라타의 눈을 똑바로 보았다.

히라타는 나와 눈을 맞추었다가, 다시 어딘가 다른 방향으로 시선을 돌렸다.

"으, 으응. 그렇지. 네 말이 맞아……."

자신에게 들려주듯이, 히라타는 두 번 세 번 수긍했다.

그리고 결론을 내렸다.

"역시 아야노코지한테 말하길 잘했어. 용기를 내볼게. 상처 입힐 각오가 없는 건, 그저 도망치고 있을 뿐이지."

또 한 가지 답을 찾는 데 성공한 듯하다.

"잘할 수 있겠어?"

"이게 정답인지 아닌지는 모르겠지만, 이대로 있으면 누군가가 계속 상처받는다는 걸 알았으니까."

히라타는 저울에 달아보고 있었다.

가만히 있는 것과 솔직하게 말하는 것을.

그리고 후자가 미짱을 위한 길이란 걸 알고 마음을 굳혔다.

예전 같으면 계속 고민해서 답을 내기까지 시간이 꽤 걸렸을 텐데.

'상대에게 상처 주지 않고 끝내기'라는 선택지를 계속 모색하다가 생각과 감정이 미궁을 헤맸을 거다.

이제 고민은 해결됐나 했는데, 히라타는 아직 할 말이 남은 것 같은 얼굴을 하고 있었다.

"왜?"

내가 먼저 물어보았다.

"그게 말이야…… 앞으로…… 키요타카, 라고 불러도 될까?"

무슨 말을 하려나 했더니, 또 예상치도 못한 말이 나왔다.

"나도, 혹시 괜찮다면 성 말고 이름으로 불러주면…… 좋겠고."

그건 우정이 한 단계 깊어졌다는 뜻으로 받아들여도 될까.

예전에 케세이와 아키토, 하루카와 아이리와의 사이가 좀 더 깊어졌듯이.

"물론 히라타가 괜찮다면."

흔쾌히 받아들이자 히라타는 진심으로 기쁘다는 듯 환하게 웃었다.

"정말로? 그래도 돼?"

"그냥 이름 부르는 거잖아? 히라타, 아니 요스케한테는 익숙한 일 아닌가?"

평소에도 남녀 불문하고 성으로 부르는 것 같긴 하지만, 그리 힘든 일은 아닐 터.

"그 사건 전까지는 그랬을지도 모르지."

그 사건이란 히라타가 중학교 시절에 겪었던 친한 친구의 학교폭력 문제, 그리고 자살 미수 사건을 가리킨다.

"아무리 노력해도 그날 이후로…… 다른 사람이랑 가까워지는 게 무서웠어. 모든 사람을 똑같이 대하는 대신, 깊은 인연을 만들지는 못하게 되었지."

그로부터 2년 정도 지났는데, 그동안에는 성만 불러온 모양이다.

듣고 보니 히라타는 어떤 학생이든 똑같이 대했었다.

반에서 만장일치로 쫓겨났던 야마우치에게도 말이다.

아무래도 또 한 번, 그리고 이번에는 스스로 그 껍데기를 깨고 나온 것 같다.

다들 지난 일 년 동안 성장했지만, 히라타가 가장 크게 성장했다.

"그래서 정말 고맙게 생각하고 있어. ……키요타카."

피했던 시선이 내게로 돌아왔다. 뭔가 전하려 하는, 그런 눈빛이었다.

"왠지 쑥스럽다. 그렇게까지 고마워하니까."

간질거리는 감각에 휩싸이면서도 솔직하게 생각했다.

○데이트하기 좋은 날

졸업식과 종업식이 무사히 지나가고 마침내 봄방학에 접어들었다.

학생들은 경쟁을 잠시 잊고, 짧은 휴식 시간을 얻었다.

재학생들은 당연히 학교 밖으로 나갈 수야 없지만, 특별히 불편한 점은 없었다.

바로 케야키 몰 덕분이다. 케야키 몰은 학교에서 일하는 관계자뿐 아니라 학생들에게도 절대 없어서는 안 되는 곳이었다.

카페, 가전제품 매장, 노래방 등 필요한 게 전부 갖춰져 있었다.

또 꼭 구하고 싶은 물건이 있으면 신청해서 허가를 거쳐 통신판매를 이용할 수도 있다.

프라이빗 포인트로 자유로운 생활을 할 수 있는 것이다.

다행히 올해 1학년들은 어느 반 할 것 없이 허기를 느낄 정도는 아니었다.

최하위인 D반조차 4월 1일이면 수만 엔의 용돈이 들어온다.

전국 고등학생의 용돈을 평균을 생각하면, 그게 얼마나 과분한 액수인지는 일목요연했다.

하지만 그중에는 성가신 사정을 가진 학생도 적지 않다.

예를 들면 나라던가.

같은 반 쿠시다와의 계약 때문에 나는 수입의 절반을 그녀에게 줘야 할 형편이었다.

처음에는 의도가 있어서 그랬지만, 지금은 사정이 조금씩 달라지기 시작했다.

쿠시다와의 계약, 아니 쿠시다와 어떤 관계를 쌓을지는 이번 봄방학에 달렸다.

내 계획대로 될지, 아니면 다른 선택을 할지.

그 선택권을 쥐고 있는 사람은 이제 내가 아니었다.

뭐, 봄방학은 이제 막 시작했으니까.

조바심낼 필요는 없다.

나는 사복으로 갈아입고 외출 준비를 마쳤다.

봄방학 중에는 주로 방에서 느긋하게 보낼 생각이지만, 오늘은 어떤 인물과의 약속이 있기 때문이다.

연락이 올 때까지 시간이 좀 걸릴 것 같다고 생각했는데 의외로 빨리 왔군.

연락을 확인한 나는 또 다른 한 사람에게도 연락했다.

"최종 확인이 되겠군."

봄방학 첫날이기도 하고 여러 가지로 조정은 필요하지만 문제없다.

오늘의 만남은 아주 중요한 의미가 있다.

그건 오늘이 아닌 봄방학 막바지의 어느 날을 위한 것.

1

햇볕이 따뜻해지기 시작한 3월 하순.

각지의 벚꽃 개화기가 발표되는 시기로, 머지않아 이곳도 벚꽃이 만개하리라.

약속까지 아직 시간이 남아 있건만 그녀는 이미 와서 기다리고 있었다.

"안녕, 아야노코지."

케야키 몰 앞에서 사복 차림의 히요리가 인사했다.

"일찍 왔네."

"불러놓고 기다리게 할 순 없으니까."

히요리가 가볍게 미소 지었다.

"갑자기 불러내서 미안해."

"어차피 아무 일정도 없었어. 신경 쓰지 마. 그런데——"

"어제야 도서관에 신간이 들어와서."

손에 들고 있던 가방을 보여주면서 다시 한번 웃었다.

아까보다 더 기쁜 듯이.

1학년 D반 시이나 히요리는 누구보다도 책을 사랑하는 독서 소녀.

"하루라도 빨리 아야노코지랑 정보 공유를 하고 싶었어."

나와 히요리가 애독하는 작가의 책은 편의점이나 케야키 몰의 서점에는 잘 들어오지 않는다.

전자책으로도 나오지 않기 때문에 주문할 수밖에 없다.

그냥 내 앞으로 주문해도 되지만, 도서관 이름으로 발주하면 더 많은 사람이 볼 수 있으니까.

이렇게 해서 누군가와 한 권의 책을 두고 대화를 나눌 수 있는 건 무척 소중한 시간이다.

"생각보다 많네."

카페 테이블 석은 이미 학생들로 가득 차 자리가 거의 없었다.

역시 봄방학. 시간에 따라서는 엄청 붐비겠군.

다행히도 카운터에는 자리가 나란히 비어 있어서 그쪽으로 향했다.

"쉬는 날에는 만날 기회가 별로 없어서 그런가? 왠지 새로워."

하긴 쉬는 날 얼굴 마주칠 일이 거의 없었지.

"그런 것 같네."

왠지 신선함을 맛보며 그런 대화를 나누었다.

"바로 본론으로 들어가서…… 몇 권 가져왔는데 볼래?"

히요리는 상기된 목소리로 말하며 책을 꺼내려고 했다.

그러다가 갑자기 손을 멈추더니 뭔가 떠올랐다는 듯 고개를 들었다.

"아, 맞다. 책 이야기를 하기 전에, 잠깐 괜찮을까?"

히요리가 이야기를 꺼내려 하던 찰나, 뒤에서 익숙한 목소리가 들려왔다.

"젠장. 역시 사람 많네. 테이블 석은 이미 다 찼잖아."

익숙한 목소리가 점점 가까이 들려왔다.

"여기면 되겠지?"

"응, 괜찮네."

여유로운 시간이 흐르는 가운데, 교대하듯 다른 학생 두 명이 내 옆에 앉았다.

나는 목소리를 따라 살짝 고개를 돌려 보았다. 우리 반 이케와 시노하라였다.

무슨 이야기를 그렇게 하는지, 내가 여기 있는 줄도 모르고 계속 대화를 이어가고 있었다.

얼마 전에 두 사람의 거리가 가까워진 것 같긴 했는데, 여전히 현재진행형 같다.

"어, 이름이…… 이케랑 시노하라, 였나?"

히요리가 작게 물어보았다.

"잘 기억하고 있네."

"1년이나 지났으니까. 다른 반 학생도 어느 정도 알아볼 수 있어."

자랑하듯 히요리가 눈을 반짝였다.

우리는 이케와 시노하라의 대화에 귀를 기울였다.

"용돈이 다시 3만 이하로 떨어졌네."

"어쩌겠어. A반이 상대였는 걸. 우리한테 승산도 없었고."

"그야 그렇겠지만, 결국 다음 달부터 다시 D반이잖아. 쳇."

학년말 시험에서 진 것을 떠올렸는지, 이케가 머리를 긁적였다.

"뭐…… 패인은 알고 있으니 할 말은 없지만."

"뭐야, 누구 때문인데?"

사령탑이었던 내 이름이 나오는 흐름인가, 이거…….

"내 잘못이야."

이야기를 듣고 있던 시노하라가 눈을 동그랗게 뜰 정도로 놀라운 발언이었다.

"아니, 정확하게는 나도 패배 원인 중 하나라는 느낌이지만. 뭐라고 할까, 반이 좀 더 하나로 똘똘 뭉쳤더라면 이길 수 있지 않았을까 싶어서. A반이 강하긴 했지만, 우리도 꿀리지 않았잖아?"

"그야 뭐, 그렇긴 하지만……. 이케가 그런 말을 하다니 정말 의외네."

"이름 막 부르지 마라, 시노하라."

"너도 막 부르는데 피장파장이지."

두 사람은 중간마다 시시콜콜한 농담을 섞어가며 학년 말의 상황을 되돌아보고 있었다.

"2학년이 되면 나 좀 더 노력할 거야. 공부도 운동도."

"오, 정말? 나는 상상이 안 가는데?"

"그야 곧장 그렇게 변하지는 못하겠지. 하지만 그래도 정말 열심히 해볼 생각이야."

아무래도 단순한 결심은 아닌 듯했다.

"일단 이유나 들어보자."

"……켄이랑 하루키 때문이야."

얼마 전까지 우리 반에서 세 바보라 불리던 친구들.

입학 초에는 나도 그 그룹과 가까웠지만, 시간이 흐르면서 점차 멀어졌다.

정확히는 내가 튕겨 나간 거지만.

"켄 녀석, 어울리지도 않게 요새 들어 공부만 하잖아? 수업도 성실하게 듣고. 나도 처음엔 시늉만 하는 건 줄 알았는데, 정말로 머리가 좋아지고 있었어."

"아, 요즘 성적이 오르고 있지, 걔."

"운동도 원래 잘하던 애가 성적까지 올리고 있어. 왠지 내가 이길 수 있는 요소가 하나도 없는 것 같은 느낌이 들어서."

"공부는 이케가 더 잘했는데."

아마 지금 비교하면 스도가 이케보다 공부도 운동도 앞서고 있을 거다.

"아마 내년에는 더 높이 올라가 있겠지……."

소중한 친구의 성장을 기뻐하는 한편으로 혼자 뒤처지는 공포를 느낀 듯했다.

그리고 그 공포가 뿌리내린 가장 큰 원인은…….

"이대로라면 다음 퇴학 후보는 내가 될지도."

"이케……."

반에서 하위인 학생일수록 퇴학과 가까워지는 것은 피할 수 없는 사실.

이미 문제 행동이 많았던 야마우치가 희생되었다. 다음은 자신이라고 느낀 모양이다.

"웃기지 않아? 어울리지도 않는 말을 했는데."

"그야 안 어울리지만…… 나도 크게 다르진 않으니까."

시노하라 역시 성적이 좋은 편은 아니다. 이렇다 내세울 만한 장기도 없다.

남녀 차이는 있지만 비슷한 입장이었다.

"그리고 열심히 하려는 애를 어떻게 비웃어."

그렇게 말한 시노하라는 이케의 말에 힘주어 동조했다.

"나도 2학년이 되면 더 열심히 할 거야. 너한텐 절대 안 질 거니까."

"나도 너한테 안 져."

이케와 시노하라의 관계는 좋은 쪽으로 나아가고 있군.

앞으로 이 두 사람으로 계기 삼아 열심히 하는 학생도 나올 게 분명하다.

누군가가 앞으로 나아간다면 그에 맞춰 다른 이들도 발전할 수 있다. 그러한 상호관계는 무척 중요하다.

"그런데, 시노하라."

"응?"

내 옆에 앉은 이케의 목소리가 다른 방향으로 진지하게 바뀌었다.

"저―― 할 얘기가 있는데. 들어줄래?"

"뭐야, 새삼스레."

"음, 뭐랄까, 우리는 티격태격하는 친구 같은 느낌인데 말이지…… 저기……"

나는 히요리와 눈빛을 주고받았다.

옆에서 듣는 사람이 더 흐름을 잘 읽을 때도 있는 법.

어쩌면 지금 이 자리에서 새로운 커플이 탄생할지도 모른다.

그런 전개가 지금 눈앞에 있다.

"나랑——"

"앗!"

만반의 준비를 한 이케가 입을 열려던 순간, 시노하라가 갑자기 소리쳤다.

넓다고는 해도 학교 안. 아무리 해도 주위가 시야에 들어오고 만다.

이케 쪽을 쳐다보던 시노하라가 그 옆에 있던 우리를 알아차렸다.

그런 시노하라의 놀란 목소리와 시선을 따라 이케도 뒤돌아보았다.

그리고 나와 눈이 마주치자마자 펄쩍 뛰었다.

"아아아, 아야노코지?!"

고백하려고 하고 있던 만큼 그 반응은 상상 이상이었다.

"뭐뭐, 뭐 하는 거야, 이런 데서!"

"뭐하긴…… 평범하게 카페에 왔을 뿐인데."

"그, 그런 게 아니라, 왔으면 아는 척 정도는 하라고! 몰래 옆에 앉아 있다니 야비하게!"

아니, 그런 상황에서 말을 거는 게 더 아닌 것 같은데.

게다가 야비하다고 했는데, 먼저 온 손님은 우리다.

"설마 우리 하는 얘기, 엿들은 건 아니지?"

"둘이 무슨 얘기를 했는데?"

카운터로 맞받아치자 당황하며 시선을 피했다.

"무, 무슨 얘길 했든 상관없잖아?"

그런 나와 이케의 대화를 듣고 있던 시노하라가 끼어들어 화제를 돌렸다.

"……그런데 아야노코지, 너 시이나랑 사귀는 사이야?"

둘이 차를 마시고 있으면 그런 의심도 나올 수 있겠지.

"그런 거 아니야. 너희는?"

"아니거든? 이케랑 그런 사이 아니야."

시원하게 관계를 부정하는 시노하라.

그 태도가 마음에 들지 않는지, 이케도 뒤이어 말했다.

"그, 그래, 아야노코지! 착각하지 마라! 누가 이런 못난이랑!"

"뭐?! 누가 못난이야, 누가!"

"누구긴, 너지!"

아니, 왜 여기서 싸워.

자리에서 벌떡 일어난 두 사람은 조금 전까지 좋았던 분위기를 깨고 서로를 노려보았다.

"아, 기분 나빠!"

"내가 할 말이야! 봄방학에 일부러 시간을 내줬더니!"

"뭐어? 뭐어? 뭐어? 난 어쩔 수 없이 말한 거라고!"

"뭐야, 그게. 진짜 최악이야!"

다시 자리에 앉을 줄 알았더니, 두 사람은 왜 그러는지 싸우고 어딘가로 가버렸다.

커플 탄생을 눈앞에 두고 급전직하(急轉直下)다.

"괜찮을까?"

히요리는 조금 마음에 걸렸는지 그런 말을 했다.

"글쎄……."

이것만은 옆자리에 반 친구가 있었던 불운을 탓할 수밖에.

바라건대 하루라도 빨리 사이가 회복되어 관계에 발전이 있었으면 하는데.

"아까 뭐 말하려고 하지 않았어?"

"으음, 그랬지, 그랬어. 기우일지 모르지만 조금 전 두 사람 이야기랑 아주 비슷해."

아주 비슷하다고? 그런 말을 듣자 무심코 움찔했다.

설마 고백이랑 관련된? 이런 생각이 순간 머리를 스치고 지나갔지만, 그것은 곧바로 부정당했다.

"학년말 시험 일로 아야노코지한테 묻고 싶었던 게 있어."

하긴 이케와 시노하라도 학년말 시험 이야기를 했었지.

"나한테 묻고 싶었던 거?"

"엉뚱한 추측이었다면 미안한데, 단도직입적으로 물을게. 류엔의 마음을 돌린 사람, 아야노코지지?"

악의 없는 호기심을 띠는 눈빛이 나를 향했다.

그러고 보면 히요리는 만날 때부터 예리한 구석이 있었지.

"평소 같으면 그게 무슨 뜻이야? 하고 되물어봤을 질문이
다만."

딴청 부리며 모른 척하는 것. 그게 내가 내놓아야 '평소의
대답'이다.

굳이 그렇게 하지 않은 것은 히요리의 눈동자에 확신이
담겨 있었기 때문이다.

"보통은 그렇지. 하지만 아야노코지라면 무얼 말하는지
알 거란 생각이 들었어."

류엔의 마음을 돌린 사람.

아무것도 모르는 사람이 들었으면 영문을 모르겠다는 반
응이 나와야 했다.

그렇지 않았다면 그건 어느 정도 상황을 알고 있거나 당
사자란 뜻.

"왜 그렇게 생각했지?"

나는 얼버무리지 않고 이유를 물었다.

히요리가 어디서 확신을 품었는지 알고 싶었다.

"퍼즐 조각을 천천히 맞춰보았을 뿐이야. 류엔은 아야노
코지네 반에 집착했었지. 그런데 어느 날을 기점으로 본 무
대에서 퇴장했어. 겉으로는 이시자키의 반란이라고 되어 있
지만, 아무리 생각해도 누가 꾸민 것 같더라고. 그래서 류엔
의 측근이었던 이시자키와 이부키를 류엔이랑 얽히게 했어.
그리고 거기서 확신이 들었지."

내가 모르는 곳에서 히요리가 몇 가지 전략을 펼친 모양

이군.

그리고 류엔의 칩거에 의심을 품었다.

"불쾌하게 만들었다면 사과할게. 사실 이 이야기를 꺼낼지 말지도 꽤 고민했어. 너무 파고들었다가 아야노코지를 화나게 하면 어쩌나 하고. 진실이 어떻든, 이런 이야기를 원하지 않는다는 건 알고 있으니까."

"그만큼 각오를 하고 이 이야기를 꺼냈다는 건가."

이건 일상적인 잡담이 아니다. 히요리는 그걸 알고 발을 내디뎠다.

"만약 이 일로 소원해진다면── 후회하겠지. 이렇게 나란히 앉을 일이 없어진다면 나는 분명 후회할 거야."

후회가 두려웠으면 그냥 마음속에 담아뒀으면 됐을 터.

그런데도 굳이 이날, 이 타이밍에 그 이야기를 꺼냈다는 건──.

"여기서 발을 내디디지 않는다면 이 이상 진전도 없을 거란 생각이 들었어."

"진전?"

그러자 히요리가 멈칫하며 입을 벌렸다. 자기 한 말에 스스로 놀란 것처럼.

"그게…… 스스로 말하고 보니 잘 모르겠네……."

조금 당황한 표정을 짓는 히요리.

"저기…… 우리 반의 대결이 어땠는지 이미 들었어?"

"결과만."

상세한 이야기는 하나도 모른다.

히요리는 그날 있던 시험의 흐름을 들려주었다.

"그랬군. 남들이 보기엔 문제가 많은 방식이네."

"물론 류엔의 방식에는 문제점이 많지. 하지만 나는 우리 반이 올라가려면 그런 '악'도 필요하지 않나 싶어. 아야노코지는 비겁하다고 생각해?"

"적어도 난 그 방식을 부정할 생각은 없어."

정정당당하진 않더라도, 뒤로 손가락질당하더라도, 마지막에 승리를 가져오는 자.

많든 적든, 그러한 인간도 사회에 필요하다.

아무도 알아주지 않는 고독한 길에서 싸워나가려면 불굴의 정신력이 있어야 한다.

"무척 위험한 길인 건 틀림없어. B반에서 의문을 품는 학생도 나오고 있고. 하지만 아마 구체적인 증거는 나오지 않겠지. 류엔이라면 감시 카메라를 피해서 움직였을 테니까."

이 학교에는 많은 감시 카메라가 설치되어 있다.

학교 건물은 물론, 케야키 몰과 주변까지, 대부분이 감시에 놓여 있다.

하지만 전부는 아니다. 화장실에는 당연히 카메라가 없고, 노래방도 방안까지는 감시하지 않는다.

이치노세를 비롯한 B반이 입을 모아 수상하다고 외친다면 조사에 들어가긴 하겠지만, 아마 흐지부지하게 끝나리라. 이렇다 할 증거는 찾지 못할 거다.

"훌륭한 5승이 아닌가? 완벽하다고 해도 손색이 없을 것 같은데."

"글쎄, 난 그렇게 생각 안 해. 오히려 큰 구멍이 있었지."

"5승으론 부족했다는 말인가?"

"그럴 리가. 5승이면 충분하지. 아니, 오히려 너무 욕심부렸어. 이걸 위해 류엔이 너무 위험한 전략을 써야 했으니까."

히요리는 지난 시험을 그렇게 분석했다.

"B반 학생들에게 압박감을 실어주는 건 좋다고 쳐도, 의도적인 컨디션 악화를 꾀한 건 실책이었어. B반은 착한 사람들뿐이었으니 망정이지, 너무 위험한 선택이었어."

나도 히요리와 같은 감상이다.

눈앞에 있는 소녀는 나와 전혀 다른 인생을 살았다.

닮으려야 닮을 수 없는 존재.

그런데도 근본적인 생각, 사고방식 등이 묘하게 닮은 부분이 있다.

그렇기에 드는 의문점도 있지만.

"히요리는 류엔이 전략을 실천하기 전에 그 이야기를 들었지? 왜 말리지 않았어?"

"내가 말린다고 순순히 들었을까?"

이시자키와 이부키가 말하는 것보다는 귀를 기울여줬을 것 같지만, 그래도 류엔은 뜻을 바꾸지 않았을 거다.

그냥 비웃으며 흘려들었겠지.

"그건 그렇지. 그럼 어떻게 했어야 류엔이 멈췄을까?"

나는 그녀가 어디까지 생각해서 내 앞까지 왔는지, 그걸 끌어내고 싶었다.

아마도 히요리는 감으로 어렴풋이나마 알고 있을 거다. 오늘에 다다른 이유를.

"류엔 정도…… 아니, 그 이상의 실력자가, 류엔이 인정하는 사람이 말했다면 듣지 않았을까?"

자신이 아무리 이야기 해봐야 듣지 않겠지만 그게 만약 류엔이 인정하는 자의 말이라면 이야기는 달라진다. 그리고 그 대답으로서 히요리는 '날' 찾아왔다.

"히요리. 류엔한테 말 한마디만 전해줄래?"

나는 일부러 명확한 대답을 내놓지 않았다.

그럴 필요가 없다. 히요리는 나를 곤란하게 만들진 않을 거다. 류엔이 내 이야기를 떠들지 않는 게 무슨 의미인지 잘 알고 있으니까.

"뭔데?"

히요리.

"'나라면 더 좋은 방식으로 안전하게 5승 이상 차지했을 거다'라고."

"──알았어. 잘 전달할게."

히요리가 웃으며 두 손을 가볍게 모으고 감사를 전했다.

류엔은 이시자키와 이부키 이외에도 좋은 아군을 가졌군.

폭주하기 쉬운 세 사람을 히요리가 잘 컨트롤 한다면 지금보다 더 어려운 상대가 될 것 같다.

이렇게 해서 히요리와의 학년말 시험에 관한 대화가 끝났다.

"그럼……."

흐름으로는 이쯤에서 흩어져야 하겠지만, 사실 내 용건은 지금부터다.

"마음에 드는 게 있으면 꼭 가져가서 읽어줘."

히요리는 다시 가방을 열고 책을 꺼냈다.

원래 오늘은 이 이야기를 하려고 나왔으니까.

"괜찮아? 히요리 이름으로 빌린 책이잖아."

"선생님께 이미 허락을 구했어. 원칙에는 어긋나지만, 반납일 전에만 돌려준다면 괜찮다고 하시던데."

역시 도서실 우등생. 이 정도 부탁은 통한다는 건가.

그렇게 우리는 얼마간 책 이야기를 하다가, 차를 마시고 헤어졌다.

"평가를 조금 바꿔야 할 것 같군."

지금까지는 히요리를 평범한 1학년, 조금 덧붙이면 같은 취미를 가진 친구라고만 생각했다.

히요리를 먼저 보내고 자리를 지키고 있자니 곧 케이가 다가왔다.

"……무슨 용건?"

왠지 몹시 언짢은 투였다.

"일단 앉는 게 어때?"

나는 히요리가 앉아 있던 자리를 눈짓했지만, 케이는 의

자를 슬쩍 쳐다볼 뿐 앉기를 거부했다. 마치 쓰레기를 보는 듯한 눈빛이었다.

"나랑 차 마시는 광경을 누가 보기라도 하면 이상한 소문이 돌 거 아냐."

다른 쪽을 쳐다보면서 말했다.

그야 그렇게 고개를 돌리고 있으면 나와 대화 중이라고 생각하진 않겠지만.

"소문나면 무슨 문제 있나?"

"아주 큰 문제가 있지. 조심성 없게 이성이랑 만나고 다니면 금방 소문이 돈다는 것 정도는 좀 알아두라고. 넌 아무것도 모르잖아."

꼭 내가 조심성 없이 이성을 만났다는 것처럼 들리는군.

"그래서? 용건이 뭔데?"

"미안, 까먹었어. 생각나면 다시 연락할게."

사실 이미 케이를 부른 목적은 완수했다.

"뭐야, 그게. 어이가 없네. ……돌아갈래."

케이는 한숨을 내쉬더니 몸을 돌렸다.

나는 불러 세우지도 않고 눈으로 배웅했다.

기분이 몹시 나빠 보이는군.

그렇게 만들려고 일부러 부른 거지만.

○방황하는 어린 양

봄방학도 막바지에 접어들어, 4월을 목전에 둔 30일이 되었다.

지난 며칠 동안은 특별히 아무것도 하지 않았다. 오로지 방에서 시간을 보내며 휴식을 만끽했다.

이대로 느긋하게 새 학년을 맞이하나 생각하고 있었는데…….

아침 8시가 되기 전에 일어나자, 메시지 하나가 와 있었다.

보낸 사람은 1학년 B반 학생 '이치노세 호나미'.

방학 중에 어디서 만나지 않겠느냐는 내용이었다.

남은 봄방학, 역시 아무 일 없이 지나가진 않을 모양이다.

날짜는 언제든 괜찮은 듯했지만 가능하면 호리키타도 함께 만나고 싶다는 조건이 덧붙어 있었다.

아마 나는 깍두기고 진짜 목적은 호리키타겠지.

무슨 이야기가 나올지 대충 예상이 간다.

1학년 최종 시험이었던 선발 종목 시험에 관한 이야기다. 이치노세도 여기저기서 정보를 모아났겠지만, 아무래도 A반과 대결에서 3승 4패가 나온 경위를 직접 듣고 싶은 거겠지.

그밖에는 2학년으로 올라간 이후에 관한 이야기 정도려나.

우리 반과 이치노세의 반은 우호 관계를 유지해 왔다.

그걸 계속 이어갈지, 어떨지를 이야기하고 싶을 거다.

아마 두 이야기를 다 하겠지.

특히 후자는 봄방학 말고는 기회가 없다.

"컨디션 회복했으려나."

봄방학에 들어간 후로 한 번도 밖에서 본 적 없는 소녀에 대해 생각했다.

학년말 시험 결과가 여전히 이치노세의 마음속에 남아 있는 것은 아닐까.

2승 5패. B반 입장에서 상당히 뼈아픈 패배였으니 말이다.

우리는 D반으로 떨어지긴 했어도, 포인트 차이는 확실히 좁혀 놓았다.

특별시험 한 번으로 다시 뒤집는 것도 가능하다. 현재 B, C, D반은 사실상 격차가 거의 없는 상황. 언젠가는 한 번 논의해야 했을 일이었다.

1학년 초반에 협력 관계를 맺은 건 나쁘지 않은 선택이었다.

이대로 모호한 협력 관계를 계속 유지한다면 정신적인 부담이 줄어들 것이다.

하지만 머지않아 이 모호한 관계가 발목을 잡을 가능성도 있다.

상황이 더 힘들어지면 협력을 끊으려 하겠지.

속히 말하는 '의리를 저버리는 일'이 일어날지도 모른다.

여하튼 그 부분을 명확하게 해두기 위해서 하위 반은 물론이고 상위 반도 앞으로의 지침을 밝힐 필요가 있다.

이치노세가 연락했다는 이야기를 들으면 호리키타도 비

슷한 생각을 하겠지.

이 대화는 중요한 분기점이 될 터.

이치노세가 아직 회복을 못 해 거기까지 머리가 돌아갈 상황이 아니었다 해도, 결국은 호리키타가 먼저 이야기를 꺼냈을 거다.

즉 논의하지 않는다는 선택은 없다.

남은 건 두 사람의 타이밍이 맞는 것뿐. 나는 오늘도 괜찮은데, 호리키타는 어떠려나.

호리키타 마나부는 내일 학교를 떠난다고 했다.

호리키타는 얼마 남지 않은 시간을 오빠와 이야기하는 데 쓰고 싶을 터다.

오늘 정도는 남매가 함께 시간을 보내도 이상하지 않으니까 말이지.

그걸 그 남자가 허락할지, 호리키타가 정말 만날 수 있을지는 다른 문제지만.

일단 호리키타에게 채팅을 날려볼까.

그 김에 오빠와는 이야기가 잘 됐어? 하는 문장도 덧붙이기로 했다.

이치노세가 만나고 싶어 한다는 뜻을 간단히 적어 보내자 불과 몇 초 만에 읽음 표시가 떴다.

그리고 잠시 후 돌아온 답장.

『난 언제든 상관없어』

아니, 언제든 상관없다고 하면 안 되지.

내일로 정하면 뭐라고 답장이 올지 궁금했지만, 굳이 신경 쓰고 있는걸 찔러봤자 귀찮아질 뿐이다.

오빠 이야기를 한마디도 적지 않은 것만 봐도 무슨 대답이 돌아올지 이미 뻔하니.

『그럼 4월 2일은 어때?』

일단 오늘이랑 내일은 제외했다.

『오늘도 돼』

곧장 쓸데없이 배려하지 말라는 의미가 담긴 대답이 돌아왔다.

솔직하게 오빠를 만나러 간다고 말하진 못하겠으면 그냥 일정이 있다고 돌려 말하면 될 것을.

내가 일정이 있다고 거절해도 그걸 믿게 만들려면 또 엄청 고생할 것 같다.

『그렇군. 하긴 성가신 일은 빨리 해치우는 게 편하지』

억지로 뜻을 거스르면 훗날 괴로워질 테니 호리키타에 맞춰주기로 했다.

오전에 의논을 끝내고 오후에 오빠와 만나면 되겠지.

"……아니, 무린가."

아마 이대로 내일 이별의 시간이 찾아오기 전까지 그 두 사람이 남몰래 만나는 일은 없을 것 같다.

호리키타에게 답장을 보내고, 이치노세와 오늘 만날 약속을 정하기로 했다.

그렇게 해서 10시에 케야키 몰 2층 카페에서 만나기로

135

했다.

1

4월이 다가와서인지 점점 기온이 올라가는 게 느껴졌다.

아침 9시 30분. 날씨는 맑았지만, 정오 무렵부터 일시적으로 비가 쏟아진다는 예보가 있었기에 약속을 일찍 잡았다. 일단 점심 전에 끝내고 헤어질 예정이었다.

시간에 여유가 있어 느긋하게 방을 나와 엘리베이터 버튼을 눌렀다.

휴일은 특히 밖에 있으면 여러 학생과 마주치게 된다.

친구가 적은 나도 조금만 걸으면 아는 얼굴들이 보일 만큼.

다만 졸업생들의 모습은 나날이 줄어들어서, 이제 거의 보이지 않게 되었다.

4월 1일이면 2학년 이하만 남게 되니 며칠 동안은 한산할 것 같다.

그런 생각을 하던 나는 엘리베이터 문이 열리자 낯익은 여학생과 눈이 마주치고 말았다.

"……또 너야?"

엮이기 싫다는 듯이 최대한 거리를 벌린 사람은 1학년 D반 이부키 미오.

왠지 장기 휴일만 되면 자꾸 이부키랑 얽히는 것 같은데.

상대도 같은 생각을 했을 거다.

심지어 엘리베이터. 좁은 밀폐공간이다.

"방학이니까 이따금 마주쳐도 이상할 건 없다고 생각하는데."

"그야 그렇지만…… 난 너랑 별로 얽히고 싶지 않다고."

"알아."

저번에 내 방에 왔을 때도 몹시 싫어했었지.

그나마도 이시자키에게 억지로 끌려왔던 거였다. 그런 게 아니라면 올 일 자체가 없었으리라.

다만 그때 이부키는 나랑 엮여가며 류엔을 위해 움직였다.

그만큼 류엔이 반에 필요한 존재라고 느끼고 있다는 증거.

물론, 엘리베이터를 타려고 여기에 서 있던 거였으므로 나는 안으로 걸음을 옮겼다.

"설마 또 멈추거나 하진 않겠지……."

"아, 그런 일이 있었지."

여름 방학 때였나. 이부키와 엘리베이터에 갇힌 적이 있었다.

비슷한 상황에 서로 눈치를 살폈지만, 그런 우연이 두 번 일어나지는 않았다.

1층 로비에 무사히 도착하자마자 이부키는 엘리베이터에서 재빨리 내렸다.

그런데 이부키도 케야키 몰에 가는지 방향이 같았다.

"괜찮아? 나랑 같이 가는 꼴이 되고 있는데?"

같이 있기 싫으면 뛰어가면 그만이다.

"왜 내가? 그러는 너나 뛰어가지 그래?"

같이 있는 것도 싫지만 자기가 먼저 피하는 것도 싫은 모양이다.

얼마나 지기 싫어하는 거냐.

그렇다고 내가 먼저 뛰어가는 것도 웃긴 이야기.

나는 이부키가 옆에 있어도 별로 상관없었고, 이부키를 피하겠다고 더 빨리 케야키 몰에 가봤자 시간만 남을 뿐이다. 그냥 체력낭비다.

결국, 둘 다 양보하지 않고 비슷한 속도로 걸었다.

기숙사에서 5분 정도 떨어진 거리다. 금방 헤어지게 될 것이다.

"류엔이 돌아와서 다행이네."

"시끄러워, 입 다물어. 말 걸지 마."

대화 거부 모드였다. 쓸데없는 잡담은 그만두도록 하자.

침묵이 어색하지 않은 모양이니 나는 얌전히 입을 닫기로 했다.

그리고 무언가 아슬아슬 긴장된 분위기 속에서 침묵의 걸음이 이어졌다.

"야, 이부키, 잠깐 기다려!"

얼마 지나지 않아 뒤에서 누가 소리쳤다.

1학년 D반 이시자키였다.

류엔의 측근 중 하나로 이부키와 함께 다닐 때가 많다.

은근히 나와 얽힌 적도 많았던 탓에, 최근에는 아무렇지 않게 말을 섞을 수 있게 됐다.

이부키는 뒤도 돌아보지 않고 표정 변화 하나 없이 계속 걸었다. 들리지 않았을 리는 없다.

"야, 기다리라고! 야!"

"시끄럽네! 가까이에서 소리 지르지 마."

"네가 대꾸를 안 하니까 그렇지! 어? 아야노코지도 같이 있었냐? 뭐야 너희, 설마…… 데이트?"

달려와 우리를 따라잡은 이시자키가 그렇게 말하자마자 이부키가 발차기로 무릎 뒤를 가격했다.

"아악! 무슨 짓이야!"

"맞은 이유 정도는 잘 알겠지. 그리고 숨 막히니까 좀 떨어져."

"뭐야. 뭐 어때, 어차피 이따가 만날 예정이었잖아."

아무래도 이부키는 케야키 몰에서 이시자키와 합류할 모양이었나 보다.

"그럼 류엔도?"

"어, 그렇지── 아니……으음…….."

내가 자연스럽게 끼어들자 이시자키는 무심코 대답했다가 황급히 말끝을 흐렸다.

"바보 아냐?"

보아하니 두 사람은 무슨 사정이 있어서 따로 케야키 몰에서 합류하려고 했던 것 같다.

류엔의 이름에 반응한 것만 봐도 대충 감이 온다.

극비로 만날 계획이었겠지.

"뭐, 뭐 어때? 아야노코지한테 감춰 봐야 별수 없잖아."

이시자키가 뻔뻔하게 굴었지만 이부키는 굳은 표정을 풀지 않았다.

"별수 없긴 뭐가. 결국, 이 녀석을 쓰러트리지 못하면 우리는 위로 올라갈 수 없다고."

"그건 그렇지만……"

그런 대화는 내가 없는 데서 해야 하는 것 아닌가?

류엔의 복귀에 대해 아직 반신반의했었는데, 이걸 보니 틀림없는 것 같군.

은밀하게 만나려고 하는 건 아직 표면상으로는 복귀하지 않았기 때문이겠지.

한 번 그 자리에서 내려왔던 류엔. 당연히 반 아이들이 쉽게 받아들일 리가 없다.

이시자키도 류엔을 쓰러트린 남자로 치켜세워졌다는 딜레마가 있다.

"야, 아야노코지."

"왜?"

내가 속으로 그렇게 생각을 정리하고 있는데, 이시자키가 말을 붙였다.

"A반에 올라가기 위한 최강의 방법이 생각났는데, 어때?"

너무나 당돌한 이야기에 나는 이렇다 할 반응을 내놓지 못했다.

"일단 들어나 보자. 그 최강 방법이 뭔지."

그래, 하고 가슴을 탁 때린 이시자키가 의기양양하게 말했다.

"너 말이야, 우리 반에 들어와라. 그럼 A반행 확정이야."

"뭐? 너 갑자기 무슨 소리야?"

"류엔 씨랑 아야노코지가 손을 맞잡으면 최강이잖아. 사카야나기도 이치노세도 쓰러트릴 수 있다고."

아무래도 그게 이시자키가 떠올린 최강 방법인 모양이다.

아니아니, 절대 아니야, 하고 이부키가 부정했다.

그나저나 류엔과 손을 잡는다라……

"나쁜 생각은 아닌 것 같은데."

"너…… 진심이야?"

기분 나쁘다는 눈으로 나를 쳐다보는 이부키.

"그렇지, 그렇지? 한편이 되겠다고 말한다면 환영해줄게. 류엔 씨와 아야노코지는 의외로 잘 맞는 면이 있다고 생각해. 알베르트도 너를 마음에 들어 하고. 저번에도 아야노코지가 화제에 올랐을 때 굉장하다며 흥분해서 이야기하더라."

야마다 알베르트가 나를 마음에 들어 한다니, 나는 처음 듣는 이야기다만?

아니, 애초에 그걸 두고 마음에 들어 한다고 해석해도 되는 건가……?

거의 본 적도 없는 사이다. 접점이라 부를만한 건 옥상 사건 하나뿐.

서로 주먹을 날린 사이인데 마음이 통한다고?

오히려 원한을 산 게 아닐까 싶은데.

"알베르트가 자기 입으로 그렇게 말한 건 아니지?"

이부키도 내키지 않았는지 그런 말을 했다.

"남자는 피부로 느낄 수 있는 법이야. 감이라고, 감."

참으로 믿을 수 없는 감이다.

만약 내가 류엔의 반에 합류한다고 하더라도 내게 주먹을 날릴 가능성이 있다.

혼자 생각하고 혼자 불타오르는 이시자키.

호의만은 고맙게 생각해서, 성실하게 대답해주기로 했다.

"당연하지만 불가능한 이야기지. 애초에 반 이동에 드는 2,000만 포인트는 어쩔 건데."

학년말 시험에서 B반에 이겼다곤 하지만, 그리 쉽게 모을 수 있는 액수가 아니다.

"그건, 그거지. 류엔 씨가 어떻게든 해주는."

"어떻게든 해줄 리가 없잖아."

"그래? 류엔 씨도 아야노코지가 우리 편이 되겠다고 하면 협력할 것 같은데?"

"난 그렇게 생각하지 않아."

나도 이부키와 같은 생각이다. 그 녀석은 그렇게 따뜻한 생각을 할 수 있는 남자가 아니다.

나와 손을 잡아가면서까지 A반을 노리려고 하지는 않으리라.

남자의 자존심이 그걸 허락하지 않을 테니.

아니, 허락하는 남자가 아니길 바란다.

"나는 손을 잡는 것보다 적으로 있는 편이 즐거울 것 같군. 그렇게 권해준 건 기쁘지만 사양하도록 하지."

프라이빗 포인트 문제보다 그게 중요하다.

"그래? 젠장, 좋은 방법이라고 생각했는데."

"그 녀석이랑 적으로 있는 게 즐겁다니, 얘도 엄청난 별종이군."

코웃음 치는 이부키. 시선은 내 쪽을 절대 향하지 않았다.

"그런가? 어떻게 나올지 기대하고 있다만."

이부키는 내 말을 듣자 토하는 흉내를 내며 온몸으로 싫은 티를 냈다.

쌈박질은 너무 눈에 띄니 피하고 싶다만, 류엔이라면 한 번 더 해봐도 좋다.

뭐, 그러려면 녀석이 좀 더 성장해야겠지만.

호리키타와 이치노세, 사카야나기와 싸워서 이기고 올라오는 모습을 보여줄 필요가 있다.

잠시 후 케야키 몰이 가까워졌다.

"미안, 아야노코지, 여기까지야. 너도 우리랑 같이 있는 모습을 보이면 곤란하잖아?"

앞으로 어디서 합류할지는 몰라도, 의견을 서로 나눈다는

143

건 좋은 일이다.

이시자키답지 않은 고마운 배려를 순수하게 받기로 했다.

입구 근처에서 이시자키, 이부키와 헤어진 나는 다른 입구를 통해 케야키 몰 안으로 들어갔다.

처음 만났을 때는 이시자키와 이렇게까지 대화를 나눌 사이가 되리라고는 꿈에도 생각하지 못했다.

이부키와는 처음보다 사이가 멀어진 기분이 들지만, 그 또한 변화라고 할 수 있다.

"일 년이 지났으니까 말이지."

내 주위를 둘러싼 환경은 일 년 만에 크게 달라졌다.

다른 반인 류엔이나 사카야나기와도 대화할 수 있게 되었다.

그런 학생이 아직 몇 명이나 더 있다.

고작 1년, 그러나 1년.

확실히 시간이 흘러가고 있다는 증거다.

어렸을 때는 몰랐던 시간의 흐름을, 지금은 분명히 느끼고 있었다.

그러고 보니, 하고 나는 작년 이맘때쯤을 떠올렸다.

고도 육성 고등학교 입학식을 코앞에 두고, 그 사실을 아무에게도 들키지 않도록 조용히 시간을 보내던 시기. 나는 무(無)라는 체험을 맛보고 있었다. 특히…… 그를 자극하지 않으려고 노력했다. 그의 눈에 들어가면 막을 수 없다는 걸 잘 알았기 때문이다.

여러 가지 요인의 덕을 봤다. 만약 평소에 내 가까이 있었다면 모르고 놓치는 일은 없었겠지.

하지만 원래부터 공사다망했던 그 남자는 집에 돌아오는 날이 적었다. 하인이라는 이름의 감시자를 세워두고, 일 년에 7, 8할은 호텔에 머물렀다.

나 역시 집에 있었어도 그곳이 친숙했던 건 아니다.

화이트 룸에서 인생 대부분을 보낸 나에게는 집 따위, 일 년 조금 넘게 있었던 임시 주거지에 지나지 않았다. 호텔과 별반 다를 게 없었다.

"화이트 룸인가."

그 남자는 아직 포기하지 않았다.

아니, 오히려 더 강하게 반응하고 있을 것이다.

내가 모르는 지난 일 년간, 이미 재가동을 시작했다고 봐도 되겠지.

그가 화이트 룸에 내가 필요하다고 생각하는 이상, 나는 그곳으로 돌아가야 한다.

머지않은 미래에—— 2년 후에는 반드시 찾아올 문제다.

그것도 2년 동안 이 학교에 있을 수 있을 때의 이야기지만.

지금 생각하기에는 너무 아까운 이야기로군.

어쨌든 1년 전에는 상상도 하지 못했던 상황 속에 내가 있다는 사실.

그리고 이 시간이 둘도 없는 소중한 추억으로 새겨질 것이라는 사실만은 분명하다.

집합 장소인 케야키 몰 북쪽 입구 부근에 도착했다.

평소 휴일 같으면 10시에 오픈하지만, 장기 휴일 중에는 9시부터 문을 여는 곳도 있다.

지금 갈 2층 카페도 9시에 오픈하는 곳 중 하나다.

"실컷 만끽해야지."

마음대로 행동하고, 자유로운 고등학교 생활을 보내고 있다.

스마트폰으로 같은 반 친구들과 소통하고, 약속도 잡는다.

아직 어딘가 비현실적으로 느껴지는 일상.

충실하게 보내지 않는다고 말하면 거짓말이겠지.

물론 학교생활은 귀찮은 것도 많이 있지만.

몇 개월 전과 지금을 비교해도 많은 변화가 있었다.

눈앞에 다가오는 소녀도 받아들일 수 있게 되었다.

그렇다……『표면상』의 나는 전혀 다른 사람이 되어 있었다.

나는 생각을 멈추고, 다른 나로 전환했다.

지금은 앞으로 나눌 대화 쪽에 집중하기로 하자.

"꽤 일찍 왔네. 약속까지 아직 20분 가까이 남았는데. 한가했니?"

사복 차림인 호리키타가 일부러 스마트폰을 보면서 말했다.

"그건 20분 전에 도착한 너도 마찬가지 아닌가."

서로 봄방학에 별로 할 일이 없다는 것을 증명한 셈이었다.

특별히 의논 같은 것도 하지 않고 2층에 있는 목적지로 향했다.

"너도 오늘 무슨 이야기를 할지 아나 보네."

내가 아무것도 물어보질 않으니 그렇게 생각한 모양이다.

정답이지만, 아닌 척해볼까.

"그게 무슨 소리야?"

"다 알면서 또 쓸데없는 연기를 하려고?"

"아니, 무슨 말이 하고 싶은 건지 감도 안 오는데. 이치노세가 하려는 이야기가 뭔데?"

이대로 모른 척을 관철해서 호리키타를 속일 생각이었으나…….

"정말로 몰라? 알면서 딴청 부리는 거면 용서 안 할 거야."

"……야, 진정해."

금방이라도 물어뜯을 듯이 호리키타가 노려보는 바람에 나는 바로 백기를 들었다.

"그냥 대충 짐작은 하고 있어. 별로 어려운 것도 아니잖아."

"알면서 뭘 딴청 부리는 건데?"

지극히 당연한 지적이 들어왔다.

이제 이런 식으로는 호리키타의 생각을 끌어낼 수 없나.

"내가 알고 있는지 떠본 거야?"

"억측이야."

"과연 그럴까?"

예리해졌다기보다 내 방식을 이해하게 되었다고 봐야

할까.

이제 얕은 수작은 통하지 않겠군.

더 추궁당하면 다칠 것 같으니 피하기로 했다.

"그것보다도…… 다 왔는데."

카페 입구에서 기다리고 있는 이치노세의 모습이 보여 화제를 바꾸었다.

아직 약속까지 10분 남았는데. 아무래도 이치노세는 우리보다 더 먼저 와서 기다리고 있었나 보다.

"이치노세도 봄방학은 한가한 모양이군."

이제 막 와서 우리를 앞질렀을 리는 없다. 도대체 얼마나 빨리 온 거지.

"그럴 리가. 저 애는 그냥 지나칠 정도로 성실할 뿐이야. 상대를 기다리게 하고 싶지 않은 거겠지."

아마 호리키타 말대로 일 거다.

"너도 이치노세를 그렇게 생각해?"

"처음엔 착한 척하는 위선자인 줄 알았지만."

너무 솔직한 거 아니냐.

"하지만 1년이 지나니까 생각이 바뀌었어. 저 애는 단순히 순수하게 착한 것뿐이라고."

착한 척하는 사람은 많아도 정말로 착한 사람은 찾아보기 어렵다.

대부분 속으로는 욕을 하기 마련이니까.

하지만 이치노세가 그런 사람이 아니라는 건 이제 의심할 여지가 없다.

"어떻게 살면 저런 사람이 나오는 거지?"

그건 나도 모르겠군.

"그게 저 애의 무기이며 동시에 약점이기도 하지만."

호리키타는 그렇게 말하며 한숨을 내쉬었다.

"너는 착한 사람이 아닌 게 좋다고 생각하냐?"

"자연을 벗 삼아 혼자 산에서 사는 거면 저래도 괜찮겠지. 하지만 경쟁 사회에서 살아남으려면 그 한없이 착한 성격을 버려야 할 거야."

"그렇겠지."

"쟤는 그런 상황이 와도 끝까지 '착한 사람'을 하려고 할 것 같지만."

호리키타는 이치노세가 상황이 어려워도 얼굴을 바꾸지 않는다고 생각하고 있었다.

"이치노세도 선악 정도는 구분하겠지. 자기 반 애가 위기에 빠지면 무슨 일이든 할 각오는 있을걸."

"그럼 좋겠네. 자, 시답잖은 이야기는 이쯤 하자."

호리키타의 얼굴이 진지하게 바뀌었다.

나도 잡담을 끝내고 이치노세에게 다가갔다.

"이치노세, 일찍 왔구나. 많이 기다렸니?"

"안녕, 호리키타, 아야노코지. 나도 이제 막 왔어."

상투적인 대답이었다. 이제 막이라는 건 대체 언제일까.

변함없는 미소를 지으며 우리를 맞이하는, 사복 차림의

이치노세.

"아직 이른 시간이니까 자리 잡기도 쉽겠다."

학생들은 아직 드문드문 있을 뿐이었다. 아무 자리나 잡을 수 있을 것 같다.

"자자, 뭐 마시고 싶어? 내가 살게."

이치노세가 주먹으로 가슴을 탁탁 치며 그렇게 말했다.

"그거, 교섭 미끼는 아니겠지?"

호리키타가 바로 의심하기 시작했다. 왠지 직접 만든 요리를 대접해서 날 붙잡았던 사람의 얼굴이 떠오르는데.

"네가 아니잖아, 그럴 리 있겠냐."

"말투가 마음에 안 드는데…… 그렇긴 하지만."

아까 호리키타가 본인 입으로 말했듯이, 상대는 다른 사람도 아니고 이치노세다.

뭐, 설령 이치노세가 이걸로 교섭을 꾀하려 해도 호리키타라면 금방 갚아버릴 것 같지만.

"그럼 사양 안 할게."

"물론이야. 얼마든지. 호리키타부터 골라봐."

이치노세가 재촉하자 호리키타가 먼저 주문에 나섰다.

한 가지 걱정거리가 있던 나는 이치노세에게 조용히 말을 걸려고 가까이 다가갔다.

오늘도 은은하게 시트러스 향이 나네.

"이치노세, 프라이빗 포인트 괜찮아?"

사주는 거야 고맙지만, B반의 퇴학을 막을 때 포인트가 0

이 되었을 터.

우리를 불러낸 체면상 마실 것을 사주려고 미리 준비하고 있었겠지만, 주머니 사정이 걱정된다.

"이래도 3,000포인트 정도는 남아. 괜찮아."

3월은 이제 이틀 밖에 안 남았다.

그만큼 있다면 4월까지는 어렵지 않게 버틸 거다.

다만 프라이빗 포인트가 한 번 0이 되긴 했을 텐데, 어디서 벌었지?

내 의문을 알아차렸는지 이치노세가 설명해주었다.

"드라이기를 A반 니시카와한테 팔아서 마련한 거야. 3월을 잘 넘기려면 어쩔 수 없었어. 다른 애들도 비슷한 방식으로 열심히 버티고 있고."

돈 없이도 버틸 수 있도록 하는 제도가 있긴 하지만, 그래도 0원으로 살 순 없으니까.

가게보다 싸게 판다면 중고 거래도 어렵진 않겠지.

"그러니까 아야노코지도 사양하지 마. 자, 뭐든지 시켜."

이치노세가 뒤로 가서 내 등을 부드럽게 밀며 말했다.

하긴 나만 사양하는 것도 이치노세한테는 좋은 일이 아니겠지.

호리키타가 주문을 마치자 이어서 나도 커피를 시켰다.

그런 다음 셋이 함께 음료가 나오는 곳에서 주문한 것을 받아들고, 카페 한쪽 귀퉁이 테이블 석으로 향했다.

학생들이 별로 없을 때 이야기하고 싶다는 생각이다. 곧

바로 호리키타가 말을 꺼냈다.

"우릴 부른 건 시험에 관련된 이야기 때문이야, 아니면 4월 이후의 방침에 대해서야?"

호리키타 역시 이치노세가 무슨 말을 꺼낼지 대충 예상한 모양이다.

"아하하, 다 들켰네."

이치노세는 웃으면서 말했지만, 눈빛은 진지했다.

이 이야기가 가벼운 내용이 아니라는 걸 알고 있다.

"혹시 내가 불러낸 게 민폐였을까?"

"아니, 나도 방학이 끝나기 전에는 만나야 한다고 생각하고 있었어. 먼저 말해줘서 고마워. 너는 시간 내기도 어려웠을 텐데."

"그렇지 않아. 봄방학엔 꽤 한가하니까 언제든 불러줘."

이치노세는 그렇게 대답하며 살짝 웃었다.

그 모습이 어딘지 슬퍼 보이기도 했다.

만나자는 청이 들어오긴 하지만 거절하고 있다는 뜻이겠지.

그 원인이 어디에 있는지는 당연히 호리키타도 짐작할 수 있을 것이다.

"최종 시험 때는 고전한 모양이던데."

처음 꺼낼 이야기로 적절하지 않을지도 모르지만, 나는 이치노세에게 그렇게 말했다.

지금 상처를 피하려 해봤자 어차피 언젠가는 결국 닿는다.

차라리 지금 건들고 끝내는 게 하루라도 빨리 아무는 길이겠지.

호리키타는 조금 돌려 말할 생각이었는지 표정이 살짝 굳었지만, 이내 곧 원래대로 돌아왔다.

"응. 졌어. 류엔의 작전에 완전히 당했다는 느낌이야."

시험 날을 떠올렸는지 깊은 한숨을 내쉬며 머리를 흔들더니, 다시 자책하듯 듯 한숨을 또 내쉬었다.

"난 자세한 이야긴 아무것도 몰라. 뭐가 패인이었어?"

"패인은 명백해. 나 때문이야."

이치노세는 상대나 반 아이들에게 책임을 돌리지 않았다. 당연히 사령탑의 책임이라고 망설임 없이 대답했다.

"네가 실수해서 졌다고 생각하긴 어려운데."

"날 너무 높게 산 거 같은데. 그땐 정말 패닉의 연속이었어……."

호리키타의 칭찬에 이치노세는 겸손하게 나오며 부정했다.

패닉이었던 건 틀림없겠지만.

이치노세는 류엔이 등장한 순간부터 초조해했다. 시험 내내 그 초조함을 안고 있었나.

"사령탑은 카네다일 거라고 확신했는데, 그게 아니었다는 걸 안 순간부터 차질이 일어나기 시작했어."

"한 번 리더 자리에서 물러났다는 건 다들 알고 있었으니까, 누구라도 놀랄만한 일이었지. 게다가 프로텍트 포인트가 없는 사람이 나올 거라고는 아무도 생각하지 않았으니까."

그때는 나나 사카야나기조차 류엔이 나올 줄은 꿈에도 생각하지 못했다.

대전 상대가 바뀐 이치노세에게는 청천벽력같은 일이었겠지.

지면 퇴학. 그런 식으로 목숨을 건 싸움이 가능한 사람은 류엔뿐이다.

"그렇다 해도, 끝까지 정신을 바로잡지 못한 나에게 책임이 있다는 건 달라지지 않아."

카네다와 대결을 생각하고 있었는데 갑자기 류엔이 등장했다.

솔직히 상대가 불쌍하다는 생각밖에 안 든다.

그 시험에서 사령탑이 할 수 있는 일은 거의 없었지만, 사령탑 간에 대화는 가능했다. 류엔은 대화술로 이치노세를 철저히 궁지에 몰아넣었을 거다.

"너희는 A반을 상대로 선전했다며?"

말을 되돌려주듯 이치노세가 우리를 칭찬했다.

다만 이 화제는 문제가 하나 있다. 내가 시험 전에 이치노세에게 A반과 붙고 싶다는 말을 했는데, 호리키타는 내가 제비뽑기에 져서 A반이 되어버렸다고 알고 있다는 점이다. 당시 호리키타는 D반을 고르라고 지시했다.

이야기를 이어가다가 혹시 모순이 나오면 일이 조금 성가셔질 수도 있다.

그렇다고 미리 이치노세와 말을 맞출 수도 없었다.

이치노세에게 A반을 양보하라고 설득할 때, A반과 싸우길 바란 사람이 호리키타라고 해버린 탓이다.

호리키타의 지시로 A반과의 대결을 희망했다고 생각하고 있는 이치노세.

제비뽑기에 져서 어쩔 수 없이 A반과 싸운 줄 아는 호리키타.

두 사람 모두 아직 진실을 모른다.

사실 이대로 진실을 덮고 억지로 밀고 나가는 것도 불가능하지는 않다.

평소의 나라면 틀림없이 미리 물밑작업을 마쳤을 것이다.

아니면 위험한 고비를 넘기기 위해, 눈치채지 못하도록 머리를 굴렸거나.

조금 고민하긴 했지만, 오늘은 일부러 막지 않기로 했다.

호리키타가 어디까지 성장했는지 확인하기 위해서

"진 건 진 거야. 일부러 너한테 A반과 싸울 권리를 양보해달라고 부탁까지 했는데. 만약 B반이 A반과 싸웠다면 결과는 달라졌을지도 몰라."

내가 태연하게 그런 소릴 하자 순간 호리키타의 시선이 날 향했다.

뭐 무슨 의미인지는 뻔하지만.

'A반을 대결 상대로 지목했다니 어떻게 된 거야?' 하는 눈빛이다.

하지만 내가 그대로 이야기를 술술 이어갔기에 호리키타

도 일단 덮어두었다.

이 한순간의 움직임은 이치노세가 의심할 여지를 주지 않을 만큼 자연스럽고 사소한 것이었다.

호리키타가 지금 꺼낼 이야기가 아니란 걸 알아챘다는 의미다.

예전의 호리키타라면 '방금 그거 무슨 뜻이야?' 하고 말해서 이치노세까지 의문을 품게 했을 거다.

아니면 쓸데없이 동요해서 이치노세에게 의심을 샀거나.

이해력도 판단력도 상당히 좋아졌다. 아니, 훌륭해졌다고 해야 할까.

호리키타가 진실을 덮어버리면서 이제 이치노세에게는 '호리키타가 정했다'라는 사실만이 남게 되었다.

다른 반에 내 인상을 크게 남기지 않고 끝낼 수 있게 됐다.

"내 부탁 때문에 결과적으로 이치노세네 반이 괴로운 일을 당했구나."

내 강행돌파에 따라오듯 호리키타가 이치노세에게 사과했다.

"그건 내 책임이야. 호리키타가 사과할 일이 아니야."

단합이 잘 안 되는 D반과 대결 끝에 2승 5패.

B반은 단번에 반 포인트를 잃게 되었다.

"그것도 사실 결국은 의미 없었잖아. 애당초 제비뽑기에서 이긴 건 D반 카네다였고. D반이 직접 B반을 지목했으니, 너희가 사과할 일은 아니지."

결과론만 보면 그렇겠지.

내가 밑 작업을 하지 않았어도 B반 대 D반의 대결은 피할 수 없었다.

"내가…… 내가 좀 더, 확실하게 이길 수 있는 전략을 짰어야 했어. 그걸 몹시 반성하고 있어."

말은 그렇게 했지만, 어디까지 마음을 새로 먹을 수 있는지는 또 별개의 문제다.

"혹시 괜찮으면 어떤 종목에서 어떤 전략을 썼는지 알려줄 수 있니? 우리 전략도 자세히 알려줄게."

호리키타도 소문 정도는 들었으리라.

하지만 사령탑 사이에 일어난 일은 당사자들밖에 모른다.

이치노세는 고개를 끄덕였다.

이치노세네 반이 고른 종목, 류엔네 반이 고른 종목.

어떤 순서로 어떤 종목이 선택되었는지. 류엔이 어떤 수법을 썼는지.

그리고 어디서 이겼고 어디서 졌는지. 진 이유까지 포함해서 숨김없이 털어놓는 이치노세.

류엔을 비롯한 현재 D반은 전 종목을 격투기 쪽으로 정해서 승리를 따내는 방식을 채택했다는 것.

B반에게는 상당히 치명적인 종목.

"역시 특기를 살리는 방향으로 갔구나."

"그건 우리도 대항 못 했을 것 같군."

"그러게. 확실하게 이길만한 애는 스도 정도려나……. 아니,

그것도 상대가 야마다면 어떨지 모르겠네."

코엔지가 진짜 힘을 낸다면 머릿수에 넣을 수 있겠지만, 호리키타는 아무 말도 하지 않았다.

여자 쪽도 호리키타 이외에는 어디까지 대항할 수 있을지 의심스럽군.

"류엔의 방식이면 A반한테도 이길 수 있을지 몰라."

"나도 같은 생각이야."

완전한 뽑기 운. 조금이라도 류엔에게로 운이 기운다면 그 어떤 반이라도 이길 가능성이 있었다.

그런데도 D반은 가장 이길 가능성이 큰 B반을 상대로 골랐다.

처음부터 노리고 있었다는 이야기다.

"하지만 종목은 B반이 고른 게 더 많았는데, 왜 거기서 두 번이나 졌어?"

류엔의 전략은 과연 강력했지만, 그건 뽑기 운이 있었을 경우다.

B반의 종목에서 4개가 선택되었던 점을 봐도, 이치노세에게 어느 정도 승산이 있었다.

"……음."

아직 아무것도 모르는 호리키타. 당연히 나도, 여기서는 아무것도 모른다는 전제로 이야기를 들었다.

류엔이 펼친 전략. 그게 무엇인지를.

뭔가 딱히 하지도 않으면서 B반 아이들을 악착같이 따라다니며 정신적 고통을 계속 가했다는 것.

억지로 접촉해서 압박했다는 것.

그렇게 해서 시험 당일 갑작스러운 컨디션 난조로, 몇 명이 실력을 발휘하지 못했다는 것.

하지만 끝까지 말한 후 이치노세는 이렇게 덧붙였다.

"내가 정한 자신 있는 종목을 이기지 못했어. 임기응변으로 대응하지 못한, 사령탑의 실수야."

이치노세는 여전히 자기 탓이라 말했다.

"여러 명이 복통을 일으켰고, 정신적으로 불안정했던 건……"

당연히 호리키타도 그게 류엔이 짠 전략이라는 걸 알고 있겠지.

"틀림없이 류엔이 놓은 덫이겠지. 몸 상태가 나빠졌던 친구한테 나중에 물었더니 시험 전에 노래방에서 이시자키 무리랑 시비 붙었었다고 하더라."

노래방인가. 학생들이 감시의 눈을 피할 수 있는 몇 안 되는 장소다.

거기서 뭔가 작업을 해서 약을 먹였다. 아주 위험한 수법을 썼다.

"밑져야 본전인데 학교 측에 알려야 하는 거 아닐까?"

이미 시험이 끝난 지 일주일이나 지났다. 학생들이 먹은 것과 마신 것은 당연히 다 처분되고 없겠지. 약국에서 약을 산 흔적은 찾을 수 있겠지만 그걸 실제로 B반 학생들에게 썼는지는 결론이 나오지 않는 논쟁거리가 되고 말리라.

"문제를 제기하는 게 좋아. 이번엔 결실이 없더라도 같은 수법을 견제할 수는 있으니까. 계속 무모한 짓을 저지른다면 당연히 학교 측의 판단도 엄해지겠지."

사실이면 중대한 문제니까, 학교가 대책을 내놓을 가능성도 있다.

"그럴지도. 하지만 그렇더라도 나는 이번 일을 보고할 생각은 없어."

이치노세는 고개를 저었다. 시험이 끝나고 일주일. 그동안에 몇 번이고 학교에 보고하자는 말을 들었을 텐데도 전혀 움직이지 않았다. 지금 와서 생각을 바꿀 것 같지는 않다.

"왜? 억울한데 가만히 있어도 괜찮아? 걔들이 무언가 실수로 증거를 남겨놨다고 한다면 시험 결과를 뒤집힐 수도 있는 중대한 사건이야."

결과에 따라서는 정학 이상의 처분을 받을 수도 있겠지.

하지만 시간이 지나면 지날수록 학교에 보고하기 어려워진다.

"너만 괜찮으면 나도 협력할게."

호리키타라면 절대 억울하게 포기하지 않을 것이다.

"고마워, 호리키타. 하지만 역시 그냥 있을래. 확실한 증거도 없고, 게다가…… 이번 일을 강한 교훈으로 삼고 싶어."

"교훈?"

그러나 이치노세는 호리키타의 설득을 받아들이지 않았다.

"나는 이번에 이런 일이 일어난 게 다행이라고 생각해."

조금 전까지는 침울한 표정이었는데, 이치노세의 눈동자에 활력이 살짝 돌아와 있었다.

망가진 엔진이 필사적으로 점화하려고 발버둥 치는 것만 같이.

"만약 이번 시험 같은 일이 2학년 말이나 3학년일 때 일어났다면 얼마나 궁지에 내몰렸을지 알 수가 없어. 하지만 지금이라면 아직 괜찮아."

응, 하고 고개를 끄덕인 이치노세의 눈동자에는 힘이 실려 있었다.

저게 억지로 밝힌 한순간의 빛이라는 걸 알아챈 건 나뿐이겠지.

"이번 패배는 반 전체가 무겁게 받아들이고 있어. 그리고 다음에 잘 살리기로 정했어."

"그래. 그렇다면 다른 반인 내가 괜한 소리를 할 필요는 없겠구나."

"그렇군."

이 자리에서는 일단 B반 대 D반의 이야기는 끝맺기로 했다.

이치노세 대 류엔의 시험 내용은 들었다. 이번엔 우리 차례다.

호리키타가 한 번 나를 살피듯 눈으로 물었다.

사령탑이었던 네가 말하지? 하는 확인이었다.

나는 사령탑으로서, 이치노세처럼 종목과 그 결과를 알려주었다.

내용은 무난한 것이었는데.

어떤 종목으로 싸웠고, 어떻게 해서 이기고 졌는지.

플래시 암산에서 내가 최종 문제를 맞혔다는 둥 쓸데없는 이야기는 물론 하지 않았다.

"결과는 알고 있었지만 멋진 승부를 펼쳤네."

"그렇지만 최종 일곱 번째 종목은 사카야나기의 체스 실력에 미치지 못해서 패배했어."

체스야 게임 중 하나. 원래 자신이 있었던 종목이라고 해두면 그리 깊게 파고들 일은 아니다. 무엇보다 사카야나기에게 졌으니, 복잡한 설명 없이 그렇게 됐다고 해버리면 끝이다.

"마이너스 30포인트로 끝나서 그나마 다행이었지. 상위 반과 격차가 더 벌어지면 안 되니까."

"호리키타네 반은 착실하게 실력을 쌓아왔으니까. 우리도 방심할 수 없겠네."

가까운 미래에 라이벌이 될 것이라고 내다 본 이치노세가 솔직하게 칭찬했다.

"그래. 우리 반은 강해질 거야."

그렇게 자신하는 호리키타의 말과 눈빛을 보고 이치노세도 작게 고개를 끄덕였다.

"오늘 이치노세한테 꼭 전하고 싶은 말이 있어."

"뭔데?"

지금부터 후반전. 진짜 본론.

이치노세부터가 아니라 호리키타부터 말을 꺼냈다.

"솔직히 말하겠는데, 다음 학년부터 협력 관계를 깼으면 해."

이건 의외의 이야기가 아니다. 이치노세도 각오하고 있었을 거다.

"아마도 그렇게 되지 않을까 하고 우리도 짐작은 하고 있었지만."

"우리는 1학년 마지막 시험에서 A반에 져서 D반으로 떨어졌어. 순위로 보면 떨어졌지. 하지만 성장을 보면 그렇지 않아. 오히려 격차를 좁혔다고 생각해."

"그렇지. 0포인트까지 떨어졌던 걸 생각하면 1년 동안 반 포인트를 가장 많이 늘린 건 호리키타네 반이니까. 더구나 A반을 상대로 3승 4패라는 놀랄만한 성적을 냈고."

이치노세도 이미 우리 반의 포인트가 뭘 의미하는지 알고 있었다.

시험 결과도 어느 쪽으로 기울어도 이상하지 않은 상황이었다.

츠키시로의 방해 공작이 패배의 결정타가 돼버렸지만, 이길 기회도 분명 있었다.

"하지만 이 관계를 유지하는 건 가능하지 않을까?"

이치노세는 바로 받아들이지 않았다.

"이를테면 반 포인트가 더 좁혀졌을 때 다시 의논한다거나."

"마음은 고맙지만 나는 이 관계를 이어가면 안 된다고 생각해."

협력 관계를 안정적으로 성립하게 만들려면 두 가지 조건이 필요하다.

첫째는 반 포인트 차이가 만회할 수 없을 만큼 벌어지는 것.

둘째는 협력 관계 중 상위 반이 안정적일 것.

작년 5월 시점에서는 650포인트의 차이가 있었다. 그리고 B반은 일 년 내내 안정적으로 포인트를 보유하는 추이를 보였다. 그렇기에 고전하던 우리 반과 손을 맞잡아도 지장이 없었다.

하지만 지금은 그 두 가지가 다 없는 상태다. 우리 반은 일 년 동안 300포인트 이상 획득했고, 반대로 B반은 숫자가 떨어졌다. 차이가 크게 메워졌다.

즉 두 가지 조건 중 어느 하나도 채워지지 않게 된 셈이다.

"난 2학년이 되면 B반 이상을 목표로 삼을 거야. 그 뒤엔 A반을 앞지르기 위해 포인트를 벌 생각이고."

호리키타가 강하게 나오자 이치노세가 약간 동요하기 시작했다.

"……그래, 그렇구나."

B반을 노린다는 건 호리키타의 말은 눈앞에 있는 이치노세를 쓰러트리겠다는 의미이기도 했다.

쓰러트릴 상대와 우호 관계를 유지할 수는 없는 노릇.

호리키타는 어중간한 족쇄를 만들 생각이 없었다.

"이의 있어, 아야노코지?"

"아니. A반으로 올라가려면 타당한 판단이지."

나는 고개를 저으며 대답했다.

이치노세는 눈을 감고 크게 한숨을 토했다.

"대책 없던 우리에게 협력해준 건 감사하고 있어. 하지만…… 원망을 사더라도, 앞으로 우린 적이야."

이치노세는 호리키타의 결의를 조용히 받아들였다.

"원망 따위, 당치도 않아. 이것도 원래는 일시적인 휴전이었으니까. 나도 고마워."

이치노세는 우리에게 원망을 품지 않았다.

"2학년부터는 적이네."

"응."

이치노세가 내민 손을 호리키타는 힘주어 잡았다.

호리키타의 머릿속에도 어느 정도 계산은 서 있을 터다. B반의 장점과 약점이 뭔지, 어떻게 하면 쓰러트릴 수 있을지.

그리고 이치노세 역시 우리 반의 전력을 알고 있을 거다.

이제 어떻게 상대할지를 생각해야 할 거다.

이렇게 해서 우리들의 짧은 대화는 끝났다.

4월부터는 B반과의 본격적인 전쟁도 막을 올리게 될 것이다.

2

볼일이 끝났지만, 이치노세는 좀 더 남아 있겠다고 했다.

패전과 협력 관계 파기. 여러 가지로 생각을 정리하고 싶으리라.

그래서 우리 먼저 카페를 나왔다. 내가 먼저 계단을 내려가고 있자니──.

"잠깐."

등 뒤에서 호리키타가 나를 불러세웠다.

내가 뒤를 돌아보려 하자, 호리키타가 이런 말을 꺼냈다.

"그대로 그냥 들어줬으면 해."

목소리가 진지했길래 나는 그대로 서서 대답했다.

"뭐야, 갑자기."

"뭐냐고? 너, 나한테 사과할 일이 있지 않아?"

등 뒤에서 화난 목소리가 날아들었다.

"무슨 소린지 잘 모르겠는데."

그래도 오리발을 내밀자, 호리키타는 주저 없이 본론으로 들어갔다.

"너, A반이랑 싸우려고 이치노세한테 미리 손을 썼어?"

"그거냐."

"내가 말을 맞추지 않았으면 일이 꼬일 뻔했던 것 아니야?"

"아무 문제 없이 끝났잖아?"

"그야 괜한 일이 생길 것 같아서 내가 맞춰줬으니까 그렇지. 어떻게 된 건지 설명 좀 해보지?"

"이치노세도 말했잖아. 카네다가 제비뽑기에서 이겨서 B반을 선택했다고. 내가 뒤에서 무슨 짓을 했어도 어차피 결과는 같았어."

"아니, 내가 묻는 건 왜 네 멋대로 A반이랑 대결하기로 정했느냐는 거야."

"그게 이길 가능성이 가장 크다고 판단했으니까."

"아무리 생각해도 카네다나 류엔을 상대하는 게 더 쉬웠을 것 같은데?"

"B반과 같은 꼴을 당했을 가능성도 크지. 그런 걸 상대할 수 있는 사람이 몇이나 되지? 너랑 스도 정도가 고작 아닌가?"

"그건 결과론이지. 이기려면 D반을 골라야 했어."

발소리와 함께 호리키타의 목소리가 조금 가까워졌다.

그래도 확 좁혀오지는 않았다.

"내 말이 틀렸어?"

"아니. 확실히 A반을 고른 건 최대의 디메리트였어. 그건 인정하지."

"내 충고를 무시한 건 일단 제쳐둘게. 왜 A반이었는데?"

내가 독단을 부린 건 둘째 치더라도 왜 기껏 고른 게 A였는지가 신경 쓰이겠지.

"왜인 것 같아? 내가 왜 그렇게 되도록 했는지 넌 알겠어?"

나는 일부러 반문해보았다. 절대 답할 수 없을 질문을.

나와 사카야나기의 관계, 화이트 룸의 인과관계를 모르는 사람은 풀 수 없는 문제다.

"추리할 수 있는 재료를 가지고 생각해본다면…… 네가 말한『이길 가능성이 가장 크다』는 말에서 답을 도출해야 하겠지. 그럼 왜 B반과 D반을 제외해야 했을까. 우선 B반은 고민할 이유도 없어."

B반과는 협력 관계였다. 굳이 손쓸 것도 없었다.

그 협정을 깨면서까지 이치노세가 싸움을 걸 가능성은 실제로도 거의 없을 거다.

"문제는 D반. 원래 같으면 D반 이외를 고민할 이유도 없었어……. 그런데 실제로 싸우고 보니 B반이 대패하고 말았지. 그건 류엔의 기이한 책략이 잘 먹혀들었으니까 그런 거지만, 우리도 같은 필드에 끌려나갔다면 승부는 장담할 수 없어."

호각 또는 불리해졌을 가능성도 있다.

"다들 D반이 제일 쉬운 상대라고 여겼어. 그래서 오히려 넌 왠지 꺼림칙함을 느낀 거겠지."

화이트 룸이란 카드 없이 내놓을 수 있는 가장 그럴싸한 추리다.

"류엔이 나올 가능성이나 D반이 무슨 종목을 고를지 예상했어?"

"그럴 수도 있겠다 싶었지. 그래서 B반을 희생양으로 삼았어."

"그렇다면 나한테 미리 의논했어야 하는 거 아니야?"

"그렇지."

나는 부정하지 않았다.

그건 내가 단독으로 움직일 이유는 되지 않는다.

"그런데—— 그게 정말 진짜 이유야?"

"무슨 말이지?"

"반 내부 투표에서 넌 A반으로부터 많은 표를 받아 1위에 오르며 프로텍트 포인트를 얻었지. 그리고 퇴학을 건 사령탑이 되어 A반과 대결하게 되었는데, 이게 다 단순한 우연이야? 마치…… 너랑 사카야나기가 서로 짠 것 같은……."

그중에는 진짜 우연도 섞여 있긴 했지만 어쨌든 호리키타가 나와 사카야나기의 관계성과 그 배경을 눈치채기 시작했다.

"됐다…… 너무 억측뿐이야. 증거도 없고. 이 이야긴 잊어버려."

호리키타는 그렇게 자신의 발언을 철회했다.

"대신 네 생각을 다시 묻고 싶어. 너는 A반으로 올라갈 생각인 거지?"

"아까 그렇게 말했잖아."

"그래. 하지만 그게 진심인지 잘 모르겠어. 입학 초기부터 최근까지도, 내가 아는 한 너는 반이 위로 올라가는 데 몹시 소극적이었어."

"사람은 다 성장해. 너도 입학 초기와는 몰라볼 정도로 성장했잖아, 그거랑 같지."

실제로 지금은 위로 올라갈 생각을 하고 있지만, 호리키타에게 의심을 사도 이상할 건 없다. 그간 호리키타에게 비협조적으로 나왔으니까.

호리키타가 보기에는 내가 석연치 않아 보이겠지.

"그래. 사람은 성장해…… 견해도 달라지고."

호리키타는 아직 불만이 남은 것 같았지만 억지로 삼켰다.

하지만 이번 이야기는 여기서 끝날 것 같지 않았다.

"우리 반은 성장했어. 강해졌다는 실감도 나. 하지만 그걸로는 아직 부족해. A반으로 올라가려면 네 힘이 필요해."

"뭘 원하는데?"

"지금까지 넌 공부도 운동도 어중간하게 힘을 뺐지. 물론 평균선을 유지하면 반의 발목을 잡진 않겠지만 그건 공헌하는 게 아니야."

이것 참 면목이 없군. 확실히, 눈에 보이는 공적을 남긴 적은 없었지.

"슬슬 네 진짜 실력을 보여주지 그래? 앞으로 무슨 일이든 전력을 다해 임해줬으면 해. 그러면 A반으로 올라갈 의지가 있다는 걸 보여줄 수 있잖아?"

이건 협박이나 부탁이 아니다.

내가 어떻게 나올지 살피기 위한 탐색이다. 뾰족뾰족 가시 돋친 것은 덤이고.

"거절할게."

"역시."

어이없다기보다도 알고 있었다는 듯이 코웃음 쳤다.

"넌 늘 말뿐이야. A반으로 올라가기 위한 협력 따위 할 생각이 없어."

"적어도 지금은 그렇지."

가는 말이 고와야 오는 말이 곱다고, 나는 호리키타에게 그렇게 말을 돌려주었다.

그게 무슨 의미인지, 호리키타가 이해하기까지는 조금 시간이 걸렸다.

"……뭐? 지금은?"

호리키타는 내게 영영 도와주지 않을 줄 알고 있었겠지만.

나는 지금 어느 정도 양보해도 좋다고 생각하고 있었다.

"다만 이쪽도 1년간 쌓아온 사정이 있어. 봄방학이 끝나자마자 갑자기 사람이 변하면 반 애들은 물론이고 학년 전체…… 아니, 학교 전체에 소문이 돌겠지. 그런 사태만은 피하고 싶다."

"네가 우수한 구석이 있다는 건 인정하지만, 자기 평가가 너무 과하네. 필기 성적으로만 얘기해도 우리 반에는 나와 유키무라가 있고, 다른 반까지 하면 이치노세나 사카야나기같이 성적이 좋은 애들이 잔뜩 있어. 네가 그 애들과 어깨를 견줄 수 있다고?"

호리키타가 어이없다는 듯 말했다.

"물론 네 성적이 급상승한다면 눈에 띄기야 하겠지. 하지만 학년 성적 상위 10~20% 정도에 들어가는 정도면 소문도 금방 식지 않겠어? 단기간에 성적이 튀어 오르는 학생도 전혀 없진 않잖아."

호리키타의 생각하는 나는 그 정도인가.

그야 그런 성적에서 끝낸다면 그렇게 되겠지.

하지만 그 정도로 끝나지 않는다면 이야기는 다르다.

"미안한데 호리키타, 지금 1학년 중에 날 상대할만한 녀석은 단 한 명도 없어."

성장 잠재력이 있거나 불성실해서 아직 본래 힘을 발휘하지 않은 학생을 제외한다면 말이지만.

"……대단하네. 어이없을 만큼 대단한 자신감이야."

예상은 했지만, 호리키타는 내 말을 터무니없는 허세라고 생각하는 모양이다.

"오빠 눈에 좀 들었다고 하지만 그건 아무런 증명도 될 수 없어. 넌 나한테 네 실력을 단 한 번도 내게 보여준 적이 없으니까."

"지금까지로는 부족한가."

"공부에서 네가 1등이라고 증명할 수 있어? 아니, 공부 이외에도 그래. 그 호언장담을 인정하게 만들려면 뭐든 실력을 보여줘야지. 종합 성적도 아니고 고작 하나 있는 체스조차 사카야나기한테 졌잖아. 물론 믿을 수 없을 만큼 높은 수준의 대결이었다는 건 인정해. 하지만 진 건 진 거야. 그런데 그걸로 같은 학년에 네 적수가 없다고 떠들 셈이야?"

"어떻게 받아들이든 네 자유야, 호리키타. 네 말대로 단순한 허세일지도 모르니까."

"결국, 또 그런 식으로 빠져나가잖아. 넌 불성실하기만 할 뿐인 거짓말쟁이야."

"그럼 그 낙인을 찍는 거로 만족할 거냐?"

그러자 호리키타는 갑자기 입을 다물었다.

울분을 풀고 만족한다면 이걸로 이 이야기는 끝날 뿐이다.

내가 다시 발걸음을 떼려 하자——.

"——시험하게 해줘."

그런 말이 돌아왔다.

"뭘?"

"진정한 실력을. 머리가 좋다는 것도 운동신경이 좋다는 것도 어느 정도 알고 있지만, 마치 구름을 손에 쥔 듯 흐릿해. 네 실력은 하나부터 열까지 다 명확하지 않아."

자기가 가진 척도(실력)로 측정해보고 싶다는 뜻인가.

"네 실력이 정말 숨길 가치가 있는 것인지 아닌지 알고 싶어."

"네가 정확한 척도가 될 수 있단 자신은 있고?"

"난 너보다 필기시험에서 높은 점수를 딸 자신이 있고, 작정하면 육탄전도 이길 자신이 있어."

하긴 지난 일 년간, 호리키타는 시험에서 당연하다는 듯 늘 나보다 위에 서 있었다.

육탄전도 마찬가지. 단순한 달리기나 힘이라면 남자가 유리할진 몰라도, 싸움에는 기술이라는 변수가 들어간다. 실제로 호리키타는 몸이 아팠을 때도 이부키를 상대로 제법 잘 싸웠다.

입학 초기에는 그 오빠와 가볍게 몸싸움도 했고.

자기 실력에 자신이 있으니까 단언하는 거다.

"그럼 어떻게 시험해볼래?"

"방법이야 얼마든지 있지. 내가 네 방에 가서 필기시험으로 겨룰 수도 있고."

뒤돌아보지 말라고 말한 건 나와 목소리 이외의 요소로 신경전을 벌이는 걸 피하기 위해서다. 눈과 눈이 마주치는 것만으로도 여러 가지 감정을 읽히기 마련. 그게 불리하다고 판단해서 이런 위치에 있는 것이다.

그만한 자신감을 보였으면서도 나와 심리전을 벌이는 건 피하고 있다.

"나야 상관없다만, 이야기가 너무 일방적이군. 이게 나한테 무슨 이득이 있지?"

"이해득실을 따질 문제인가? 너는 실력을 감추고 있고, 그 비밀을 나한테 들켰어. 네가 여기서 받아들이지 않아도 내가 다 폭로해 버리면 넌 나오지 않을 수 없을걸? 안 그래도 너는 최근 들어서 여러 가지로 주목받고 있지? 이번에도 모른 척 넘길 수 있을까?"

날 협박할 심산으로 한 이야기라면 너무 약하다. 비밀을 다 떠벌렸을 때 돌아올 불이익을 생각하면 호리키타는 내

비밀을 폭로할 수 없다.

하지만 호리키타의 성장을 생각하면 이쯤이 타협 라인일지도 모르겠군.

내가 오래 생각하자 호리키타도 조용히 답을 기다렸다.

"그럼 4월 이후에 있는 필기시험에서 딱 한 과목을 정해 점수를 겨루자. 그거면 가령 내가 100점을 받더라도 한 우물만 필사적으로 팠다고 둘러댈 수 있으니."

다른 과목 점수가 그대로라면 충분히 얼버무릴 수 있다.

"실력을 보기엔 좀 부족한 것 같지만…… 어쨌든 공식적인 자리에서의 대결하면 된다는 거지?"

"일단 너한테 졌을 때도 생각해둬야 하니까. 앞으로 전 과목에서 높은 점수를 따야 할 수도 있으니 겸사겸사 포석을 깔아두려는 거지."

"좋아. 네 제안을 받아들일게. 대결 종목은 어떻게 할 거지?"

"그건 네가 원하는 종목으로 골라도 돼. 언제 할지도 네가 골라. 대결 종목이 뭔지는 당일에, 시험 치기 직전에 알려줘도 상관없어."

"과연……. 사전 통보 없이 네가 이기려면 평소에도 모든 과목을 공부한다는 게 전제 조건이 되겠구나. 그러면 한 과목으로도 어느 정도 실력을 알아볼 수 있겠네."

이렇게 하면 호리키타도 어느 정도 납득할 수 있겠지.

"내가 이기면 그때는 너의 실력이 그 정도는 아니라고 판단하고, 이후로는 모든 면에서 최선을 다하라고 요구할 텐데,

받아들이겠지?"

"그래. 대신 내가 이기면 내 부탁 하나 들어줘."

"그래, 일방적인 건 불공평하니까. 뭘 부탁할 건데?"

"글쎄. 그건 차차 생각해볼게."

"……그건 좀 비겁하지 않아? 여기서 내가 알았다고 하면 무리한 요구도 받아줘야 하잖아."

"벌써 졌을 때를 걱정하는 건가? 좀 더 강경한 생각으로 한 제안인 줄 알았는데."

"하여간 말은 잘해……."

"무리하지 않아도 돼. 자신 없으면 이 대결 자체를 무효로 하든지."

그런 말을 들으면 호리키타는 물러설 수 없겠지만.

"좋아, 만약 내가 지면 어떤 조건이든 받아들일게. 그럼 됐지?"

"좋아. 그렇게 정한 거다."

이렇게 해서 4월 이후 있을 첫 필기시험에서 호리키타와의 대결이 성사되었다.

호리키타가 걸어와 내 옆에 서는가 싶더니 먼저 계단을 내려갔다.

"기대할게. 너와의 직접 대결."

물론 호리키타는 만전의 대책을 마련해 시험에 임할 것이다.

뭐, 나는 평소대로 있을 거지만.

나는 그 자리에 가만히 서서, 결의를 다진 호리키타의 뒷모습이 완전히 보이지 않을 때까지 눈으로 배웅했다.

"자, 그럼 이제 난 뭘 한다?"

원래는 바로 돌아갈 예정이었으나 마음이 좀 바뀌었다.

이치노세의 상태가 좀 궁금하네.

먼저 돌아가라고 했는데, 지금 혼자서 무슨 생각을 하고 있을까? 그런 걸 생각하다가, 어떤 남자가 나를 지켜보고 있는 것을 알아차렸다.

어쩌다 눈이 마주친 것은 아닌 것 같다.

그 시선에 이끌리듯 나는 계단을 내려갔다.

3

같은 날, 오전 11시 반이 지난 무렵.

케야키 몰 2층 남자 화장실에서 두 남자가 이야기를 나누고 있었다.

한 사람은 한 번 리더 자리에서 내려왔다가 다시 돌아온 류엔 카케루.

그리고 다른 한 사람은 1년 동안 반을 계속 유지해온 A반 학생 하시모토 마사요시.

우연히 만난 게 아니라 하시모토가 먼저 연락해 일부러 인기척 없는 이곳을 고른 것이다.

"그래서? 이런 데로 나를 불러내 무슨 구린 이야길 하려고?"

"구린 이야기라니, 누가 들으면 오해하겠네. 그냥 지난 일 년을 총정리하고 싶었을 뿐이야."

왠지 묘하게 달래는 듯한 태도를 보이는 하시모토.

평소에도 종잡을 수 없는 구석이 있는 그를 류엔은 그다지 싫어하지 않았다.

하지만 그렇다고 좋아하는 것도 아니었지만.

오히려 이시자키나 이부키처럼 체력만 좋은 바보들이 더 알기 쉬워서 호감을 느낀다.

물론 하시모토도 류엔을 신뢰하지 않고, 자신을 신뢰하리라고도 생각하지 않았다.

이해득실이 일치할 때에 한한 관계.

다만 그 관계가 때로는 무척 굳건하다는 것 역시 두 사람은 잘 알았다.

"학년말 시험에서 B반을 보기 좋게 짓밟아준 모양이던데, 완전 부활이라고 보면 될까?"

"글쎄, 어떨까. 단순한 변덕일지도 모르고."

류엔은 진지하게 대답하지 않고 팔짱을 낀 채 웃었다.

"변덕? 그렇다면 정말 무서운 변덕인데. 변덕으로 A반까지 노리면 견딜 재간이 없지."

하시모토가 백기를 든 것처럼 보란 듯이 두 팔을 가볍게 들었다.

"그렇게나 내 동향이 신경 쓰이나?"

"한 번 뒤로 물러났던 네가 다시 앞으로 나왔어. 신경 안 쓰이는 게 더 이상한 거 아닌가."

자신들의 앞길에 방해가 될 수 있는 존재의 동향에는 누구보다 더 신경 쓰이는 법이다.

"사카야나기의 지시를 받고 정찰하러 온 건가?"

"공교롭게도 쉽게 대답할 순 없는 질문이군."

하시모토는 대답을 피했지만, 사카야나기의 지시로 캐러 온 게 아니라는 걸 류엔은 잘 알았다. 그저 일부러 사카야나기의 이름을 대서 하시모토를 떠봤을 뿐이다.

"그래서? 앞으로는 어떻게 할 생각인데?"

"어쩌고 자시고 그런 게 있겠냐."

코웃음 치면서 류엔은 하시모토에게 가까이 다가섰다.

살짝 긴장한 하시모토는 만일의 사태에 대비해 방어 자세를 취했다.

자기가 고른 장소라지만 이곳은 아무도 없는 화장실. 여차한 순간 자신의 안전을 보장해줄 감시 카메라는 없다. 스마트폰으로 녹음하거나 동영상을 켜둘 걸 그랬다는 생각이 스치고 지나갔지만, 그랬다가 들키기라도 하면 류엔과의 관계가 끝날 위험이 있다.

"이중 스파이로 머리 굴리면 이길 수 있다고 쉽게 생각하지 마라."

웃으면서 가하는 압박이 다른 학생과는 차원이 다르다.

"핫. 썩어도 준치라더니, 박력 만점이네."

하시모토는 약간 불안함을 느끼면서 동시에 기쁘기도 했다.

A반은 견고한 반석. 하지만 사카야나기가 변덕을 부리기에 따라 위로도 아래로도 흔들릴 수 있다.

아래로 흔들렸을 때, 치고 올라올 것은 십중팔구 류엔의 반.

거기에 미리 침을 묻혀두는 것은 당연한 판단이었다.

그렇기에 하시모토는 잘못된 점을 정정하기로 했다.

"미안하지만 류엔. 난 두 반만으로 끝낼 생각은 없어."

"크큭, 무슨 의미냐, 그건."

"좀 이르긴 하지만——"

하시모토는 스마트폰을 꺼내 류엔에게 일부러 화면을 보여주면서 녹음하지 않았다는 걸 알려주고 어딘가로 전화를 걸었다.

통화 연결음은 얼마 가지 않았다.

류엔은 상대가 하시모토의 전화를 기다리고 있었다는 걸 바로 알아챘다.

"지금 와. 미리 알려줬던 그 장소로."

그렇게 상대에게 짧게 전하고 통화를 마쳤다.

"누구일 것 같아? 류엔."

"글쎄."

"아야노코지야."

"아야노코지? 아아, 순간 누군가 했네."

하시모토가 이름을 밝혔는데도 류엔은 당황하지 않았다.

허를 찌르면 뭔가 얻어낼 정보가 있을 거라고 예상한 하시모토의 노림수는 깨졌다.

하지만 하시모토는 집요하게 움직였다.

"이곳에 아야노코지를 부른 이유, 짐작이 가?"

"아니."

딱 잘라 대답한 류엔은 바로 이렇게 말을 이었다.

"여기 부른 게 정말 그 녀석이 맞아? 난 그렇게 안 보이는데."

수작 부리려다가 도리어 너무 쉽게 당했다.

"……정말이지, 어중간한 거짓말은 안 통하는 건가."

하시모토는 아야노코지의 이름을 꺼내면 류엔이 평소와 다른 반응을 보일 거라고 기대했다.

하지만 류엔은 잔챙이 이름은 입에 올리기도 귀찮다는 식의 태도를 보였다.

"뭘 좋알거리고 있어. 무슨 꿍꿍이라도 있는 건가? 하시모토."

오히려 하시모토가 아야노코지를 의식하는 게 수상하다는 의혹을 사버렸다.

연기하는 것처럼 보이지도 않았다.

하지만 하시모토는 아야노코지와 류엔에 대한 불신감을 완전히 덜어낼 수 없었다.

왕을 자처하던 류엔이 이시자키를 상대로 그리 쉽게 물러났을 거라고는 생각하지 않기 때문이다.

사카야나기가 해왔던 행동만 봐도 아야노코지의 그림자가

어른거리고 있다.

하나만 더. 뭔가 정보가 있으면 이 짐작을 확신으로 바꿀 수 있으리라.

"여기 부른 사람은——"

2층 화장실을 향해, 발소리가 점점 가까워졌다.

그리고 모습을 드러낸 한 남학생.

"얼씨구? 이거 또 흥미로운 녀석을 불렀군, 하시모토."

류엔과 하시모토의 앞에 나타난 사람은 1학년 B반 칸자키 류지였다.

평소 접점이 없어 보이는 세 사람이 한자리에 모였다.

"이쪽이 꼭 널 만나고 싶다고 해서 말이야. 내가 다리를 놔주겠다고 했지."

"그래서? 너는 대신 뭘 얻고?"

"그야 뻔하잖아? B반과의 커넥션이지."

"사카야나기는 이치노세에게 활을 당겼어. 즉 적대 관계지. 칸자키가 받아들이겠냐?"

"받아들이지. 안 그래? 칸자키."

"난 널 믿지 않아, 하시모토. 하지만 이용할 가치는 있다고 생각해."

"그렇다고 하네."

이해관계가 일치하면 하시모토는 칸자키와도 손을 잡을 수 있다고 어필했다.

그리고 실실거리며 칸자키의 어깨에 손을 얹었다.

"이 녀석의 말을 들어달라고. 나를 위해."

"그렇군. 두 반으로 끝낼 생각이 없다는 건 이런 뜻인가."

하시모토는 지금까지 류엔의 반에만 흥미를 품고 있었다.

하지만 류엔이 한 번 후퇴하자, 시야를 넓히는 쪽으로 방향을 전환했다.

"그래. 다음에는 아야노코지의 반에도 씨앗을 뿌릴 계획이야."

어느 반이 이겨서 올라가더라도 자신이 구제받을 수 있도록 움직이겠노라고 선언한 하시모토.

하지만 이미 류엔의 흥미는 하시모토가 아니라 칸자키 쪽으로 가 있었다.

"지루하지 않은 화제를 가져왔겠지?"

"뭘 기대하는지는 모르겠지만 널 기쁘게 할 재료는 하나도 없어."

칸자키는 류엔을 상대로도 주눅 들지 않고 말을 이었다.

이곳에 온 이유인, 자신의 이야기를 하기 위하여.

"학년 말 시험에서 있던 일을 이야기하고 싶었을 뿐이다."

"참패한 감상이라도 들려주겠다는 건가?"

"미안하지만 류엔, 난 너한테 졌다고 생각하지 않아."

강경한 발언에 하시모토가 휘파람을 불었다.

"너는 더러운 전략으로 억지 승리를 가져갔을 뿐이야. 그 사실을 잊지 마라."

칸자키가 그렇게 주장하는 것도 모르는 바는 아니었다.

정공법으로 싸웠다면 호각 그 이상을 다투었으리라고 자부하기 때문이다. 류엔의 비열한 전략으로 빼앗겨버린 승리.

"시시하군. 그 말을 하려고 굳이 여기까지 온 건가?"

류엔의 입장에서는 깨끗한 것도 더러운 것도 아니었다.

승리는 승리이고, 칸자키의 패배는 절대 바꿀 수 없는 결과다.

"애당초 더러운 전략이란 게 뭘 말하는 거지? 내가 사령탑이 된 거?"

"시치미 떼지 마. 시험 당일에 복통을 일으키게 한 것, 그리고 일부 학생에 대한 정신적 공격. 그걸 말하는 거야."

시험 내용에 대해서 자세히 몰랐던 하시모토가 흥미롭다는 듯 손뼉을 쳤다.

"그럼 열 받을 만도 하네. 굉장한 짓을 저질렀구나, 류엔."

"이런 비열한 행위는 앞으로 우리 B반에는 일절 통하지 않을 거라고 말해두마."

"크큭. 이치노세가 막을 수 있다고 생각하냐? 아니면 학교에 울면서 매달리기라도 할 작정인가?"

"아니. 그건 무리겠지."

칸자키는 바로 부정했다. 착한 이치노세는 도저히 불가능한 일이다.

"그럼 누가 막을 건데."

"나."

망설임 없이 단언하는 칸자키를 보며 류엔은 두 가지 가능성이 떠올랐다.

단순히 허풍인가, 아니면—— 하고.

"이치노세만 졸졸 따라다니던 네가 뭘 할 수 있어?"

그리고 살피듯이 한 걸음 더 다가갔다. 칸자키가 한 말의
의도를 찾아내기 위하여.

"난 지난 일 년 동안은 이치노세를 앞세우고 그 옆에서 서
포트해왔어. 하지만 그건 입학 시점에서 이치노세가 다른
반 학생들과 비교해도 뛰어난 통솔력과 팀워크를 발휘할 줄
아는 인재라고 판단했기 때문이야. 그건 지금도 변함없어.
하지만 위기 대처 능력이라든지, 여차하는 순간에 약자를
쳐내지 못한다는 커다란 단점도 가지고 있지."

"호오? 뭐야, 시시한 얘기만 할 줄 알았더니, 의외로 재미
있네. 손잡고 사이좋게 지내기만 하는 B반에 그런 생각을
하는 녀석이 있었다니."

하지만, 하고 류엔이 일축했다.

"말뿐인 놈은 필요 없어. 쓸데없이 짖기만 하는 건 개도
할 수 있으니까."

"그럼 어디 해보든가. 그걸 증명하지."

B반에 커넥션을 만들기 위해 칸자키에게 협력했던 하시
모토는 칸자키에 대한 평가를 조금 바꾸었다. 생각했던 것
보다도 더 잘할 수 있을지도 모르겠다고.

"좋아. 네가 원한다면 다음에는 좀 더 철저하게 부숴줄게."

"어떤 더러운 수를 쓸 생각인진 모르겠지만, 난 이치노세

와 달리 인정사정 봐주지 않아. 자기 필드에서 지는 게 싫다면 정정당당하게 싸워라."

"개똥 같은 반이 아니었길 기대할게."

류엔은 웃으며 소변기 앞으로 갔다.

이어서 하시모토도 옆에 나란히 섰다.

"재밌지? 또 무슨 일 있으면 나한테 상담해라, 칸자키."

선언을 마치고 돌아가려는 칸자키에게 그런 말을 남기는 하시모토.

그러자 칸자키도 가까이 다가가 하시모토의 옆에 섰다.

이 둘에게 지지 않겠다는 걸 어필할 생각인지, 칸자키는 위압을 뿜어냈다.

그리고 볼일을 마치자, 칸자키는 마지막으로 다시 한번 강한 어조로 말했다.

"똑똑히 기억해둬, 류엔."

그 말을 남기고 칸자키는 제일 먼저 화장실을 나갔다.

"크크크. 아고 무서워라."

"다음에는 어떤 방법으로 B반을 짓밟아줄 생각이야?"

"글쎄."

류엔이 그렇게 웃으며 얼버무렸는데, 사실 그 순간 속으로는 전혀 다른 생각을 하고 있었다.

하시모토와 칸자키와 대화를 나누기 전, 불과 한 시간 정도 전에 있었던 일에 대해서.

4

이치노세, 호리키타와 헤어진 후 돌아갈까 고민하던 나는, 마주친 류엔을 따라 케야키 몰 안의 인기척 없는 복도로 이동했다.

일부러 거리를 벌린 채로 걸으면서 혹시 누가 보면 바로 흩어져 아무 일도 아니었던 척할 수 있게끔 했다.

"이시자키한테 들었어? 내가 케야키 몰에 왔다는 거."

"그래, 일부러 널 찾아 돌아다녔지."

이시자키와 한 이야기는 한 시간 정도로 끝난 건가, 아니면 중단하고 온 건가.

어찌 됐든 류엔의 눈동자에 기백이 돌아와 있었다.

"번호 알잖아. 그걸로 연락했으면 됐을 것을."

"네 그 시시한 진짜 얼굴을 앞에 두고 말해주고 싶어서."

그렇게까지 말한다면야, 이야기를 들어주기로 하자.

"그 전언, 무슨 의미냐?"

히요리에게 부탁했던 걸 말하는 거군. 아무래도 잘 전달한 모양이다.

그 이야기를 들으면 날 찾아올 거란 건 알고 있었다.

"그대로의 의미야. 나라면 더 잘했을 거라고."

"어떤 수법을 쓰든 그건 내 마음인데?"

"그렇게 끝나게 두고 싶지 않거든. 네가 잘못해서 이 학교를 떠나면 쓸쓸하니까."

자연스레 나온 말이긴 했지만, 류엔에게는 별로 와 닿지 않는 듯했다.

"크큭, 그건 뭔 농담이냐. 수준 떨어지게 사카야나기에게 져놓고 잘난 척은."

"네 말대로 우린 A반에 졌어. 사령탑을 맡은 이상 변명도 못 해. 사카야나기가 나보다 뛰어난지 아닌지는 직접 싸워서 확인해라."

"하── 날 얕보는 건가."

류엔이 미소를 지우고 나와의 거리를 좁혀왔다.

"날 이긴 네가 사카야나기보다 아래일 리가 없지."

아무래도 수준 떨어진다는 말은 날 도발하려고 꺼낸 말이었나보다.

"날 높이 평가해주는 건 고마운데, 나는 진지하게 했다고?"

"그딴 말을 믿으란 거냐. 그런 헛소리보다 처음부터 대결할 생각도 없었다거나…… 아니면 어떻게 손쓸 방법이 없는 사고에 휘말렸다는 쪽이 더 믿음이 간다고. 학교 측이 체면 때문에 A반이 이기도록 짰다는 이야기가 훨씬 더 그럴싸하다고."

정답은 아니지만, 생각보다 예리하게 짚었군.

이렇게 깊이 생각할 수 있는 사람은 이 학교에 류엔뿐일 거다.

한 번 나와 대치했기에 품은 절대적 확신.

"그래서? 복귀한 넌 앞으로 어떻게 할 거지? 류엔."

"멋대로 내가 복귀했다고 단정 짓지 마라. 난 좀 더 휴식을 즐길 생각이니까."

본격적인 참전은 좀 더 나중이라고 류엔이 말했다.

"하지만…… 쉬다가 질리면 그때는 워밍업으로 이치노세와 사카야나기를 밟을 거야."

"꽤 심경의 변화가 있었나 보군."

"크크큭, 그래. 나도 스스로 놀라는 중이다. 너한테 이렇게나 빨리 재도전하고 싶어서 피가 끓을 줄은 몰랐거든."

"그렇군."

뱀이 겨울잠에서 깨려 하고 있었다.

그렇게 되면 B반도 A반도, 류엔을 무시할 수 없게 되겠지.

사카야나기는 바라는 바겠지만, 현재 상태로는 누가 이겨도 이상하지 않으리라.

"나야 고맙지. 네가 이치노세와 사카야나기를 먼저 처리해준다면 그거야말로 바라던 바야. 순조롭게 위로 올라갈 수 있으니."

우리가 위로 올라가려면 위에서 갈등이 일어나야 하니까.

"넌 네 반 따위는 아무런 관심도 없을 줄 알았는데."

"전에는 그랬지. 지금은 좀 달라. 내년 이맘때쯤, 우리 반은 높은 곳에 있을 거다. 그때 내가 없다 하더라도."

"뭐?"

없다 하더라도, 라는 부분에 류엔이 의아한 표정을 지었다.

"나도 앞으로는 표적이 될지도 몰라. 그렇게 되면 누군가의 손에 의해 퇴학당해도 이상하지 않잖아. 안 그래?"

츠키시로가 그럴 마음만 먹으면 내가 손 쓸 수 없는 일도 많이 생길 것이다.

강경책을 취하면 막지 못할 일이 많겠지.

물론 그렇게 되지 않도록 나도 움직일 거지만.

"안심해라. 널 퇴학시킬 수 있는 건 나뿐이니."

이런 강경한 태도는 정말 류엔답다.

"다만——"

뭔가 말하려고 하던 눈앞의 류엔이 갑자기 시야에서 벗어났다.

그리곤 빠른 속도로 거리를 좁히더니 내 얼굴을 향해 왼팔을 뻗었다.

날카로운 손가락이 망설임 없이 내 눈알을 노려오기에, 성급히 피했다.

"흡!"

한 번 구른 뒤 돌려차기. 오른발이 내 눈앞을 스치고 지나갔지만 이건 페이크.

회전을 더한 왼발이 진짜 공격.

나는 왼발을 가뿐히 피한 후 류엔과 거리를 벌렸다.

"허, 기가 차는군. 완벽한 기습 공격이었는데 전부 피하다니. 얼마나 괴물인 거냐."

"아니, 이만하면 훌륭했어."

사적인 공간이라고는 하지만 이곳 케야키 몰에도 감시 카메라가 많다.

물론 학생이 신고하지 않는 한 웬만한 일에는 주목하지 않겠지만, 어쨌든 류엔이 아니면 할 수 없는 대담한 공격이었다.

"내 마음이 호소하고 있다고. 널 해치워버리라고."

겨울잠을 자는 중에도 본능적으로 달려드는 뱀.

"너는 안 덤비나?"

"리스크는 피하고 싶으니까. 시기상조다."

"핫. 강자의 여유라는 건가. 네놈이 그렇게 말하면 너무 진심이 느껴져서 머리털이 주뼛 곤두선다고."

눈빛은 예전과 같다, 아니 그 이상인가.

몇 개월 동안 수면 아래에 가라앉아 있었던 자의 기백이 아니다.

"너한테는 가능성이 있어. 그러니까 좀 더 멋지게 성장해라, 류엔."

타이르는 듯한 어조가 마음에 들지 않았는지 류엔이 옆에서 벽을 주먹으로 쳤다.

"멋지게 성장하라고? 언제부터 네놈이 내 선생이 됐지?"

"그냥 사실을 말했을 뿐이야. 고식적인 수단, 비겁한 수단, 때로는 범죄행위. 이기기 위한 전략이라면 무슨 짓이든 하려는 건 좋은 자세지. 하지만 쉽게 단서가 잡힐 짓은 하지 마라."

"뭐야?"

"이시자키 일행을 시켜서 설사약을 쓴 모양이던데. 약을 넣을 때 노래방을 이용한 건 나쁘지 않았다만, 만약 남은 음식물이 보관되었다면 넌 끝장이었다. 묻지도 따지지도 않고 바로 퇴학이 나왔겠지. 그걸 무사히 넘겼다고 해도, 시험 중에 한 네 수상한 행동에 학교 측은 불신감을 품었을 거다. 이치노세가 학교 측에 찌르지 않은 게 그나마 다행이었지."

"이치노세가 그러지 못할 사람인 것도 계산한 거다."

"그럼 그냥 계산이 안일했을 뿐이군. 넌 죽을 때까지 날 못 따라잡아."

"……그렇게 말한다 이거지."

류엔이 다시 나와 거리를 좁혔다.

하지만 아까처럼 공격할 기색은 없었다.

설령 완벽하게 기색을 죽였다 해도 기습에 대응하는 건 별로 어렵지 않지만…….

"충고를 듣고 안 듣고는 네 자유다만── 지금 그 상태에 머무른다면 나한테 재도전하겠다는 건 그냥 꿈일 뿐이다."

적이 해주는 조언을 어떻게 받아들일까. 그걸로 류엔의 실력 중 하나를 헤아려볼 수 있다.

류엔은 마음을 진정시키려는 듯 벽에 대고 있던 주먹을 내렸다.

"지금은 네 그 빌어먹을 조언을 들어주마. 하지만 언젠간 반드시 널 밟아버릴 거야."

"좋은 마음가짐이야, 류엔. 너한테 밟혀서 퇴학당하는 거라면 나쁘지 않지."

속으로 화는 나겠지만, 내 말을 듣긴 한 모양이다.

이제 류엔의 전략은 한층 더 정교해지겠지.

학년 이후로 펼쳐질 레이스는 정말 상상하기 어려워졌다.

류엔이 사카야나기를 잡고 A반까지 단숨에 올라갈지. 아니면 사카야나기가 방어에 성공할지.

그것도 아니면 이치노세가 지금부터 파란을 일으킬지.

그 삼파전에 호리키타는 어떻게 끼어들지.

1년 전과는 다른 광경을, 곧 볼 수 있을 듯하다.

5

그것이 이 화장실 사건 전에 일어난 일.

나가는 칸자키를 곁눈질한 후 류엔이 말했다.

"B반을 상대로 복귀전을 성공적으로 치렀다만, 반성의 여지가 있어."

아야노코지를 쓰러트리기 위해서라도 인정해야 할 부분은 인정해야 한다.

"그것참 기특한 말이네. 일부러 더러운 수법에 집착하는 건 줄 알았는데. 그럼 칸자키가 바라는 대로 정정당당하게 싸울 건가?"

"핫. 내가 언제 그런 말을 했냐?"

"뭐?"

"이치노세의 안일함을 기회로 삼아서 일을 크게 벌였지만, 그 바람에 허점을 너무 많이 만들어버렸어. 그래서 별 송사리 같은 것들이 다 설치게 된 거다."

"……그렇군."

반성해야 할 건 비열한 방법을 쓴 부분이 아니다.

그걸 조심성 없이 했다는 부분이다.

"다음에는 좀 더 화려하게, 확실하게 밟아줄 거다."

칸자키가 뭐라고 해도, 지금의 류엔은 듣지 않을 거다.

정말 송곳니를 감추고 있다면 금방 알 수 있으니까.

"지난 일 년 동안 너도 성장했군, 류엔. 커넥션을 만들어 두길 잘했어. 사카야나기가 잡힐 가능성도 진지하게 준비해 둬야겠군."

하시모토는 호시탐탐 B반에도 접근하고 있다.

최종적으로 어느 반이 이기든 자기가 A반으로 졸업하기 위하여.

6

오후로 접어들자 마치 양동이로 들이붓듯 30㎜가 넘는 거센 비가 쏟아졌다.

나는 왠지 그냥 돌아갈 마음이 나지 않아, 혼자서 케야키 몰을 계속 어슬렁거렸다.

학교 부지 안은 편리하게 되어 있어, 갑작스러운 비에도 기숙사로 돌아가는 길이 그리 험난하지 않다.

빈손인 학생들에게는 임시 우산을 대여해주기 때문이다.

기한 내에 돌려주기만 하면 공짜이므로 이용자도 적지 않았다. 아침부터 놀러 나온 학생 중에는 처음부터 짐을 줄이려고 우산을 챙기지 않은 사람도 있었다.

다만, 오늘은 이야기가 좀 다른 것 같다.

이렇게 비가 많이 내리면 우산을 쓰고 있어도 쫄딱 젖어 버릴 것 같다.

"오늘은 이대로 쭉 안 그칠 것 같군."

예보에 따르면 낮부터 내일 아침까지 계속 억수같이 쏟아진다고 한다.

이따금 스마트폰이 울릴 때마다 아야노코지 그룹의 채팅방에서 비 이야기나 잡담이 이어졌다. 지금은 한창 비 이야기에 열을 올리는 중이다.

"어떻게 하지."

채팅에 낄 생각도 들지 않아서, 일단 읽음 표시가 뜨지 않게 했다.

멍하니 화면을 바라보며 채팅방 대화를 훑어 내렸다.

그리고 문득 생각났다는 듯이 창밖의 비를 바라보는 작업을 몇 번인가 반복했다.

생산성이라고는 없는 시간 낭비.

가끔은 이런 것도 좋겠지.

카페에 돌아가기도 그래서 적당한 벤치에 앉아 가만히 시간을 보냈다.

하지만 언제까지고 이렇게 있을 생각은 없었다.

빗소리를 들으며 2~30분 정도 있다가 돌아가기로 했다.

나는 학생증을 기계에 찍고 우산을 빌렸다.

그래도 무릎 아래로는 다 젖겠지만 그래도 아예 안 쓰는 것보다야 낫겠지.

그렇게 기숙사로 가기 위해 밖으로 나가려는데, 나보다 먼저 출구로 향하는 아는 얼굴, 이치노세를 발견했다. 폭우가 쏟아지는데 손에 우산이 없었다.

아직 케야키 몰에 있었군.

친구와 놀았던 것 같지도 않고 혼자였다.

우리와 헤어진 후에 여러 가지로 생각할 일이 많았는지도 모르겠다.

"생각을 정리한 건가."

하지만 얼굴을 보아하니 아직 완전히 정리하진 못한 것 같군.

우산도 없이 기숙사로 돌아가면 당연히 쫄딱 다 젖을 거다.

밖에 친구가 우산을 들고 기다리고 있나 싶었지만, 그것도 아닌 듯했다.

어쩌면 그대로 내버려 두는 게 배려일지도 모르지만……

이번에는 B반이 철저하게 당한 시험 이후이기 때문에 아무래도 마음에 걸린다. 나는 서둘러 돌아가 우산 하나를 더 빌렸다.

뒤늦게 밖으로 나가자 이치노세는 빗속을 그대로 걷고 있었다.

기숙사 방향이 아니라 반대쪽인 학교를 향하여.

그냥 지켜볼 수도 있었지만, 굳이 나는 우산을 들고 이치노세의 뒤를 쫓았다.

가까이 다가가도록 이치노세는 내가 오는 줄 모르고 있었다.

거친 빗소리에 묻혀, 내 발소리가 들리지 않는 모양이다.

아마 평소처럼 부르면 목소리도 들리지 않겠지.

이치노세는 그대로 운동장이 보이는 곳까지 걸어 나갔다. 폭우 속에 다른 사람은 없었다. 그녀는 홀로 서서 하늘을 올려다보았다.

비를 피하기는커녕 젖기를 바라는 것처럼.

무슨 생각 중인지 읽는 건 그리 어렵지 않았다.

다만, 저대로 놔두면 틀림없이 감기에 걸릴 거다.

그럼 마음도 약해지겠지.

저번의 패배로 약해져 있는 이치노세에게는 너무 잔혹한 일이다.

"계속 그러고 있으면 감기 걸린다."

나는 살짝 큰 목소리로 이치노세를 부르며 다가갔다.

"……아야노코지."

누가 근처에 있는 줄 몰랐는지 이치노세가 깜짝 놀라 돌아보았다.

"……응."

하지만 작은 소리로 대답이 돌아왔을 뿐 이치노세는 움직이려고 하지 않았다.

그녀의 시선이 다시 하늘로 향했다.

"먼저 가. 난, 잠시 비를 좀 맞고 싶어서."

내가 더욱 다가가자 이치노세가 그렇게 말했다.

"그래?"

좀이라고 하기에는 비가 너무 강한데.

이대로 두고 먼저 가면 이치노세는 한 시간이고 두 시간이고 계속 비를 맞고 있을지도 모른다.

다만 지금은 말로 설득하려 해도 듣지 않을 것 같군.

다소 강제적인 방법을 써야 할 것 같다.

이럴 때 이치노세에게 잘 듣는 대처법이 하나 있지.

나는 쓰고 있던 우산을 접었다.

당연히 내 옷도 이치노세처럼 빠르게 젖어 들기 시작했다.

"아, 아야노코지?"

"같이 비 좀 맞을까 해서."

이러면 이치노세는 날 무시할 수 없을 거다.

"왜……."

"무얼, 아무 이유 없이 비를 맞고 싶을 때도 있지."

이유가 있어서 비를 맞는 이치노세와는 대조적인 대답.

두 개의 우산을 들고 있으면서, 두 사람 모두 비에 흠뻑 젖었다.

참 이상한 상황이었다.

"감기 걸릴 텐데?"

"그건 너도 마찬가지잖아."

"난 괜찮아. 오히려, 감기에 좀 걸렸으면 좋겠어."

그렇군. 감기에 걸리고 싶다면 이것도 좋은 방법이지.

"그럼 나도 그렇게 할까."

이러면 이치노세는 당혹스러워할 거다. '그럼 같이 감기에 걸리지 뭐' 같은 말은 못 하는 사람이니까.

"그건 안 돼. 지금이라도 돌아가는 게 좋아. 우산도 있잖아?"

"이미 우산을 써도 별 의미 없지만."

속옷까지 이미 다 젖었다.

"으으, 짓궂네."

"미안."

이치노세가 돌아가지 않으면 나도 돌아가지 않는다고 압박을 걸자 결국 이치노세가 먼저 뜻을 접었다.

"⋯⋯알았어. 그럼 돌아갈까."

"그럼——"

나는 우산을 내밀려다가 그만두었다.

"어차피 젖었으니까 그냥 맞으면서 돌아갈까."

"하하, 그래."

201

기숙사까지 곧장 가면 몇 분도 걸리지 않는다. 이제 쓰나 안 쓰나 별 차이도 없다.

우리 둘은 비를 맞으며 걷기 시작했다.

아무 말 없이 걸어도 나쁘지 않다고 생각했는데, 얼마 지나지 않아 이치노세가 한숨을 푹 내쉬었다.

"요즘 아야노코지한테 한심한 모습만 보이는 것 같네…… 너무 꼴사나워……."

"뭐…… 그럴지도."

얼마 전에는 사카야나기에게 농락당했고, 한때는 나아갈 길을 잃은 적도 있었다.

"다른 사람 앞에서는 좀 더 의연하게 굴 수 있는데, 왜 아야노코지 앞에만 서면 이럴까."

"한심한 모습을 보여줄 수 있는 건 자신이 믿는 사람뿐이지. 적어도 나는 그렇게 생각해."

누가 됐든 싫어하는 사람 앞에서 약점을 보이고 싶지는 않을 테니까.

아무렇지 않은 척, 강하게 굴다가도 혼자가 되면 약점이 보이는 법이다.

"너무 거창했나. 방금 한 말은 잊어줘."

"아니…… 아마 그게 맞을 거야. 아야노코지는 믿음직하니까. 그렇기에 나도 무심코 약한 소리를 해버리는 거겠지. 그런데…… 내가 이럴 때마다 항상 아야노코지가 옆에 있어 주는 것 같네."

"그건 그냥 우연이야."

"정말 미안해."

"사과할 필요는 없어. 오히려 이런 것도 좋지. 다른 애들이 들으면 화낼지도 모르겠군."

이치노세는 학년 불구하고 남학생 사이에 최고의 인기를 자랑한다.

다른 애들이 이 이야기를 들으면 부러워 몸부림치겠지.

"뭐, 힘든 일 있으면 또 나한테 털어놓아도 괜찮아."

"그건——"

어딘지 초조한 모습으로, 이치노세가 고개를 가로저었다.

"아, 안 돼! 이렇게 약한 모습 보이다니, 너무 못났잖아."

걸으면서 몸이 조금 따뜻해졌다고는 해도 여전히 바깥 기온은 낮다.

우리는 아무도 없는 폭우 속을 걸어, 이윽고 기숙사 앞까지 도착했다.

그러나 로비 앞까지 가자 이치노세가 다시 걸음을 멈췄다.

"역시…… 아야노코지 먼저 들어가."

"넌 어쩌려고?"

"난 조금만 더 있다가 갈게……. 아직 방에 돌아가고 싶지 않아."

아까보다 더 강한 의지가 담긴 거절이었다.

"그렇다 해도 빨리 방으로 돌아가는 게 좋아."

이번에도 나는 물러서지 않았다.

비를 맞고 있으면 마음이 좀 후련해질 수는 있겠지. 하지만 그건 해결도 뭣도 아니다.

"하지만…… 그래도 돌아가고 싶지 않아…… 지금은."

"그래? 그럼 나도 여기 남아 있도록 하지."

내가 다시 강하게 나가자, 이치노세가 약간 당황하기 시작했다.

"방에 혼자 있으면 이것저것 생각이 떠올라 더 우울해질 것 같아……."

아무래도 내가 여기서 그냥 버티고 있는 것만으로는 꺾이지 않을 것 같다.

그렇다면 또 다른 방법을 써야지.

"그럼 내 방에 갈래?"

"어?"

이치노세가 놀라 무심코 내 얼굴을 쳐다보았다.

"대화 상대가 있으면 기분도 좀 나아지겠지."

"하지만…… 나 다 젖었는데……."

"어차피 나도 다 젖었는데, 뭘. 오히려 이치노세가 계속 이대로 있겠다면 나도 여기서 몇 시간이고 서 있을 거야."

"아야노코지는 의외로 집요한 면이 있구나."

"그럴지도."

그렇게 우리 둘은 기숙사 안으로 들어섰다.

어쩌다 이 시간대에 로비에 아무도 없었던 것은 행운일지도 모른다.

그렇게 둘이서 엘리베이터를 타고 4층 내 방으로 향했다.

"들어와."

"정말로 괜찮아?"

"물론."

"……미안, 고마워."

이치노세를 방에 들여 일단 앉혔다. 차가운 마룻바닥에 젖은 옷까지 그대로 입고 있으면 몸에 좋지 않다. 나는 체온이 더 내려가지 않도록 난방을 틀고 수건을 꺼내 이치노세에게 건넸다.

"그냥 다 털어놓는 건 어때?"

"털어놓다니?"

"지금 네 생각, 고민, 전부."

"그, 그건 안 돼."

이치노세가 당황하며 거부했다.

"요즘 아야노코지한테 기대기만 하고 있어. 누구보다도 날 많이 도와주었고. 거기서 더 줄줄 얘기를 늘어놓다니, 너무 한심하잖아. 안 돼……."

이치노세 호나미는 연약한 여학생이다.

하지만 리더의 의젓함 같은 면을 늘 지니고 있었다.

그것은 리더가 지녀야 할 필수 스킬.

이 사람이라면 믿고 따라가도 되겠다는 믿음을 심어주는 요소.

자신을 따르는 사람들에게 반드시 보여주어야 하는 면

이다.

"아야노코지한테는 이미 충분히 이해받았어."

"물론 처음에 비하면 이것저것 알게 되긴 했지. 하지만 그건 '이치노세 호나미'를 말하는 거지, 'B반의 리더'의 고민까지 아는 건 아니야."

"거기까지 갔다간……."

이치노세는 말을 하다 말고 수건에 얼굴을 파묻었다.

마치 내게 얼굴 보이는 걸 피하듯.

"날 못 믿겠어?"

"응?"

얼굴을 가린 채 이치노세가 반응했다.

"그렇다면 굳이 말하지 않아도 돼. 오히려 남한테 말하는 게 더 문제가 되는 이야기니."

"그런 게 아니야. 아마 지금 난 다른 누구보다도 아야노코지를 믿고 있을 테니……."

저 말이 진실인지 거짓인지는 사사로운 문제.

어떤 대답이 나왔든 나는 처음부터 이 말을 하려고 했다.

"그렇게까지 날 믿어주는 건 고맙다만, 뭘 근거로 확신하는 건데? 내가 네 성격을 이용하는 걸 수도 있잖아? 저번에도 다 알고 있으면서 결국 사카야나기의 의도대로 과거를 털어놓았잖아?"

아직도 기억이 생생하다.

중학생 때 저질렀던, 감추고 싶었던 과거.

여동생을 위한 일이었다지만, 약점이 될만한 과거를 적인 사카야니게에게 알려주고 말았다. 친구에게조차 쉽게 털어 놓을 수 없는 걸 말이다.

　그건 착한 사람이니 하는 영역을 벗어났다.

　"보통은 관계가 굳어지기도 전에 비밀이야기를 하진 않지."

　물론, 무언가를 노리고 움직인 거라면 이야기는 달라지겠지만, 이치노세가 한 행동은 정말로 의미 없는 짓이었다.

　아니, 자기가 곤란해질 걸 알면서도 그런 짓을 했다.

　"그런데 또 같은 상황이 일어나면 어쩌려고?"

　"그런 일을 두 번 겪는 건 사양하고 싶은데."

　젖어서 반들거리는 앞머리를 만지며 이치노세가 말했다.

　"그래? 그럼 됐어. 경계심이 들었다면 내가 깊이 파고들 일이 아니지."

　"아, 그런 뜻이 아니야. 같은 일로 다시 위기에 빠질 생각은 없다는 의미일 뿐, 아야노코지는 별개야."

　"나는 B반이 아니야. 이치노세의 적인 건 다르지 않을 텐데?"

　"그리 쉽게 적이라고 딱 잘라 말하고 싶지 않은걸."

　"그렇다고 해도, 그게 현실이야."

　"……하지만……."

　이치노세는 여전히 내키지 않는지 입을 열었다.

　"같은 편은 아니……지만 믿을 수 있는 사람."

　이치노세는 다른 말을 이어가며 '적'이라는 단어를 피했다.

물이 끓기 시작했다.

"커피랑 카페오레, 어느 쪽으로 할래? 코코아도 있어."

"그럼…… 코코아로."

살짝 미소 지은 이치노세의 말에 고개를 끄덕인 나는 코코아를 탔다.

몸속을 따뜻하게 데울 수는 있으니까 말이지.

이윽고 빗방울이 약해지고, 구름 사이로 저녁노을이 서서히 드러났다.

바깥 풍경을 살짝 바라보던 이치노세는 나를 향해 옅은 미소를 지었다.

그리고 잠시 있다가, 조금씩 지금 심정을 털어놓기 시작했다.

"난 B반에 들어가 반 친구들을 만났을 때 승리를 확신했어. 다른 사람들은 어떻게 생각할지 모르겠지만 난 정말 좋은 사람들과 만났다고 생각했거든. 이건 지금도 그렇게 생각해."

기억을 되새기듯 그렇게 말하는 이치노세.

"하지만 계산 착오를 부른 건 다른 사람도 아닌 나였어. 내가 좀 더 리더를 잘했다면 B반이 이렇게 되지는 않았겠지."

"글쎄 어떨까. 난 이치노세가 뛰어난 건 의심할 여지가 없다고 생각하는데."

그러자 이치노세는 고개를 가로저었다.

"오늘 호리키타랑 이야기하면서 그런 생각이 들더라. 호리키타는 지난 일 년 동안 놀랍게 성장했구나 하는…… 그건 류엔이나 사카야나기도 마찬가지야. 다른 반 리더들은 다 점점 강해지고 있어."

눈에 띄게 두각을 드러내는 주위와 달리, 자신은 일 년 동안 제자리걸음.

그런 생각이 들자 자신감을 잃어버렸다.

실수가 거듭되자 혼자 뒤처지고 있다는 생각이 들었다.

"나는…… 이길 수 있을까?"

"이길 수 있냐고?"

"아야노코지의 의견이라도 좋으니까 솔직하게 말해줄래?"

"원한다면야."

내 대답은 정답은 아니다.

이치노세는 명확한 답을 바라고 있지만, 그건 이렇다 하고 딱 잘라 말할 수 있는 게 아니다. 미래는 불확실하고, 무한한 가능성이 펼쳐져 있는 거니까.

다만, 난 이치노세가 여기서 포기할 사람이 아니라는 걸 안다.

"이제 우리는 곧 2학년이 돼. 즉 새로운 일 년의 막이 오르는 거지."

"응……."

"그 일 년을 반 애들이랑 끝까지 함께 해나가. 하다 보면 기쁜 일, 슬픈 일, 때로는 좌절하고 싶은 순간이 찾아올 때도 있겠지. 그래도 절대 멈추지 마."

지금 B반의 리더인 이치노세 호나미가 할 수 있는 것.

　그건 지금까지 그래왔듯, 덮어놓고 하루하루 열심히 살아가는 것뿐.

　친구를 믿고 나아가는 방법밖에 없다. 그게 B반의, B반만의 유일한 무기다.

　"그게…… 일 년 후에 내가 바라는 답이 되어 있을까?"

　자신의 미래의 모습 따위 보이지 않는다.

　이치노세는 그게 불안한 거겠지.

　"무서워. 일 년 후의 내 모습이…… 일 년 후에 아야노코지에게 듣게 될 말이, 무서워……."

　'B반'이라는 좋은 스타트를 끊었던 고도 육성 고등학교의 생활.

　이치노세는 반 친구들과 함께 일 년을 잘 보내고 무사히 그 지위를 지켜냈다.

　많은 동료에게 둘러싸여서 순풍에 돛 단 듯한 학교생활을 보냈다.

　하지만 정신을 차리고 적들이 어느새 코앞까지 다가와 있었다.

　이치노세 호나미의 머릿속에 떠오른 '패배'라는 두 글자.

　"난——"

　"알아. 지금은 대답이 되질 않겠지."

시선을 피하는 이치노세.

앞으로 이길 수 있냐는 질문은 굳이 답하지 않았다.

아니, 할 필요 없다.

이미 1학년의 세력도에는 큰 변화가 생기기 시작했다. 이대로 간다면 아마 B반이 최하위반으로 추락하겠지.

그게 이치노세를 너무나 불안하게 만들고 있다.

추위 때문이 아니다. 공포로 떨고 있다.

"어쩌지…… 어쩌지……."

이런 모습을 다른 애들에게는 보일 수 없겠지.

특히 같은 반 아이들에게는.

여기서 다정한 말을 건네는 건 간단하다. 마음을 연 이치노세에게 다정하게 굴고 달콤한 말을 속삭여서 마음의 틈새를 파고드는 거야 일도 아니다. 어쩌면 지금 젖은 옷 속에 가려진 피부를 만질 수 있을지도 모른다.

내가 움직이자 이치노세는 과할 정도로 반응하며 나를 올려다보았다.

그대로 이치노세의 옆으로 이동해 똑같은 자세로 앉아, 달아나려는 시선을 붙잡았다.

"아, 아야노코지……?"

오른손을 뻗어 이치노세의 젖은 머리카락을 만진 후 뺨에 손바닥을 살짝 갖다 댔다.

차가운 감촉과 부드러운 감촉, 그리고 은근한 열기가 손가락 끝에서 퍼져갔다.

나는 엄지를 움직여 이치노세의 입술을 부드럽게 만졌다.

그러자 점점 몸의 떨림이 잦아들더니 이윽고 바들거리던 입술도 얌전해졌다.

"이상해…… 이상한 사람이야…… 아야노코지는……."

"그럴지도."

말을 한 번 멈춘 후 이치노세와 서로를 마주 보았다. 오로지 그뿐이었다.

"이치노세, 내년 이날에 이렇게 다시 만나지 않을래?"

"그게 무슨……?"

이치노세는 손바닥으로부터 달아나지 않고 촉촉한 눈동자로 나를 응시했다.

"말 그대로야. 일 년 후의 오늘, 이렇게 만나고 싶어. 너와 나, 단둘이."

어딘가 고백 같은 말.

하지만 여기까지다. 나는 손바닥을 떼고 이치노세에게서 멀어졌다.

"앞으로 일 년 동안 헤매지 않고 계속 달려간 다음, 다시 만나자. 약속해줄래?"

"그……."

잠시 망설였다.

"어쩌면 그때 나는…… 우리 반은……."

"상관없어. 그저 난 일 년 후의 이치노세를 만나고 싶을 뿐이니까."

이치노세는 눈을 감더니, 작게 고개를 끄덕였다.

"지금, 전하려 했던 말, 그때 전하겠다고 약속할게."

"응, 고마워…… 아야노코지."

이치노세의 눈동자에 조금씩 생기가 돌아오기 시작했다.

"나도 약속할게. 앞으로 일 년 동안 최선을 다해 싸워서, A반을 노리겠다고."

지금껏 중에 가장 환한 미소를 지어 보이는 이치노세.

일 년 후의 약속.

이 약속을 지키려면 둘 다 살아남아 한다.

이치노세 호나미가 이끄는 B반의 결말은 어떻게 될지.

비관적인 요소가 많지만, 아직 미래는 정해지지 않았다.

하지만 만약…… B반이 무너진다면, 마지막을 찌르는 건 내가 할 거다.

○오빠가 동생에게

다음 날인 3월 31일, 나에게도 특별한 하루가 찾아왔다.

그렇다, 호리키타 마나부가 학교를 떠나는 날이다.

약속 시각은 정오.

나는 평소처럼 일찍 움직여 정문 앞에 도착했다.

정말 다른 후배들에게는 가는 날을 말하지 않았는지, 나 말고는 아무도 보이지 않았다.

나는 이따금 멀리서 케야키 몰로 향하는 학생들을 보며 호리키타 마나부가 나타나길 기다렸다.

일 년 전, 나는 이 정문을 지나 이 학교로 들어왔다.

평소 가까이에 있으면서도 근처도 오지 않았던 이 장소.

동아리 활동이나 시험 때문에 버스를 타고 지나간 적은 있어도, 이 정문을 걸어 나가는 것은 졸업 아니면 퇴학밖에 없다.

유급 제도도 없으니 3년 이내에 이 둘 중 하나를 반드시 겪게 된다.

"요즘 들어서는 이런 것만 생각하네."

2학년으로 올라가는 타이밍이라 그런지 요즘 내 심경을 돌아볼 때가 많아졌다.

약속한 시각이 되기 20분 전, 호리키타의 오빠가 모습을 드러냈다.

그는 날 발견하더니, 주위를 가볍게 둘러보았다.

두말할 것도 없이 호리키타를 찾는 거겠지.

"공교롭게도 동생이 아직이야."

"그런가."

현재 시각은 오전 11시 40분.

약속에 늦은 건 아니다.

하지만 이걸로 한동안 만나지 못한다는 걸 생각하면 조금 빨리 나왔어도 이상하지 않은데.

어제 이치노세와 약속을 잡을 때도 이상하게 여유를 부리던 게 기억이 났다.

무슨 일이라도 생긴 걸까.

"잠깐 전화해볼까."

그렇게 제안했다.

내가 먼저 말하면 호리키타의 오빠도 한결 부탁하기 쉬울 것이다.

그렇게 생각했는데…….

"아니, 그럴 필요 없어."

내 제안에 호리키타의 오빠는 가볍게 손으로 저지하며 거부했다.

"혹시 어디 아프다거나 했다면 미리 연락했을 거다."

"늦잠 잤을 수도 있지."

그 녀석이 늦잠 잤다고는 도저히 상상할 수 없지만.

"만약 그렇다면 깨울 필요 없어."

이런 날에 늦잠 자고 있다면 볼 가치도 없단 건가.

마지막 날인데도 호리키타 마나부의 태도는 변함이 없었다.

"뭐, 괜찮겠지. 약속까지 아직 여유가 있으니까."

오빠가 상대니 어쩌면 아직도 방에서 긴장하고 있을 수도 있겠군.

"그런데 스즈네는 그렇다고 치더라도, 네가 이렇게 일찍 올 줄은 몰랐는데."

"그쪽도 일찍 나왔잖아."

약속한 시각은 정오. 버스가 출발하기 전까지는 아직도 여유가 있지만, 이건 마지막 이별 인사다. 오빠와 동생이 대화를 나눌 시간이 있어야 할 터.

그리고 아니나 다를까, 그는 20분 전에 나타났다.

둘 다 예상하지 못한 일이라면 정작 중요한 여동생이 아직도 안 나왔다는 것뿐.

어쨌든 아직 오지 않은 이상 둘이서 뭐라도 얘기할 수밖에 없다.

20분간 서로 입 다물고 있기도 뭐하고.

나는 잠시 생각한 뒤, 최근에 신경 쓰이던 것을 말하기로 했다.

"미안했다. 학생회 사건 때 널 위해 좀 더 움직였더라면 좋았을지도 모르겠는데."

나구모 미야비의 폭주를 막기 위해 호리키타의 오빠가 내게 상의한 적이 있었다.

하지만 그때는 지금보다도 강렬하게 평온한 일상을 바라던 시기라, 도와줄 생각이 들지 않았었다. 중개자로 부회장 키리야마와 얼굴을 트는 건 했지만, 딱 거기까지.

결국, 키리야마를 움직이기 위한 책략을 쓰지 않고 지금까지 와버렸다.

"그건 내 책임이다. 네게 밀어붙이려고 한 것부터가 문제였지. 신경 쓰지 마라."

이미 호리키타의 오빠에게 이 학교는 과거가 되었다.

앞으로 학교가 어떻게 되든, 아무래도 좋은 사람이다.

"다만, 마지막으로 하나만 경고하지. 난 이 학교의 방침을 긍정적으로 보아왔다. 실력주의를 외치면서도 하위 반이 이길 수 있는 여지를 남겨주곤 했지. 한 번도 편하게 싸운 적이 없어."

"3년간 A반을 지킨 사람이 말하니 설득력이 없군."

"하지만 그건 많은 이가 이 제도의 본질을 깨우치지 못해서 그런 것도 있다. 물론 개선해야 할 부분도 많겠지. 하지만 돌이켜 생각해보면 알 거다. 무인도 시험이든 학년말 시험이든, 하위 반이 상위 반을 이길 기회는 늘 있었다는 걸."

필기시험 이외의 요소도 필요한 특별시험.

무인도 시험을 예로 들자면, 하나로 똘똘 뭉치기만 했어도 A반이나 B반을 이기기 어렵지 않았다. 학년말 시험 역시 마찬가지다. 운이 크게 좌우하는 시험이었지만, 그만큼 하위 반이 이길 가능성도 있었던 시험이기도 했다.

"운에 따라 승패가 크게 갈리지. 아직 미숙한 1학년들이 상위 반을 이길 수 있도록 한 배려다. 그런데 그건 상위 반 입장에서는 성가시기만 한 이야기다. 좋을 구석이 하나도 없지."

학교 측이 하위 반을 배려하면 상위 반에서 불만이 나온다.

2,000만 프라이빗 포인트를 이용한 특권이야 어쨌든, 학교 측의 시스템은 보통 모든 걸 반 단위로 움직이기 때문에 각 반에서 능력이 떨어지는 학생을 어느 정도 도와주는 구조가 되어 있다. 어느 반이든 군계일학으로 우수한 학생이 있는가 하면 밑바닥에서 경쟁하는 학생도 있기 마련이니.

나구모는 우리와 똑같은 시험을 일 년간 경험하면서 한 가지 생각에 도달했으리라.

좀 더 실력주의, 그리고 개인의 실력으로 이길 수 있는 시스템을 만들고 싶다고.

위는 한없이 위로 올라가고, 아래는 한없이 아래로 떨어지는 구조.

"나구모가 만들려는 구조도 꼭 틀린 것만은 아닐지 모르지."

똑같이 불만도 있겠지만, 동시에 찬성하는 학생도 많이 있다.

그리고 2학년의 경우는 대다수가 찬성파다. 물론 원해서 찬성을 외치는 사람만 있진 않을 거다. 주변 분위기에 휩쓸려 어쩔 수 없이 찬성한 학생도 있을 테니. 모두가 우수하다면 모든 반이 경쟁해야만 한다.

"2학년은 각자 반 포인트가 꽤 차이가 벌어져 있지?"

"나구모의 A반은 3월 시점에 1,491포인트, B반이 889, C 반이 280, D반이 76포인트였다."

그들에게 남은 시간이 1년이란 걸 생각하면 A반은 이미 다른 반을 따돌리려 움직이고 있다는 걸 알 수 있다.

그런 상황인데도 굳이 하위 반의 구제를 제안한 나구모.

아무리 날고 기어도 76포인트로는 역전할 방법이 거의 없다.

"찬성하는 사람이 많을 법도 하네. 반이 올라가지 못한다면 자기 혼자라도 올라갈 수 있어야, A반에 들어갈 수 있을 테니까."

"그럴지도 모르지. 하지만 나구모의 방식은 너무 많은 사람이 희생된다."

실력, 개인주의가 너무 강하게 깔리면 같은 반 아이들끼리도 의심에 빠질 거다.

자기 이외에 모두가 적이 되는 셈이다.

호리키타의 오빠, 아니 호리키타 마나부는 반의 협력이 필수 요소라고 생각한다.

미래를 고려한 조직 만들기다.

"그건 지금 구조도 똑같지 않나? A 이외에 세 반은 계속 불행하잖아."

나구모의 꿈이 어떤 건지 구체적인 건 모르지만, 개인전 구조가 된다면 새로운 수단이 등장할 수도 있다.

"그래, 이를테면——"

내가 먼저 덧붙이기도 전에 먼저 호리키타 마나부가 입을 열었다.

"B반 이하 학생의 프라이빗 포인트를 하나로 모아서, 그걸 놓고 A반행 티켓을 건 대결을 벌인다거나."

똑같은 생각에 나는 고개를 끄덕였다.

퇴학자가 없다 가정했을 때, B반에서 D반까지의 학생은 총 120명.

120명이나 되는 학생의 프라이빗 포인트를 끌어모으면 2,000만 포인트는 아마 쉽게 모을 수 있을 거다. 어쩌면 4,000만, 6,000만까지 나올지도 모른다.

물론 120명 모두가 도박에 손을 들진 않겠지. 현재의 제도가 어떤지는 몰라도 얼마 전까지는 졸업할 때 프라이빗 포인트를 현금으로 바꿀 수 있었다. D반으로 졸업해도 현금이 들어온다면 그걸로 만족한다는 학생도 있을 테니까. 하지만 2,000만 포인트 이상 모을 수 있다면 포인트를 낸 사람끼리 마지막 도박으로 붙어보는 것도 나쁘진 않다.

그렇게 하면 A반에 갈 수 있는 학생이 몇 명 늘어난다.

A반과 반 포인트의 차이가 클수록 유력한 수단이 되어간다.

"3학년 사이에는 그런 걸 하려는 사람이 없었나?"

"이야기가 나온 적이 있긴 했다만, 끝내 실행한 사람은 없었다. A반과 B반은 대결 구도였고, C반과 D반에는 그만한 여력조차 남아 있지 않았으니까."

1년 전에 접촉했던 3학년 D반 학생도 포인트가 별로 없는 상태였던 것이 기억났다. 계속 지기만 하면 반 포인트를 얻기 어려울 테니 그럴 법도 하다만.

포인트가 0인 채로 몇 개월이나 지내야만 하는 상황에 빠지면 한없이 하향 곡선을 그리게 된다.

"차라리 그 정도로 끝났다면 아직은 괜찮았겠지. 하지만 나구모는 자신조차 파란에 휘말리는 축제를 계획하고 있어. 그건 다시 말해서 같은 반도 위험하게 만들겠다는 거다."

A반에 있더라도 실력이 부족한 학생은 탈락할 가능성이 있다는 뜻이다.

그야 A반만 안전권에 들어가 실력주의를 주장한다면 주변 사람들이 들을 리가 없다. A반이든 D반이든 같은 선상에 두려 하기에 찬성이 많은 거다.

"어디까지 할지는 모르겠지만, 그건 그것대로 용감한 결단이군."

"녀석은 자신의 승리가 뻔한 걸 지루하게 생각하고 있어. 그게 학교를 바꾸려는 이유겠지. 애초에 학생회에 들어온 것도 '심심해서'가 동기였을 거다."

능력도 있고 지지도 받고 있으니 아무도 불평할 수 없다.

"반은 일련탁생(一蓮托生), 운명공동체다. 난 그 틀을 깨선 안 된다고 생각해."

"그래서 나구모의 방식을 달가워하지 않았던 거군."

고개를 끄덕이진 않았지만, 호리키타의 오빠는 그 말을 그대로 받아들였다.

호리키타 마나부의 말도 이해는 가지만, 어느 쪽이 옳다고 딱 잘라 말할 수는 없다.

그리고…….

"난 나구모가 하려는 걸 일단 지켜볼 작정이야. 학년 전체, 아니 학교 전체를 더 실력에 따라 움직이게 만들겠다면, 설령 반대하더라도 일단 체험은 해봐야겠지."

앞으로의 계획에 대해서만은 거짓 없이 알려두기로 했다.

"그런가. 넌 나보다 더 위로 올라가고 있군."

"그건 과대평가고."

지금은 그저 나구모를 막을 생각도, 막을 수단도 없을 뿐이다.

어차피 그렇다면 나구모가 만드는 세계가 어떤지 보는 것도 나쁘지 않겠지.

호리키타의 오빠가 계속 지켜온 일 년은 이 몸에 잘 새겨져 있으니까.

"난 그쪽이 생각하는 것만큼 대단한 인간이 아니야."

"아니, 난 그렇게 생각 안 해."

호리키타의 오빠는 즉각 부정했다.

"아무래도 내 평가를 깎아줄 생각이 없는 것 같네."

"그만한 요소가 있으면 그리했겠지."

생각해보면 호리키타의 오빠는 1년 가까이 전부터 나에 대한 평가를 바꾸지 않았다.

뭘 알든 모르든 그 수준이 달라지지 않는다.

"도저히 모르겠군. 대체 내가 뭘 보여줬다고 그런 평가가 나오는 거지?"

그가 남들 이상으로 가진 정보라 해봐야, 입학 당시에 점수로 장난을 쳤다는 것과 여동생을 때리는 걸 막기 위해 다소 몸싸움이 있었다는 것 정도다.

남들 다 아는 건 운동회에서 잠깐 보여준 달리기가 고작.

실제로 내가 공부를 얼마나 잘하고 운동을 얼마나 잘하는지 그는 모른다.

"어느 정도는 내 감성이나 감만으로 상대의 역량을 대충 파악할 수 있다."

구체적인 뭔가라기보다는 추상적인 이야기인가.

그걸로 나를 이만큼 평가할 수 있다니, 대단하군.

"그럼 그 감은 날 어느 정도로 보고 있지? 마지막 선물로 가르쳐줬으면 좋겠는데."

약간 궁금해진 나는 대놓고 물어보기로 했다.

과연 그가 나를 어디까지 가늠했을까.

그라면 쓸데없는 필터를 깔지 않고 바로 대답해줄 터다.

"흠, 내가 보기에 너는……."

한 번 뜸을 들인 후, 그가 일 년간 봐온 나를 되짚었다.

"지금까지 내가 쌓은 인생 경험이나 예측에서 크게 벗어난 존재다. 어딜 찔러도 빈틈이 없어. 전략과 지략은 말할 것도 없고, 힘이나 무술도 통하지 않을 것 같다. 지금까지 만난 사람을 통틀어 제일 맞붙고 싶지 않은 상대다."

어마어마한 평가가 돌아왔다. 이걸 단순히 감으로 예상했다면 특히 더 그렇다.

"그건 나한테 백기를 들겠다는 건가?"

"그거랑은 다른 문제지. 완전무결해 보이는 상대라도 이길 가능성은 반드시 있으니까."

그렇게 대답한 호리키타의 오빠를 보며 나는 조금 안도했다.

"특히 이 학교는 반 단위로 경쟁하지. 누구 하나가 아무리 뛰어나다고 해도 한계가 있어."

"그렇지. 그래서 더 재밌어."

"아야노코지. 너는 어떤 환경에서 자랐지? 그 모든 게 선천적인 재능이라고 생각하긴 어렵다. 가족 중에 철저한 교육자가 있다고 해서 도달할 수 있는 영역도 아니고."

"그쪽도 평범한 가정은 아닌 것 같다만?"

학생회장까지 맡았던 엘리트라면 어떻게 하면 위로 올라갈 수 있는지 잘 알고 있으리라.

"처음부터 다 잘했던 건 아니야. 고민하고 괴로워한 시기도 있었다. 하지만 그걸 극복하고 끊임없는 노력을 거듭했지. 어릴 때부터 지금까지 그랬고, 앞으로도 그럴 거다."

호리키타 마나부는 서서히 경험을 쌓아 위로 올라왔다.

"그쪽의 표현 방식을 따르자면, 난 그보다 더한 노력을 했는지도 모르지."

"……그렇군."

노력하는 자를 이기려면 더 노력해야 한다.

그게 전부는 아니지만, 이것도 하나의 답이긴 하다.

호리키타 마나부가 스마트폰을 꺼내더니 전화번호가 표시된 화면을 보여주었다.

그러더니 화면을 전환해 또 하나, 다른 번호를 표시했다.

"이 두 전화번호를 기억해라. 하나는 내 거. 다른 하나는 타치바나 거야. 졸업 후에 힘든 일 있으면 언제든 상담에 응해주마. 지금 못 외우겠으면 메모해도 상관없다만, 나중에 반드시 지워라."

학교 밖 사람과 접촉은 전화를 비롯해 모두 금지되어 있다.

어설프게 기록이 남으면 나만 불리해진다.

나는 고개를 끄덕이고는 전화번호 두 개를 머리에 입력했다.

이걸 쓸 날이 올지 의심스럽긴 하지만, 기억해둬서 손해 볼 건 없으니까.

"그러고 보니 아직 안 물어봤는데, 이제 어디 가?"

타치바나의 번호도 알려줬으니 졸업 후에도 얼굴을 맞대고 있겠구나 하는 건 알겠는데 말이지.

"그건——"

그는 무슨 말을 하려다 스마트폰으로 시간을 확인하더니

일단 말을 끊었다.

"나에 대해서는 네가 졸업한 후에 말해줄게. 슬슬 시간이군."

이제 곧 정오.

즉, 여동생과 만나기로 한 시간이다.

하지만 아직도 여동생의 모습은 보이지 않았다.

그의 표정이야 평소대로였지만, 내 눈에는 약간 쓸쓸해 보였다.

"한 번 전화해보는 게 좋지 않을까?"

녀석이 말도 없이 이곳에 나타나지 않을 거라고는 도저히 생각하기 힘들다.

늦잠이 아니라 어떤 불상사가 생겼다고 보는 게 현실적이다.

"……아니, 그만두지."

피치 못할 일이 생겼다고 해도, 하고 호리키타의 오빠는 전화를 걸지 않기로 정한 듯했다.

여동생을 싫어하는 건 아닐 텐데.

"고집부릴 필요 없잖아. 가끔은 네가 먼저 손을 내미는 것도 나쁘지 않아."

"난 그런 감정의 틈이 동생의 성장을 방해할까 걱정이다. 무슨 불상사가 있어 늦어지는 거면 차라리 괜찮다. 그런데 만약 나를 만나지 않는 게 본인이 성장하는 길이라고 판단했다면, 내 전화는 그저 방해일 뿐이지."

"널 안 만나는 게 성장하는 길이라고? 그런 생각을 네 동생이 할 수 있을 거라고 봐?"

"그걸 판단하는 사람은 스즈네다."

다른 사람이 뭐라고 할 일이 아니라면서, 솔직하게 나오지 않았다.

"관대한 모습은 끝까지 안 보여주는군."

"관대해야 할 때와 아닐 때를 가릴 뿐이야."

지금이 바로 관대해야 할 때라고 생각하는데.

12시 정각에서 1분 지났다.

그의 성격을 생각하면 곧바로 정문으로 나갈 줄 알았는데, 그는 자리에서 움직이지 않았다.

관대할 때를 가려야 한다면서 바로 갈 것처럼 굴더니, 지금 보여주는 거야.

"나도 너한테 확인해두고 싶은 게 있어. 졸업 전별 기념으로 대답해줬으면 한다."

호리키타의 오빠가 그렇게 말하며 나를 물끄러미 응시했다.

가장 마지막 순간에 보여준 관대한 모습에 응하듯이 나는 고개를 끄덕였다.

"대답할 수 있는 거라면 기꺼이."

아마 이 대화가 끝나고 나면, 호리키타의 오빠는 정문으로 향할 것이다.

"너는 왜, 네 재능을 숨기고 지내지?"

예상하지 못한 건 아니었지만, 꽤 단도직입적인 질문이다.

"음, 그냥 튀는 게 싫어서?"

"그런 이유로 그렇게 철저히 숨어지내는 건가?"

"글쎄, 어떨까. 사실 그렇게까지 깊게 생각해보진 않았어."

이 학교에 들어와, 나는 평범한 학교생활을 하고 싶었다.

하지만 이렇게 질문을 받고 보니 의문스럽기도 하다.

"어디에나 있는 평범한 학생으로 살기로 정했거든. 우여곡절이 있어서 이따금 움직여야 할 때도 있지만."

"그럼 앞으로도 계속 그렇게 지낼 생각이고?"

"글쎄. 요즘은 날 눈여겨보는 사람이 많아서 말이지. 진심을 내야 할 때가 늘어날지도."

솔직히 잘 알 수 없는 부분도 많지만, 지금 느끼는 솔직한 심정을 말해주었다.

내 말을 듣고 호리키타의 오빠는 뭐라고 대답할까.

"난 이 학교에서 뭘 이루었고 뭘 이루지 못했는지. 요즘은 그것만 생각하고 있어."

그렇게 말하고는 멀리 교정을 바라보았다.

"내 실력을 다 발휘했는가. 좀 더 성장할 여지는 없었는가, 하고."

즉 나랑 반대로 지내왔다는 건가.

그렇기에 학생회장까지 올라갔다.

"네가 이대로 수면 아래에서 학교생활을 보내는 게 정말 의미가 있는 걸까?"

"편하게 있고 싶다면 이러고 사는 게 정답인 거 같은데."

"그럴지도 모르지. 하지만 너도 뭔가 남기려고 이 학교에 온 거 아닌가? 나는 만약 네게 그런 게 있다면 너는 그걸 위해 최대한 노력해야 한다고 생각한다."

"뭔가를 남긴다라……. 그런 건 너처럼 눈부신 인간이나 할 수 있는 일이야."

그렇게 부정했지만, 호리키타의 오빠는 받아들이려 하지 않았다.

"만약 학교를 상대로 아무것도 남길 수 없다면 학생들한테 남기면 돼. 아야노코지 키요타카라는 학생이 있었다는 사실을 마음에 새긴 학생들은 널 잊어버리지 않을 거다."

내 존재를 누군가의 마음에 새긴다.

그런 식으로 생각해본 적은 없었다.

"네가 내 동생의 성장을 도와주고 있는 건 고맙게 생각한다. 하지만 넌 그 정도로 끝날 남자가 아니라는 것도 지난 일 년 동안 충분히 느꼈다. 넌 엄청난 능력을 숨기고 있어. 그러니까…… 실망하게 하지 마라."

학생회장, 그리고 고도 육성 고등학교의 선배로서 하는 질타와 격려.

"속박 속에서 자기 자신을 계속 추구할 수 있다면 3년 동안 주위 사람들의 기억에 남는 존재가 될 거야."

"기억에 남는 존재라. 2학년 아니면 3학년 도중에 퇴학당할지도 모르는데."

"네가 어떤 불상사를 만나 3년을 다 채우지 못하고 퇴학당할 운명이 된다고 하더라도, 남들의 기억에 남을 수는 있어. 3년을 되돌아봤을 때 아야노코지 키요타카가 있어서 좋았다고 한 사람이라도 더 많은 학생이 생각하게 만들 수 있다면, 그건 성공한 거나 마찬가지 아니겠나."

또다시 듣자, 나는 마음속에 그 말이 조금씩이지만 분명히 스며드는 것을 느꼈다.

"그렇군……. 잘 생각해볼게."

지금은 그것이 내가 할 수 있는 최선의 대답이었다.

"그걸로 됐다. 답은 내가 주는 게 아니니. 네가 스스로 내는 거다, 아야노코지."

나구모가 이끄는 학생회의 일도, 호리키타의 동생 일도, 그리고 학교의 일도.

끝에 가서 결정하는 것은 바로 나 자신.

이 세상에는 성장할 수 있는 요소가 넘친다.

어디에나, 자신을 높이기 위한 힌트가 있다.

지금, 이렇게 호리키타의 오빠와 마주하는 것 역시 그렇다.

이대로 수면 아래에서 조용히 남은 학교생활을 보낸다고 해도 뭔가를 남길 수는 있다.

내 추억. 그저 막연히 즐거웠다고 떠올릴 수 있는 기억.

처음에는 그걸로 만족했다.

그래서 지난 일 년 동안 최대한 조용히 지냈다.

하지만 그건 답이 아니었을지도 모른다.

이 학교에 온 것에도 의미가 있다.

맞는 말이다.

"제일 마지막 순간에 묘하게 설교 같은 말을 해버리고 말 았군. 용서해라."

"아니. 후배가 선배에게 들을 수 있는 최고의 말이었다."

막상 헤어지려니 왠지 아쉽다.

그렇게 말하려다가 그만두었다.

"훗…… 너나 나나 어울리지 않는 면을 보이고 말았군."

앞으로 거리가 생긴다는 것을 알기에 서로 할 수 있는 말 도 있는 것이다.

그리고 말로 하지 않아서 더 알 수 있는 것도 있다.

"이제 슬슬 가야겠다."

12시 10분이 지나도 동생의 모습이 보이지 않자 오지 않 는다고 생각했는지, 그가 그렇게 말했다.

그리고 왠지 서운하다는 듯 학교를, 1학년 기숙사 방향을 쳐다보았다.

오기로 했던 여동생의 부재.

아무도 이런 전개는 예상하지 못했을 것이다.

그게 네 대답이냐? 호리키타.

그런 의문을 느끼지 않을 수 없었다.

그야 이 남매 사이가 뒤틀려 있기는 했지.

하지만 그걸 회복시키려고 몇 년이나 괴로워했던 거 아니 었나?

이제 답은 코앞에 있다.

주머니에 손을 넣어 스마트폰을 쥐었다.

억지로라도 오빠와 만나게 해야 하지 않을까.

한순간이라도, 하루라도, 그게 호리키타에게 양분이 될 수 있다면 다소 강제적인 방법도…….

아니—— 그랬다간 역효과이려나.

서서히 풀리고 있는 남매 사이에 균열이 생길지도 모른다. 결국, 만날지 안 만날지, 만나고 싶은지 안 만나고 싶은지는 두 사람의 마음이 하나가 될 때 비로소 성립하는 거다.

제삼자가 개입할 일이 아니다.

"미안하다. 끝까지 내 동생이 민폐를 끼쳐서."

내 감정을 읽었는지 호리키타의 오빠가 조용히 사과했다.

"내게 사과할 일이 아니지."

이 학교에서 3년 동안 선두에서 달려왔던 남자가 뒤돌아 떠나간다.

"지난 3년간. 난 멈추지 않고 제일 앞에서 달려왔다고 자부해."

3년을 돌이켜본 호리키타 마나부의 마지막 말.

"도중에 많은 반 친구를 잃었어. 다른 반 학생도 그렇고."

그의 말에서 A반으로 졸업했다는 기쁨은 조금도 느껴지지 않았다.

그렇다고 해서 비관하는 것도 아니었다.

일어난 일을 하나하나 되돌아보았다.

"결과적으로 졸업 전까지 총 24명이나 되는 퇴학자가 나왔어. 그중 13명이 작년에 나왔지."

그건 예년에 비해 많은 걸까 적은 걸까. 나는 알 수 없는 일이다.

2학년 나구모 쪽이 겨울 즈음에 17명의 퇴학자를 냈던 건 기억하지만.

"너희 1학년은 아직 세 사람이지."

다음 학년으로 올라갈수록 힘들어지는 건 상상하기 그리 어렵지 않다.

"과제를 해내지 못한 학생이 떨어지는 거야 필연이잖아?"

"물론 그렇지. 탈락한 학생은 대체로 실력이 부족했기에 떨어진다. 하지만 때로는 우수한 학생을 잃을 때도 있겠지."

누군가를 감싸거나 강한 상대를 만나 덫에 걸리거나.

예상하지 못한 학생이 사라진다는 것도 꼭 이상한 일은 아니다.

"학교의 방식을 의문스러워하는 목소리도 있어. 하지만 난 이 학교에 무척 감사하고 있다."

불합리하게 친구를 잃을 수도 있는 방식이건만, 호리키타의 오빠는 부정하지 않았다.

"우리 학교는 재학생들이 나라의 미래를 짊어질 수 있도록 교육하고 있어. 하지만 백 명이 있으면 그 백 명이 다 거기에 적합한 사람이 될 수는 없지, 당연히. 그건 어느 대학이나 기업에 있는 사람도 마찬가지다."

적합과 부적합이라는 요소뿐 아니라, 여러 가지 결과를

통해 합격과 불합격이 결정된다.

"난 그 이념을 배울 수 있었어. 이곳을 떠나도, 어디서 어중간하게 굴어 떨어질 일은 없겠지."

그만큼 성장했다는 뜻인가.

과연 올해 졸업생 중에 얼마나 많은 학생이 이 경지까지 올라왔을까.

"여기까지다."

정문. 불과 몇 미터 앞에 있는 문을 바라보았다.

그리고—— 마지막으로 나와 마주 보고 선 호리키타의 오빠.

"일방적인 부탁이지만, 스즈네는 너한테 맡긴다."

그 말을 하고는 내게 오른손을 내밀었다.

"악수를 청해도 될까?"

"그래."

나는 그 손을 잡았다.

악수란 자신과 상대가 서로 손을 잡는 행위.

내가 잡은 그의 손에는 이상한 힘이 실려 있었다.

그리고 우리는 누가 먼저랄 것도 없이 손을 놓았다.

"또 만나자, 아야노코지."

그런 마지막 인사를 남기고 정문으로 향했다.

그 문을 빠져나가고 나면 아무도 어쩌지 못한다.

짧아야 2년. 혹은 퇴학이라는 길이 아니면 오빠와 재회하는 것은 이루어질 수 없겠지.

그리고 나도 이제 두 번 다시 이 남자와 만날 일은 없다.

"오빠——!"

내 뒤에서 들려온 목소리.

누구인지는 안 봐도 알 수 있었다.

호리키타의 오빠가 발걸음을 멈췄다.

마지막 순간, 아슬아슬하게 시간을 맞춘 듯하다.

정오를 지나 이제 몇 미터면 헤어졌을 시간.

1분만 더 늦었어도 못 만날 뻔했다.

호리키타 마나부가 뒤를 돌아보자 곧 놀란 표정을 지었다.

동생이 온 게 그리도 의외였던가.

그럴 수도 있긴 한데.

근데 알고 보니 그게 아니었다.

아니, 그것'만'이 아니었다고 할까.

나도 곧 그가 놀란 이유를 알아챘다.

"너……."

급하게 달려온 호리키타가 숨을 고르며 내 옆에 섰다.

하지만 지금 호리키타에게 나는 그저 배경일 뿐.

나는 보이지도 않는 것 같았다.

그녀는 호흡을 정리하며 오빠에게 한 걸음 한 걸음 다가
갔다.

"늦게 와서, 정말 죄송해요……!"

그렇게 고개 숙여 사과했다.

평소 같으면 왜 늦었냐고 물었을 테지만.

"아니——."

오늘은 물을 것도 없다.

그냥 한눈에 이유를 알 수 있었으니까.

놀라움.

호리키타는 어제랑 전혀 다른 느낌이 되어 있었다.

이거였나.

이 학교에 입학하자마자, 호리키타 마나부가 동생이 성장하지 않았다는 걸 꿰뚫어 볼 수 있었던 이유라는 게.

호리키타 마나부는 말을 잇지 못하고 있었다.

나 역시 그랬다.

마지막 이별의 날.

호리키타는 이미 늦을 각오를 하고 있었다.

그런 여동생을 오빠가 어떻게 질책하겠는가.

"변할 수 있었나 보군."

마지막으로 얼굴을 봐서 그런지 그는 약간 안도한 듯 말했다.

"저는…… 변한 걸까요?"

"아니—— 정정하지. 옛날의 너로 돌아갔구나, 스즈네."

그것은 시작이 아니라, 원점 회귀였다.

"1년, 아니…… 몇 년이나 걸렸어요."

숨을 고르며, 오빠의 질문에 천천히 답하는 호리키타.

"왜 좀 더, 좀 더 일찍 원래의 저로 돌아오지 못했는지…… 아무리 후회해도 이제 너무 늦었지만……."

호리키타는 오빠에게로 다시 한 걸음 다가갔다.

"지금 무슨 생각해?"

"글쎄요……. 솔직히, 아직 혼란스럽기도 하지만요."

말이 잘 나오지 않는 호리키타.

호리키타 마나부는 따뜻한 눈길로 여동생이 대답이 나오기를 기다렸다.

"하지만 이것만은 확실해요. 저는…… 줄곧, 줄곧 오빠의 그림자만 바라보며 달려왔지만, 이제 그런 저는 여기 없어요."

호리키타 스즈네는 오빠만 생각하고, 오빠만을 위해 살아왔다.

공부도 운동도, 전부 그에게 인정받기 위해 했을 뿐이었다.

"그럼 말해 봐라. 내 등만 보는 걸 그만둔 너는, 앞으로 어떻게 해나갈 건지."

오빠의 질문에 호리키타는 호흡을 가다듬으며 다시 말을 자아냈다.

"이제 누군가의 뒤를 따라가는 건 질렸어요. 저는 저만의 길을 찾겠습니다."

호리키타는 이제 방황을 끝냈을 뿐이다.

여기까지 와서야 겨우 주위를 둘러볼 수 있게 됐다.

그래도 다리는 멈출 수 없다.

"그리고——"

자신의 길을 걸어가는 것.

그건 말처럼 쉬운 게 아니다.

하지만 그 의지를 보여준 것만으로도 그에게는 충분한 선물이 되었겠지.

하지만 호리키타는 그걸로 끝낼 생각이 없어 보였다.

"저는, 앞으로 같은 반 친구들을 위해 먼저 앞을 걸어가고 싶어요."

주위에 모범이 되고 길을 인도하는 지도자.

리더로서의 중요한 요소.

"그리고 제 길을 찾기 위해 이 학교에서 친구들과 함께 배울 거예요."

1년 전에 호리키타를 만났을 때, 그녀가 이만큼 성장할 줄은 상상도 못 했다.

남보다 우수하고, 좀 거만한 우등생. 그저 옆자리 주인.

좋은 쪽으로도 나쁜 쪽으로도 개인적 능력밖에 없는, 그런 이미지였다.

"그렇군. 이제야 비로소…… 내 기억에 남아 있던 너로 돌아갔구나."

호리키타 마나부는 나와 달리 처음부터 그녀의 재능이 보였는지도 모르겠다.

동생이 가진 잠재력을 누구보다 잘 알고 믿었던 사람.

호리키타 마나부는 들고 있던 짐을 발밑에 내려놓고, 호리키타와의 거리를 좁혔다.

교문을 나서기 직전에 발걸음을 되돌려.

이미 두 사람은 손을 뻗으면 닿을 만큼 가까운 거리에 있었다.

"내가 너를 뿌리쳤던 제일 큰 이유가 뭔지 아나?"

"……아뇨."

아마 호리키타는 오빠의 감정까지는 잘 모를 것이다.

그저 이제 과거의 속박에서 막 벗어났을 뿐.

무의식중에 잠겨 있던 보물 상자를 억지로 비틀어 연 것 같은 상태다.

아직 열쇠는 손에 없다.

왜 호리키타의 오빠가 동생을 거부했었는지.

엄하게 내치려고 했는지.

"난 네가 소중하다."

"?!"

그 열쇠가 어디에 있는지 알려주듯이, 오빠가 마지막 선물을 보냈다.

"나는 네가 어렸을 때부터 큰 재능이 있다는 걸 알아챘다. 미숙하지만 원석의 빛을 품고 있었지. 나는 이 원석이 갈고 닦여 언젠가는 나를 능가할 걸 기대했다."

한 걸음 더 다가가는 호리키타 마나부.

이제 팔을 조금만 들어도 닿을 수 있는 거리였다.

"하지만 너는 나라는 환영에 얽매여버렸지. 멋대로 나보다 못하다고 생각하고 나를 추월하기를 포기했다. 스스로 성장 가능성을 버리고 그저 내 등만 따라올 뿐이었지. 난 그 걸 도저히 용서할 수 없었다."

오빠의 그림자를 따라, 그 옆에 나란히 서고 싶다는 생각.

나쁜 건 아니다.

어떤 의미로는 훌륭한 목표라고도 할 수 있다.

하지만 바꿔 말하면 오빠와 어깨를 나란히 한 시점이 곧, 최종 도착지가 되는 것이다.

오빠를 따라잡는 것을 종착으로 삼으려는 여동생과 자신을 뛰어넘어 더욱 앞으로 나가길 바라는 오빠의 갈등.

그것이 이 남매 사이를 벌려놓은 원인이었다.

"남보다 강해져라. 그리고 친절해져라."

오빠는 다정하게 동생을 안았다.

겨우 서 있는 호리키타를, 오빠로서 힘주어 껴안았다.

'짧게 자른' 호리키타의 머리카락이 흔들렸다.

"오빠――"

"넌 이제 괜찮아. 난, 그걸 지금 확신했다."

내가 할 말은 없을 것 같군.

지금은 두 사람을 지켜보기로 했다.

"몇 년간 말하지 않은 게 있어. 너한테 사과해야 하는 일이야."

"사과……?"

영문을 알 수 없어, 호리키타는 얼굴을 오빠의 가슴에 묻

은 채 물었다.

"우리 사이가 여기까지 뒤틀린 원인은 나에게 있었다."

"그게 무슨 말인가요……?"

작은 목소리로 되묻는 호리키타.

"옛날에 내가 긴 머리카락을 좋아한다고 말한 적 있었지. 그건 사실 대충 지어서 한 거짓말이었다."

"네?! 그, 그래요?!"

지금까지 전혀 몰랐다며, 호리키타가 놀라서 소리쳤다.

"단발을 좋아하던 네가 그저 내 말 한마디에 휘둘려 머리카락을 기를지 알고 싶었다."

그리고 결국 호리키타는 오빠의 취향에 맞게 머리카락을 기르기 시작했다.

그래서 이 학교에서 재회했을 때 바로 알아챌 수 있었다.

호리키타 스즈네는 하나도 변하지 않았다고.

오빠의 등만 줄곧 바라보는 여동생에게 실망했다.

공부와 운동을 잘하는지 못하는지는 확인할 필요도 없었다.

"——거짓말을 용서해라."

"……너무하네요, 오빠."

"변명할 여지가 없어."

아마 호리키타의 오빠는 그 말을 일부러 정정하지 않았을 것이다.

언젠가 여동생이 변해서 돌아왔을 때 한눈에 알아채기

위해.

"용서할게요. 분명 그 거짓말 덕분에 지금이 있는 걸 테니까요."

그것을 호리키타도 알기에 웃으며 용서했다.

동생의 어깨를 껴안고, 서로의 얼굴을 마주 보았다.

호리키타는 자신이 지을 수 있는 최고의 미소를 오빠를 향해 지어 보였다.

그리고 그 미소를 받은 오빠 역시 가면을 벗기라도 하듯 웃었다.

원래 웃음이 없는 사내는 아니었다만.

이렇게 부드러운 미소를 본 건 이번이 처음이었다.

이 미소를 내가 볼 일은 이제 없겠지.

1년만.

1년만 더 같은 공간에서 지낼 수 있었더라면.

나는 호리키타 마나부라는 남자와 더 가까워졌을 것 같은 기분이 든다.

그리고 변할 수 있었을지도 모른다.

그게 무척 아쉽다.

"스즈네. 2년 후 정문 앞에서 널 기다리고 있으마. 성장한 네 모습을 보도록 하지."

"네. 열심히…… 마지막 순간까지 보란 듯이 잘 싸울게요."

이제 호리키타의 성장을 막는 장애물은 다 사라졌다.

앞으로 호리키타는 앞을 향해 언제까지고 계속 달려갈 것이다.

"아야노코지. 너와도 다시 만나길 기대하마."

어쩌면 호리키타의 오빠 역시 나와 같은 마음인지도 모르겠다.

"그래."

나는 그게 이루어질 수 없는 소원임을 알면서도 같은 마음으로 고개를 끄덕였다.

"슬슬 시간이군."

12시 반이 가까워지고 있었다.

어느덧 버스가 도착할 시간이었다.

두 사람은 아쉬워하면서 서서히 멀어졌다.

"또 만나자."

그 말을 남기고, 호리키타의 오빠는 정문을 지났다.

이제 그는 떠났다.

호리키타는 그 뒷모습을 한순간도 놓치지 않으려는 듯 줄곧 바라보았다.

나는 그가 여동생과 더불어 내게도 가야 할 방향을 제시해 준 듯한 기분이 들었다.

1

정문에서 그의 뒷모습이 보이지 않게 된 후에도 우리는

얼마간 같은 방향을 보고 있었다.

하지만 난 언제까지고 계속 이렇게 감상에 젖어 있을 수 없는 사정이 있다.

여전히 자리에 굳어있는 호리키타에게 말을 걸었다.

"마음이 좀 그렇군."

"……그러게."

이번 생의 영원한 이별은 아니지만, 앞으로 2년 동안 오빠의 모습은커녕 목소리도 들을 수 없다.

하지만 호리키타는 예상외로 늠름한 표정을 짓고 있었다.

"고마워, 아야노코지…… 네 덕분에 오빠를 만날 수 있었어."

"그래? 방해만 된 것 같은데."

"아니야. 네가 오빠와 계속 얘기해주지 않았더라면 못 만났을 거야. 정말 고마워."

누가 봐도 그 자리에 어울리지 않았던 내게 호리키타가 다시 한번 고마움을 표시했다.

하지만 시선은 나를 보지 않고 어딘지 먼 곳을 향해 있었다.

"그런데 오빠가 떠나는 날 환송하는 사람이 나뿐인 게 슬프네……."

그건 본인이 원해서 그렇게 된 거지만, 듣고 보니 좀 쓸쓸하군.

그는 좀 더 많은 학생의 환송을 받으며 교문을 나서야

했다.

그것도 다 여동생 때문.

호리키타가 자신을 더 편하게 대할 수 있도록 다른 사람은 오지 못하게 했다.

하나부터 열까지 전부 계산한 건지도 모른다.

"나도 이래저래 네 오빠와는 인연이 깊었으니까. 좀 더 얘기하지 못해 아쉬울 따름이다."

처음에는 별로 엮이고 싶지 않았었는데, 지금은 좀 더 이야기해두는 게 좋지 않았을까 하는 생각이 든다. 이제 후회해도 소용없지만.

우리는 기숙사로 향하는 길을 걸었다.

"그나저나 진짜 과감하게 잘라버렸군."

어제까지도 평소와 다름없었던 점이나 오늘 지각한 걸 생각하면, 오늘 아침에 생각이 나서 급하게 잘랐을 게 뻔하다. 아슬아슬한 순간까지 망설이다가 결심했겠지.

"옛날부터 이 정도 길이를 좋아했었어. 그런데 왠지 기분이 이상하네."

그렇다고, 대충 잘라서 오빠의 화려한 무대를 망칠 수도 없는 노릇.

깔끔한 모습으로 보내기 위해, 지각이라는 선택지를 고르고 운명을 하늘에 맡긴 도박을 했다.

결과적으로 호리키타가 이겼다.

"그래도 이럴 거였으면 미리 손쓸 수도 있지 않았나? 오늘

늦을 것 같으면, 나한테 시간을 끌어달라고 해도 됐잖아."

온다는 것만 확실하다면 나야 다소 협력해줄 수 있었다.

우연히 내가 대화로 시간을 벌어서 다행이었지…….

"부탁했으면 네가 순순히 협력해줬을까?"

"아무리 그래도 오늘 같은 날은 해주지."

"글쎄 과연 어떨지── 하고 말하고 싶지만…… 사실은 부탁하려고 했어."

하지만 내 스마트폰에는 아무런 착신 이력이 없다.

"너무 허둥대는 바람에 스마트폰을 기숙사에 놓고 미용실에 가버렸거든. 그걸 알아차렸을 땐 이미 커트가 시작된 후였지. 정말, 얼빠진 짓이었어."

그래서 아무 연락도 없이 뒤늦게 뛰어온 건가.

그야 머리를 다 자르고 스마트폰을 가지러 돌아갈 바에야 정문으로 냅다 달려오는 편이 더 빨랐겠지.

"바보네."

자조적인 웃음을 보이는 호리키타.

"그만큼, 오늘 떠올린 게 너에게 중요했다는 거겠지."

허둥지둥 미용실 문이 열리자마자 달려 들어가는 모습을 상상하니 좀 재미있긴 하지만.

호리키타는 평소에도 계획적으로 움직이니, 아무런 예정도 없이 급하게 움직였다면 실수가 나와도 이상하지 않다.

"머리카락을 자른 건 내 결심이었어."

"오빠의 취향이 어떻고 하는 게 아니라?"

"응. 그냥 과거의 나로 돌아가려고 생각했을 뿐. 다만, 마침 내가 오빠의 뒤를 따르게 된 때랑 비슷한 시기니까. 머리를 이렇게 자르는 게 가장 잘 마음을 전달할 수 있지 않을까 하고."

우연이 부른 최선책이었다는 건가.

일 년 동안 긴 머리카락을 보여주었던 만큼 위화감이 무척 강했다.

"몇 년 만에 원래 네 모습으로 돌아와 보니 어때?"

"어떠냐고 물어도……. 그야 어렸을 때는 단발을 좋아했지만, 계속 긴 머리로 있었던 만큼 애착도 있었고……. 솔직히 마음이 복잡해."

예전에 좋아했던 단발. 지금은 받아들인 긴 머리.

예전의 자신과 지금의 자신. 두 모습 모두 호리키타 스즈네인 것은 틀림없다.

"지금 난 어느 쪽도 다 받아들일 수 있을 것 같아."

그렇게 말하며, 짧아진 머리카락을 슬쩍 만졌다.

"그래서 다시 0으로 돌아가 생각할 거야. 지금의 나에게는 보이지 않는 게 있으니까. 이 학교를 졸업할 때까지 계속 기를지, 아니면 기르지 말지. 만약 계속 기른다면 원래 길이로 돌아오려면 아마 2년 정도…… 딱 졸업할 무렵이겠네."

예전의 자신과 과거의 자신. 그 둘 다 받아들인 호리키타.

"확실한 건 머리카락 길이랑은 상관없이 당당하게 오빠랑 만날 수 있다는 거야."

한 번 짧아진 머리카락이 앞으로 어떻게 될지는 나도 기대하도록 하지.

가장 마지막 순간에 호리키타 마나부는 큰 재산을 호리키타에게 남기고 갔다. 큰 도움을 주지 않으면 성장하지 못할줄 알았는데, 내 착각으로 끝날지도 모르겠다.

"그래도 아쉽지?"

원래라면 한 시간── 아니, 하루 정도로 끝나지 않을 만큼 하고 싶은 말, 말하고 싶어도 하지 못했던 몇 년의 마음이 산더미처럼 남아 있을 터.

"그런…… 그건, 어쩔 수 없는 일이야."

자신에게 말하듯 고개를 끄덕이는 호리키타.

"그리고 이미 나와 오빠를 방해하는 벽은 사라졌어. 앞으로 2년 동안 열심히 달려간 후에 말해도 늦지 않아. 그렇지?"

"하긴. 졸업 후에 기다리겠다는 말도 했으니까."

졸업식이 끝나면 외부와 연락을 취하는 것도 자유로워지겠지.

그때 당당하게, 그를 만나 천천히 얘기할 수 있을까.

"오늘 일은 큰 수확이야. 이보다 더 큰 걸 바라면 천벌 받을거야."

빠른 전환.

호리키타는 마음을 새로 먹은 것처럼 보였다.

마음이란 그리 쉽게 바꿀 수 있는 게 아니다.

"하지만── 됐어, 여기까지면 돼."

걸음을 멈춘 호리키타는 뒤돌아보지 않고 그렇게 말했다.

그녀의 얼굴은 나를 보고 있지 않았다.

아니, 볼 수 없었다고 말하는 게 옳지 않을까.

"왜 그래."

나는 알면서도 모르는 척 물었다.

평소에 늘 냉정한 호리키타라면 내가 모르는 척하고 있다는 걸 알아차렸으리라.

하지만 호리키타는 지금 그럴 여유가 없었다.

"난…… 잠깐 어디 들렀다가 갈게."

얼버무리듯 나보고 먼저 돌아가라고 은근히 말하고 있었다.

"어딜?"

어디 가는지 물어도 호리키타는 대답할 수 없다.

"딱히……. 산책, 같은……."

모호하게 대답하는 목소리가 살짝 떨렸다.

"같이 가줄까?"

"됐어."

그렇게 말을 흐리며 호리키타는 뒤돌아 걸음을 뗐다.

케야키 몰에 가는 것도, 편의점에 가는 것도 아니고.

어디 인기척 없는 장소를 찾아 걷기 시작했다.

나와 같이 기숙사로 돌아가면 늦겠다 싶었겠지.

나는 호리키타의 뒤를 쫓았다.

혼자 있고 싶어도 내가 계속 따라다니면 마음을 놓을 수가 없다.

"왜…… 따라오는 거야."

돌아보지 않고 목소리를 죽여 물었다.

"글쎄, 왜일까."

"이유가 없으면 따라오지 마."

따라오지 말란 소릴 들었지만 나는 돌아가지 않았다.

지난 일 년간, 호리키타에게 몇 차례 짓궂은 짓을 당했으니까.

"그럼 이유를 말해줄게. 너한테 좀 짓궂게 굴어보고 싶어서."

"……무슨 말인지 모르겠는데."

"그래? 그럼 대놓고 말해줄게."

"말 안 해도 돼."

"아니, 그럴 수 없지."

나는 호리키타가 참고 있는 방어 라인을 무너뜨릴 작정으로 천천히 입을 열었다.

"슬플 때는 참지 말고 울어도 되지 않을까?"

그저 그렇게만 말했다.

"……너, 내 말 못 들었어?"

"들었지. 오빠와 화해할 수 있어서 진심으로 기뻤잖아?"

"맞아. 그래서 그걸로 만족해. 대체 뭐가 슬프다는 건데?"

"만족은 무슨. 그야 2년 후에는 다시 만나 말할 수 있겠지. 하지만 인간이란 뭐든 그리 쉽게 받아들일 수 있는 생물이 아니야."

그날을 꿈꾸었던 소녀가, 또 2년을 기다려야 한다.

개운하기도 하겠지만, 그것만은 아니다.

"나는…… 나는 만족했어. 만족했다고."

"그럼 날 봐."

여전히 등만 보이는 호리키타.

내 요구를 듣지 않고 고개를 가로저었다.

"왜 내가 널 봐야 하는데?"

"글쎄, 왜일까?"

잰걸음으로 달아나려는 호리키타에게, 등 너머로 한마디를 더 남겼다.

"울어도 된다고."

오빠와 2년 만의 재회 그리고 거절.

무인도에서의 고열과 고독한 싸움을 할 때도.

반 내부 투표에서 미움받는 역할을 할 때도.

그 어떤 순간에도 호리키타는 울지 않았다.

"나, 나는……."

이윽고 다리가 멈추었다.

노력하고 또 노력해서, 이제 겨우 오빠와 마음이 통하게 되었다.

당장 내일부터라도 웃으며 대화할 수 있는 사이로 돌아갔다.

하지만 오빠는 이제 문 너머 새로운 세상으로 떠나버렸다.

다음에 만날 수 있는 건 아무리 빨라도 2년 뒤.

"그만…… 그만해……."

목소리가 서서히 떨리기 시작했다.

그 긴 세월을 호리키타는 여기서, 이 학교에서 싸워야만 한다.

"어쩔, 수 없잖아……!"

반론하려던 호리키타였는데, 참았던 것이 터졌다.

이제 막 헤어진 오빠를 생각했다.

"이제야——! 겨우…… 겨우 내 과오를 깨달았는데……!"

그대로 주저앉아 무릎을 꿇었다.

두 손으로 얼굴을 가리고, 어쩔 도리 없이 줄줄 흘러내리는 눈물을 그대로 받아들였다.

"또다시 오빠와 헤어지고 말았어……!"

할 수만 있다면 정문 너머로 함께 뛰어나가고 싶었을 것이다.

하지만 감정을 누르고 멋지게 오빠의 떠나는 뒷모습을 배웅한 동생.

"그래. 쓸쓸하지."

"너무…… 쓸쓸하잖아……!"

엉엉 우는 소녀의 모습은 마치 어린아이 같았다.

눈물을 펑펑 흘리면서도 참으려고 하는 호리키타.

만약 이 학교가 아니었다면 호리키타는 오빠가 어디에 있든 따라갔으리라.

만나고 싶을 때 만나고, 말하고 싶을 때 말할 수 있다.

"지금, 여기서 눈물이 다 마를 때까지 울어버려. 그런 다음 한 뼘 더 성장한 네 모습을 오빠에게 보여주면 돼. 너는 지금부터 변하기 시작한 거야."

조바심낼 필요는 없다. 2년이 남아 있다. 2년이면 분명 호리키타는 더 크게 성장할 수 있다.

그걸 그도 기대하고 있을 게 틀림없다.

"그렇지? ……마나부."

더는 닿지 못할 내 목소리가, 봄을 맞이하는 푸른 하늘 위로 사라져갔다.

2

감정을 다 쏟아내고 얼마 후 울음을 그친 호리키타.

하지만 아직 기력이 돌아오지 않았는지 그대로 주저앉아 있었다.

나는 옆에 서서 조용히 기다렸다.

그나마 다행인 건, 주위에 아무도 없다는 거다.

다른 학생의 눈에는 띄지 않았다.

"아무도 없어서 다행이군."

"뭐가 다행이라는 거야? 너한테 다 보여버렸잖아. 굴욕이야……."

위로해주려고 한 말이었는데, 쉽지 않군.

"그건 뭐…… 그렇지."

그렇기에 혼자 있으려고 했겠지. 내가 없으면 우는 모습을 보일 일이 없었다.

"하지만 이미 보여버렸으니 어쩔 수 없지. 긍정적으로 생각할래."

"어떻게?"

"……보인 사람이 너여서 다행이라고."

그렇게 호리키타는 진심으로 안도했다는 듯 숨을 토했다.

하긴 다른 학생에게 보이고 싶은 얼굴은 아니겠지.

"자. 그럼 오늘 이 상황을 케세이와 공유할까?"

나는 스마트폰을 꺼내 카메라 렌즈를 들이밀었다.

"죽고 싶어?"

새빨개진 눈으로 나를 노려보기에 다시 바로 스마트폰을 주머니에 넣었다.

"농담이야."

"네 그 시시한 농담에, TPO가 무엇인지를 알려주고 싶네."

빈정대는 걸 보니 이제 좀 괜찮아진 모양이군.

"……왠지 1년 전에도 비슷한 일이 있었던 것 같은데."

"그렇군."

장소는 다르지만, 밤에 이렇게 둘이서 대화했던 기억이 있다.

그때 호리키타는 오빠와 재회하고 몹시 실의에 빠져 있었었다.

지금은 정반대 상황인데도, 데자뷔를 느끼다니 신기한 일이다.

"왜 네 앞에서는 이렇게 한심한 모습을 보이고 마는 걸까. 자리도 바로 옆이고."

듣고 보니 입학 초기부터 호리키타와는 기묘한 인연이 이어지고 있군.

그게 아무래도 호리키타는 마음에 들지 않는 모양이다.

"가끔은 너도 실수하는 모습을 나한테 보이라고."

호리키타가 이상한 불평을 내놓았다.

"실수? 얼마 전에도 보여줬잖아. 체스 대결이라든가."

"그건 실수가 아니야. 그냥 진 거지."

그걸로는 만족할 수가 없나 보다.

"그럼 2학년 생활에서 기대해보던가."

"그럴 수밖에 없네. 앞으로 기대되는 것들 속에 꼭 넣어둘게."

오늘 우는 얼굴을 보인 걸 꼭 복수하고 싶은 모양이다.

그나저나, 이 짧은 머리. 다시 봐도 적응이 안 되는군.

"그 머리, 애들이 보면 놀라겠는데."

방학 중에 조금씩 이미지를 바꾸려는 애들도 있기야 하지만, 이만큼 극단적인 사람은 없을 거다.

"상관없어. 애들 보여주려고 한 거 아니니까."

주위 시선은 상관없다고 단언해버렸다.

네가 그래도 스도는 가장 먼저 입을 열 텐데.

봄방학이 아직 며칠 남았으니, 그동안에 소문이 퍼질지도 모르지만…….

아니, 이미 목격자가 있다면 정보가 복잡하게 섞일지도 모른다.

"지금 말하는 건 좀 그렇다만, 저번에 했던 대결 약속 기억하냐?"

"물론이지."

"내가 이겼을 때 소원 하나 들어주기로 했던 거, 뭐로 할지 생각났다."

"흥……. 나중에 심리적 압박 수단으로 쓸려고 말 안 한 거 아니었어?"

"아니, 그런 고식적인 수단은 생각도 못 했다. 그냥 그때 바로 생각나는 게 없었을 뿐이야."

호리키타는 의심스럽다는 표정을 지었다.

"내가 이기면 너, 학생회에 들어가라."

"……전에도 했었지, 그 말."

예전에 학생회에 관심 있는지 호리키타에게 물어본 적 있다.

호리키타 마나부와 전화했지만, 자기 의지대로 판단하라는 말에 결국 호리키타가 거부하며 끝난 일이었다.

"그랬었지. 그래서, 어떻게 할래?"

"학생회에 들어갈 생각은 없지만…… 좋아. 내가 이기면 되니까."

이기면 문제없다.

"하지만 승부랑은 별개로, 내가 학생회에 들어갈 수 있다는 보장이 없잖아?"

"그건 걱정하지 마. 나구모는 누가 와도 환영하는 타입이니까."

많은 이를 튕겨낸 마나부와는 전혀 다르다.

무엇보다 마나부의 여동생인 호리키타라면 나구모도 무턱대고 거절하지는 않으리라.

"근데 왜 나를 자꾸 학생회에 넣으려고 해?"

"그건 비밀이야. 네가 지면 그때 알려줄게."

"마음에 안 드네. 그 정도는 지금 말해줘도 되잖아?"

"이런, 벌써 졌을 때를 생각하는 건가?"

"……무슨 소리야. 어차피 내가 이길 거니까 지금 토하란 말이지. 내가 이기면 너, 말 안 하겠다는 의미잖아, 그거."

하긴, 승패가 결정된 뒤라면 내가 이유를 말할 의미조차 사라지고 말 테니.

"네 오빠는 줄곧 나구모 미야비를 신경 썼어."

"그러니까 나보고 학생회장을 감시하라고?"

"그런 셈이지."

"오빠가 너한테 그런 걸 부탁했구나."

살짝 불만스럽게 나를 쳐다보았다.

"너랑 사이가 틀어져 있었으니까 나한테 이런 이야기가

259

왔겠지."

그렇지 않았다면 이 이야기는 처음부터 호리키타에게 갔을지도 모른다.

"겸손은 됐어. 이 학교에서 오빠는 누구보다도 너를 신경썼어. 그러니까 이런 날조차 널 부른 거야. 정말…… 왜 너따위를."

그렇게 불평하면서 호리키타는 천천히 일어섰다.

"그만 생각해야지. 지금은 그냥 널 머릿속에서 지울래."

이러고 있다간 몸이 견디질 못하겠다고 중얼거리는 호리키타.

"호리키타, 마지막으로 너한테 하나만 확인하고 싶은 게 있다만."

"뭐야? 또 이상한 말을 꺼내려고?"

"아니, 쿠시다 건이야. 우선 내가 생각하고 있는 거랑 지금 상황을 설명해야 해."

그러자 호리키타가 이상하다는 듯 미간을 찌푸렸다.

"무슨 상황?"

나는 쿠시다의 폭주를 억누르기 위해 계약을 하나 맺었다.

날 공격하지 않는 대신 내가 가진 프라이빗 포인트의 절반을 매달 양도하는 계약이다. 그렇게 하면 쿠시다의 타깃에서 제외될 수 있다.

나는 계약 내용을 호리키타에게 설명했다.

"너, 바보야? 그런 무모한 계약을 해버리다니."

"쿠시다의 신뢰를 얻기 위해 한 거야."

"아무리 그래도 너무 멍청했던 거 아니야? 매달 절반은 너무 많아."

"그 정도로 하지 않으면 쿠시다의 마음을 움직일 수 없으니까. 네 공개적인 설교에 신뢰 같은 것도 다 날아가 버린 듯하지만."

나에게 불만을 품었다기보다는 다시 의심이 돋아나기 시작한 느낌이려나.

"정말……. 네가 정말 대단한 사람인 건지 의문이 들기 시작했어."

황당한 건 알겠다만, 아직 본론은 시작하지도 않았다.

"그래서 그 계약이 어쨌는데?"

"내가 이 무모한 계약을 맺은 건 나중에 별로 큰 지장이 되지 않을 거라고 판단해서야."

"매달 포인트가 반이 사라지는데, 아무런 지장이 없다고?"

"쿠시다를 퇴학시켜버리면 사라질 일이 없으니까."

그 말을 들은 호리키타의 손이 멈추었다.

그리고 아직 조금 붉은 눈으로 나를 응시했다.

"너, 지금 태연하게 엄청난 말을 한 거 알지?"

"애초에 쿠시다를 퇴학시킬 생각으로 맺은 계약이야. 지금도 여전히 그렇게 생각하고."

"농담…… 아니지?"

"그래. 이미 여름부터 쿠시다를 베어낼 방법을 그리고 있었어."

그리고 실제로 베어버릴 기회가 있기도 했다.

"그걸 지금 와서 말했다는 건 상황이 변했다는 뜻이려나?"

"그래. 그 판단을 너한테 맡기려고."

내가 심판을 내리는 게 아니라, 호리키타에게 쿠시다를 어떻게 할지 맡기는 것.

이건 그걸 위한 대화다.

"넌 내 대답을 이미 알잖아? 난 쿠시다를 퇴학시킬 생각이 없어. 아니, 우리 반이라면 누가 됐든 함부로 버릴 생각은 없어."

역시 그 의지가 날이 갈수록 확고해지고 있나.

"하지만 그렇다고 히라타처럼 안이하게 굴 생각은 없어. 반드시 누군가는 사라질 위기에 놓여 있으니까. 물론, 공헌하기에 따라선 바뀔 수도 있지만."

반 내부 투표처럼 퇴학자를 반드시 내야만 한다면 그때는 결단을 내리겠다는 말이다.

"그 공헌도로 따질 때 쿠시다가 최하위에 있다면?"

"물론 그때는 그 애가 퇴학 후보 0순위가 되겠지."

이건 진심인 것 같군.

"하지만 그 애가 최하위로 내려갈 거란 생각은 들지 않는데."

"알아. 겉으로만 봐도 쿠시다의 공헌도는 높은 편이니까."

공부도 운동도 잘하는 편이고, 반에 필요한 포지션인 것도 맞다. 야마다 퇴학 사건으로 다소 주춤하긴 했지만, 치명적일 정도는 아니다.

"굳이 이야기를 꺼낸 건, 이제 이 선택을 네게 맡겨도 되겠다는 생각이 들어서야. 하지만 네가 성장해서 반의 중심에 설수록 쿠시다는 네 적이 되어 갈 거다."

쿠시다의 과거를 아는 인물. 이게 대전제로 깔린 이상 충돌은 피할 수 없다.

"그건…… 미리 제거하라는 뜻이구나."

"설득해서 같은 편으로 만들 수 있을 만큼 쉬운 상대가 아니야."

"그렇겠지. 나도 어중간한 설득과 대화는 무의미하다는 걸 통감했으니."

그걸 알면서도 쿠시다를 안고 갈 생각인가.

예전 같으면 단순히 안일하다고밖에 생각하지 않겠지만, 지금은 좀 다르다.

"그렇다면 네 마음대로 해라."

"너…… 설마 반 내부 투표 때 쿠시다를 떨어트리려고 했어?"

"그건 너무 무모하지. 야마우치에게 협력했다지만 아이들의 신뢰가 두터운데."

"그래…… 그렇지. 너한테서 그런 움직임도 보이지 않았고……. 어쨌든 이제 나한테 말했으니, 앞으로는 나에게 완전히 맡긴 거지?"

"그래. 난 아무 짓도 하지 않겠다고 약속할게."

앞으로 어떤 선택지를 고를지는 호리키타가 정하면 된다.

"그런데 갑자기 내게 맡긴다니. 지금이라면 내가 장애물을 넘을 수 있다고 생각해?"

"공교롭게도 그렇게 낙관적이진 않아. 건들진 않겠지만 난 여전히 쿠시다를 배제해야 한다고 생각하니까."

"그래. 그럼 왜?"

나는 호리키타의 말을 듣고 비로소 내가 왜 이랬는지 생각하기 시작했다.

"뭐야, 생각 안 해봤어?"

"으음……. 나는 몹시 비효율적인 선택을 하고 있었군."

미래를 생각한다면 말하지 않고 쿠시다를 퇴학시켜버리는 쪽이 편했을 터다.

그런데 그렇게 하지 않았다.

나도 모르게 호리키타에게 맡기려 하고 있었다.

그 이유.

그 이유라.

"네가 그 장애물을 어떻게 할지 보고 싶었던…… 게 아닐까."

겨우 생각해낸 대답도 확신이 없었지만, 그것 말고는 떠오르는 게 없었다.

"뭐, 아마도."

"그럼 그런 거로 해둘게. 네가 하는 말은 절반만 듣는 게 좋아 보여."

완전히 원래대로 돌아온 호리키타가 걷기 시작했다.

"이만 돌아갈게. 넌?"

"난 좀 더 있다가."

가벼운 인사를 남긴 후 호리키타는 기숙사로 돌아갔다.

한밤중에 또 생각나서 울지도 모르지만, 일단 이걸로 괜찮겠지.

나는 얼마 전에 이치노세와 나눈 대화를 떠올렸다.

사카야나기의 존재와 류엔, 호리키타의 성장.

네 반의 대결이 기대되는군.

또 1년이 더 지나면 얼마나 변할까.

성장의 계기는 아주 많다.

마나부에게 들은 말이 계속 마음에 걸린다.

학생들의 기억에 남을 만한 사람이 되어라.

"엄청난 이별 선물을 주고 갔군……."

내가 기억에 남을 학생이 되기 위해 할 수 있는 일.

그건 다른 학생들을 성장시키는 게 아닐까.

성장한 학생끼리 경쟁해서 더 높은 곳을 향해 나아가게 만드는 것.

내가 그 위치에 서는 것을 상상하니…… 그렇다, '두근두근'이라는 단어로 표현하면 될까. 왠지 즐거울 것 같기도 하다.

무의식중에 반의 전력을 분석했다.

일 년 후에 보이는 결과.

아직 어느 반 할 것 없이 더 성장해야 한다.

너무나 미약한 힘. 그러한 것까지 감안하고도 심장이 뛰는 이 느낌.

하지만 한편으로 나는 마음이 급격하게 식어가는 것을 느꼈다.

"내가 원하던 건—— 평온한 일상……이었을 텐데."

이제야 비로소 내 마음에 필터가 깔린 것을 느낀다.

분명 마음은 지난 일 년 동안 눈에 띄게 성장했다.

아니, 지금도 계속 성장하고 있다.

그건 확실하다.

그렇게 자신에게 들려주려고 했다.

하지만 효과가 없다.

마치 그러한 확신이 나한테는 통하지 않는 것만 같다.

그저 안에 봉인되어 있던 도금이 벗겨져 떨어진 것뿐 아닐까.

그런 불안과 비슷한 검은 감정도 느끼지 않을 수 없었다.

나는——

나는 내년 이맘때쯤에도, 여전히 이 학교에 남아 있을까——

그런 말로 표현 못 할 어둠이—— 나를 감쌌다.

○마츠시타의 의심

봄방학도 막바지에 들어간 4월 3일, 나—— 마츠시타 치아키는 어떤 결심을 굳혔다.

"역시 신경 쓰인단 말이지."

학년말 시험 전후부터 오늘에 이르기까지, 마음속에서 계속 풀리지 않는 감정.

그건 바로 아야노코지 키요타카라는 존재였다.

최근 들어서 그가 자꾸 마음에 걸려 견딜 수가 없었다.

이런 말을 누군가에게 한다면 연애 감정이라는 둥 좋아한다는 둥 시끄럽게 놀려댈지도 모르지만, 그런 게 아니다. 이건 절대 연애 감정 따위가 아니다.

이건 경계심이다.

다른 애들에게 이 이야기를 해봐야 다들 고개를 갸우뚱거릴 뿐이겠지.

하지만 어떻게 해야 할지는 이미 알고 있다.

이걸 설명하려면 우선 내가 어떤 사람인지를 알려줘야 한다.

나는 그럭저럭 유복한 가정에서 태어나, 다정한 부모님 밑에서 아무런 어려움 없이 여기까지 자랐다. 원하는 건 부모님이 뭐든 다 사주셨고, 그만큼 뭔가를 배우러 가서나 학원에서도 늘 좋은 성적을 받았다.

부모는 자녀의 우수함에 감사하고, 자녀도 부모의 우수함에 감사하고. 그렇게 우리 가족은 아주 양호한 관계를 구축했다.

게다가 제 입으로 말하기는 좀 뭐하지만 나는 외모도 좋게 태어났다.

어른이 되면 몇 번의 연애 끝에 경제력 있는 남자와 결혼.

내 인생은 윤택한 인생의 레일이 깔려 있다.

장래 희망도 폭넓게 품고 있었다.

처음에는 국제선의 스튜어디스나 일류 대기업에 들어가는 걸 생각했다.

그러다가 이 학교에 들어온 뒤로 좀 더 큰 꿈을 꾸게 되었다.

해외 일류 대학에 진학해 대사관에서 근무하다가 국제연합에…… 그러한 길도 보였다.

탄탄대로인 나의, 그대로 가기만 하면 되는 레일.

한 번도 주춤한 적 없는 인생.

그런데 내 이 학교에 입학하자마자 오산이 일어났다.

그건 A반으로 졸업해야만, 희망하는 학교나 기업에 갈 수 있다는 사실.

그 말은 곧 B반 이하는 가치가 없다는 것이다.

나는 자력으로 희망하는 진로를 거머쥘 자신이 있었다.

하지만…… B반 이하로 졸업하면 내게 족쇄가 되겠지.

'A반으로 졸업하지 못한 학생'이라는 성가신 꼬리표를 달고 다니게 될지도 모른다.

실패했을 때의 리스크는 안정을 원하는 내게 마이너스 요소였다.

그리고 A반이 아니라 D반에 배정되어 버린 것.

이건 정말 치명적인 핸디캡이었다.

입학 초기에는 어떻게든 되겠지 하는 마음이 있었다. 그리고 그 방심으로 나는 바닥에 추락했다.

D반은 한 달 만에 반 포인트를 순식간에 다 쓰고 압도적인 꼴찌가 되고 말았다.

"냉정하게 생각하면…… 승산은 있었는데……."

그렇다. 반은 D였지만, 시작은 다 같은 출발선에 있었다.

처음부터 상황을 잘 이해했더라면 상위 반으로 올라갈 수도 있었다.

하지만 그런 최악의 D반도 일 년이 지나 반 포인트를 그럭저럭 모았다.

한 번은 C반도 되었다. 앞으로도 상위 반을 노려볼 수 있다…….

"아니, 무리인가."

처음부터 성실하게 했더라도 다른 반과의 기초 능력 차이가 있으니 늦든 빠르든 차이는 벌어졌으리라. 어쩌다가 일이 잘 풀린 것일 뿐, 학생들의 실력은 크게 뒤떨어져 있었다. 이걸 해결하지 못하면 A반에 간다는 건 그야말로 꿈이나 마찬가지다.

이런 말은 별로 하고 싶지 않지만, 나는 학년 중에서도 우수한 편이라고 자부하고 있다. 상위 10% 안에는 들어간다는 확신도 있다.

그런데도 D반에서 두각을 나타내지 않고 중간쯤에서 머무르고 있는 건 내가 대충하고 있기 때문이다. 물론 중요한 순간에는 넘어지지 않도록 조심하고 있지만, 너무 튀는 것은 그다지 좋아하지 않는다. 게다가 나와 친한 그룹은 죄다 수준이 낮은 애들뿐.

우리 반의 절반이 학년 하위 10~20%를 점하고 있다.

그런 가운데 어중간하게 실력을 발휘하면 질투를 받거나, 나를 과하게 의지하려 들면서 귀찮은 일이 생길 수도 있다. 난 그런 사태는 피하고 싶었다.

게다가 반이 이런 꼴이면 내가 진짜 힘을 발휘한다고 해도 상황은 크게 달라지지 않을 거다.

나는 그냥 우수한 학생일 뿐, 천재는 아니니까.

무엇보다, 솔선해서 일을 추진하는 타입도 아니다.

다만…….

다른 사람의 손을 빌리는 건 싫더라도 나 역시 A반으로 졸업하고 싶다.

할 수만 있다면 편한 길로, 좋은 길로 가고 싶다.

그러려면 반 모두가 노력해야 하는데, 지난 일 년을 보내고 나니, 이제 불가능하다는 생각이 들기 시작했다.

물론 D반에도 뛰어난 사람은 있다.

호리키타나 히라타, 쿠시다, 유키무라, 왕같이 머리 좋은 학생도 있다.

하지만 퍼즐 조각이 부족하다. D반은 너무 많은 학생이 발목을 붙잡고 있다.

그들을 다 이끌려면 저 다섯 명으로는 불가능하다.

두세 명만 더 그만한 인재가 있다면……. 그러한 답답한 마음.

그렇다——

아야노코지가 내 눈에 들어오기 전까지는 그런 생각에 괴로워하고 있었다.

이건 내 일방적인 추측이지만, 아야노코지는 나와 같은 타입이 아닐까 싶다.

그냥 자기만의 생활을 해보고 싶어서 이 학교에 들어온 것.

나보다 출세욕이 더 없어서 A반이든 D반이든 별로 구애받지 않는 타입이다.

하지만 제대로 된 실력을 갖추고 있다.

만약 내 감이 정말 맞는다면.

나까지 합해서 두 장의 카드가 나오는 셈이다.

그렇게 되면 활약하기에 따라 상위 반을 노려볼 수 있지 않을까.

그러한 생각이 요즘 자꾸 들어서 견딜 수 없었다.

그를 왜 그런 타입이라고 생각하게 되었을까.

지금까지 신경 쓰이는 점이 없던 건 아니었다.

카루이자와가 종종 아야노코지를 보는 시선. 그리고 약간의 거리감.

처음에는 착각인가 했는데, 히라타와 헤어지면서 확신이 생겼다.

그녀는 아야노코지에게 반해 있었다.

좋은 남자와 사귀는 것이 자신의 지위라고 생각하는 카루이자와가 아야노코지를 선택한 것이다.

왜? 잘생겨서? 아니, 그것만은 아닐 것이다.

그런 거라면 인기도 높은 히라타를 계속 남자친구로 두는 것이 그녀에게 더 유리할 테니까.

그렇다면── 그 인기를 버릴 정도의 '실력'을 아야노코지가 갖고 있어서인가.

나는 그렇게 결론을 내렸다.

그러고 나니 무서울 정도로 여러 가지 일들이 겹쳐졌다. 반에서 리더 같은 활약을 보여준 호리키타가 대하는 태도, 히라타가 대하는 태도. 둘 다 아야노코지를 인정하고 있다는 건 틀림없었다. 이치노세도 가까이 있다.

체육대회 때 호리키타 전 학생회장과 열전을 펼쳤던 것도 지금 생각해보면 이상하다.

더 추가하자면 사카야나기가 A반을 총동원해 프로텍트

포인트를 준 것도 그렇고.

야마우치를 퇴학시키기 위해 우연히 고른 학생이라고 했지만, 사령탑이 된 걸 봐도 단순한 우연으로 정리하는 건 너무 태평한 생각이다.

이렇게 되면 아야노코지가 얼마나 이상한 존재인지 누구나 알 수 있으리라.

하지만 대부분 깨닫지 못하고 있다.

그도 그럴 것이다. 그는 표면상으로는 활약하는 모습을 거의 보여주지 않고 있으니까. 달리기 실력은 뛰어나지만, 그것만으로 카스트의 상위에 오를 수 있는 건 기껏해야 초등학생 때까지. 고등학생…… 아니, 어른에 가까워질수록 소통 능력이 중요해진다.

카스트 상위에 군림하는 학생들 대부분은 뛰어난 능력과 더불어 소통 능력도 갖추고 있다. 하나만 빠져도 받는 인상은 확 달라진다.

달리기를 잘하지만, 존재감이 별로 없는 학생. 그것이 아야노코지의 보편적인 인상이다.

만약 여기에 소통 능력까지 있다면 카스트에서 아야노코지의 위치는 상당히 위일 것이다. 성격에 따라서도 달라지겠지만 어쩌면 히라타와 쌍벽을 이룰지도 모른다.

하지만 이건 탁상공론이라고 할까, 억측이다. '스도가 똑똑하고 사교성이 좋다면'이라든가 '유키무라가 운동도 잘했다면' 같이 말도 안 되는 차원의 이야기다.

지금 우리에게 가장 필요한 건 '학력'이고 그다음이 '신체 능력'이다.

그리고 아야노코지는 이 두 가지를 다 가지고 있을 가능성이 크다.

심지어 그 두 가지만큼은 히라타보다 훨씬 높을지도 모른다. 긁지 않은 복권이다.

물론 여기에는 약간의 소망도 포함되어 있다.

그가 그런 인물이라면 이 반에 희망이 될 테니까.

실제로도 똑같이 해준다면 불만은 없다.

그런 아야노코지를 내가 본격적으로 주목하게 된 것은 학년말 시험 때문이다.

아야노코지는 플래시 암산에서 도저히 풀 수 없는 문제를 맞혔다.

그것이 몇 안 되는 결정타.

미지수인 그의 실력.

그걸 알고 싶다.

그리고 그게 만약 진짜라면—— 이용하지 않을 수 없다.

학력도 신체 능력도 나와 상당히 비슷하다는 건 거의 틀림없다. 일 년 동안 수면 아래에서 살아온 면을 봐도, 보통 수단으로는 농락할 수 없는 상대겠지.

하지만 읽어내는 데에는 자신이 있다. 심리전에는 자신이 있다. 그런 부분에서는 내가 위.

단순한 호기심으로 접근하는 척하면서 그의 본성을 끌어

내 협력하게 할 거다.

그것이 내년부터 시작될 반격의 봉화가 될 것이다.

"……막 이래."

물론 A반으로 올라가는 것도 매력적이지.

하지만 지금 나를 움직이게 하는 원동력은 그것만이 아니다. 지루함이다.

탄탄한 인생의 레일을 계속 걷는 게 아니라 새로운 스릴이 필요하다.

다른 아이들에게는 없는, 미스터리함을 추구하고 싶다.

그것이 아야노코지에게 접근하고 싶은 가장 큰 이유다.

옷을 다 갈아입은 나는 오늘도 친구와의 약속으로 케야키 몰에 나갔다.

그러면서도 시선을 이리저리 돌려 아야노코지를 찾는 매일.

하지만 우연히 만날 확률 따위, 아무리 학교 부지 안이라고는 하지만 그리 높지 않다.

봄방학 전반에는 한 번도 만나지 못하고 아까운 시간을 보냈다.

뭔가 단서를 얻고 싶다.

호기심과 소망이, 매일 내 시선을 멋대로 움직이게 했다.

1

"마츠시타, 여기야, 여기!"

"안녕~."

오전 11시가 지나서.

나는 시노하라와 사토, 늘 만나는 멤버들과 합류했다.

봄방학 중에 우리는 매일같이 의미도 없이 만나서 쓸데없는 이야기에 열을 올렸다. 이것도 뭐, 썩 나쁘진 않지만, 역시 부족하다.

일 년 동안 착한 아이를 연기해왔지만, 지금은 자극을 원하고 있다.

그래서 나는 친구들을 살짝 건드려 보기로 했다.

"시노하라, 이케랑 진전은 있었어?"

얻을 수 있는 사사로운 자극으로 지루함을 벗어나려고 했다.

"잠깐, 뭐?! 뭐야 뭐야, 있을 리가 없잖아?!"

시노하라가 허둥지둥 부정했지만, 동요를 숨기지 못했다.

시노하라의 '진짜 그 이야기 해버리는 거야?!' 하는 놀람과 두근거림이 담긴 눈동자가 재미있다.

지난 몇 개월 동안 이케와 시노하라가 급속도로 가까워졌다는 건 이미 다 알려진 이야기다.

본인들은 숨기고 있다고 생각하겠지만, 이곳은 좁은 학교.

아무리 노력해도 남녀가 데이트하면 소문이 날 수밖에 없다.

"슬슬 말해줄 때도 되지 않나 싶은데?"

"그, 그러니까 나는 그런 게…… 아니, 생각해 봐, 이케라고! 아닌 남자의 전형이잖아!"

시노하라의 표현도 틀리진 않았다. 특히 스펙만 놓고 보면 하위 중에서도 최하위.

키도 작고 공부도 못하고 말도 잘 못 한다. 내가 봤을 때 지적할 요소가 한없이 많은 상대지만, 연애란 그것만으로는 헤아릴 수 없다.

때로는 그런 별로인 사람에게 끌릴 때도 있다. 불의의 교통사고 같은 거다.

게다가 시노하라라면 안 어울리는 것도 아니었다. 적어도 어느 한쪽이 아까운 커플은 아니다.

"뭐 어때. 누가 누구를 좋아하게 될지는 모르는 거니까."

어쨌든 사토는 연애 이야기에 눈을 반짝이며 시노하라를 향해 미소 지었다.

"그러니까, 아니라고."

"부정하지 않아도 된다니까 그러네. 우리야 네가 진심을 말해줬으면 좋겠어. 안 그래?"

시노하라가 계속 튕기자 나는 사토를 더욱 부추겼다.

"맞아 맞아. 나도 궁금해! 알려줘 알려줘!"

이럴 때 조금만 지시해도 고분고분 움직여주는 사토는 편해서 좋다. 깊게 생각하지 않는 타입이다. 그게 성적에서 마이너스로 작용하고 있는 게 흠이지만.

뭐 평가는 이래도, 사람 대 사람으로는 싫지 않다.

시노하라도 사토도, 마음을 허락할 수 있는 친구. 밖에서 놀 때 빠지지 않는 여자 멤버.

힘든 일이 생기면 이야기도 들어주고 도와줄 생각도 있다.

실력만 더 따라와 준다면 더 바랄 게 없는데.

내가 그렇게 생각하고 있는 줄은 꿈에도 모를 시노하라가 이케와의 관계에 대해 말하기 시작했다.

"최근에도 말이야, 무의미한 말다툼만 하고. 정말, 아무 진전도 없다고."

한숨을 푹 쉬며 머리를 흔드는 시노하라.

하지만 그건 진전이 없다는 부정이 되진 못한다.

"서로 솔직해지지 못하는 성격 같네. 사소한 계기만 있으면 달라질 것 같은데."

어울리기는 하는데, 이상한 데서 서로 반발해버리는 인상.

계기만 있으면 단번에 나아갈 수 있을 것 같다.

"내 얘긴 그렇다고 치고, 마츠시타는 어때? 누구 좋아하는 사람 생겼어?"

"나?"

시노하라가 그렇게 나올 것도 예상했다.

아니, 그렇게 나오도록 유도했다.

"전에 말했었지? 사귈 거면 선배랑 사귈 거라고."

생각났다는 듯 사토도 시노하라의 말에 동조했다. 남의 연애 이야기라도 열을 올릴 수 있는 일이라면 환영인 듯하다. 여자애란 원래 그런 법이니까.

"그랬지. 하지만—— 조건이 된다면 꼭 그렇지도 않달까~."

두 사람의 의식을 컨트롤해서 서서히 내가 원하는 방향으로 이야기를 유도해간다. 뭐 어려운 일도 아니다. 의외로 일상에서 자주 일어나는 일이다. 그걸 의식해서 하는가 아닌가의 차이일 뿐.

"오오. 생각이 바뀐 거야?"

이 이야기에 사토도 당연하다는 듯 달려들었다.

"남자는 스펙, 이건 양보 못 해. 외모도 내면도 일류가 좋고. 그리고…… 가정 환경도 중요하지. 상대의 부모님이 교양과 소양을 갖췄으면 좋겠거든."

아무리 자식이 기적적으로 잘 컸다고 해도 부모가 영 아니면 마음에 들지 않는다.

"스펙이 좋고 집안도 좋다는 건…… 설마 코엔지, 같은?"

살짝 반신반의하면서 시노하라가 물었다.

"헐? 그야 겉으로 보기에는 좋을지도 모르지만, 걔는 좀 그렇지 않아?"

코엔지의 이름이 나오자 사토가 살짝 깬다는 듯 굴었다. 반에서 코엔지의 평가는 상상을 넘어설 만큼 낮다. 이유는 단순명쾌, 반에 민폐만 계속 끼치는 기괴한 존재니까. 다만 내외의 온도 차는 제일 크다고도 할 수 있겠지.

겉으로 보기에는 외모, 가정환경 등이 과분할 정도고, 여성에게는 신사적인 면모도 있다.

학년을 뛰어넘어 여자들이 한눈에 반하는 것도 아주 이상하진 않다.

학력도 평소에 진지하게 임하지 않을 뿐이지 가늠할 수 없는 실력을 숨기고 있는 것처럼 보인다.

딱 내가 남성에게 요구하는 스펙을 거의 다 만족했다고 볼 수 있는 희귀종.

실력만 놓고 보면 코엔지가 반에서 최고일 거라고 나는 생각하고 있다.

아무것도 하지 않아도 알 수 있는 것이 있다.

하지만 그는 정상적인 인간이 움직이게 한다고 해서 움직일 애가 아니다.

상상을 초월하는 괴짜.

애써봐야 아무 반응도 돌아오지 않는, 하는 만큼 헛수고라는 걸 애초부터 알았다.

그런 의미에서는 스도나 이케보다도, 아니…… 반에 제일가는 짐이라고도 할 수 있다.

"코엔지는 아니랄까. 아니, 걔는 이미 인간도 아니야."

그런 내 평가에 두 사람이 깔깔거리며 웃었다.

"성실해진다면 틀림없이 히라타보다도 인기를 끌겠지만, 그럴 리 없잖아?"

그것이 나의 평가.

시노하라와 사토 역시 격하게 공감했다.

그는 사람이 결점 하나로 100점도 0점도 될 수 있다는 걸 가르쳐주는 고마운 인물이다.

이케와 시노하라의 연애 이야기에서 내 이상형. 그리고 대화는 다음 단계로 넘어갔다.

"그나저나 사토. 아야노코지랑은 어떻게 됐어?"

"응……? 뭐, 뭐가?"

갑작스러운 내 말에 경직된 사토.

시노하라가 기억났다는 듯 사토를 쳐다보았다. 겨울방학 무렵. 사토가 우리에게 이야기를 털어놓은 적 있었다. 아야노코지가 마음에 들어서 고백할지 말지 고민하고 있다고. 그때는 오늘날의 이케와 시노하라처럼 멀리서 응원하고 지켜보면서 즐길 참이었다.

"따, 딱히 나는……."

사토는 곧 말문이 막혔다.

그런데 언제부턴가 사토에게서 아야노코지에 관한 화제가 뚝 끊겼다는 걸 느꼈다.

물론 그게 무엇을 의미하는지 나도 시노하라도 알고 있었지만, 굳이 언급하려고 하지 않았다.

고백했다가 차였거나, 아니면 마음이 변했거나. 어쨌든 시노하라가 먼저 말하지 않는 한 언급하지 않으려고 배려했다.

하지만 지금의 나로서는 아야노코지를 자세히 알려면 피할 수 없는 길이다.

"……비, 비밀로 해줄 거야?"

그렇게 말을 꺼냈다.

나와 시노하라는 무척 재미있는 이야기를 들을 것이라 확신하며, 사토의 어깨를 한 번씩 다독였다.

"당연하잖아?"

2

우리는 사토의 고민을 듣기 위해 카페로 자리를 옮겼다.

이제부터 털어놓는 이야기를 들으며 맞장구치는 작업이 시작된다.

여자에 의한, 여자를 위한 시간.

해결을 먼저 요구하는 남자와 달리 여자들은 동조부터 한다.

동조도 하다 보면 나쁘지 않다고?

"사실 나 말이야…… 아, 아야노코지한테 고백했었어……."

개막과 동시에 꺼낸 말에 나와 시노하라는 마시던 홍차를 뱉을 뻔했다.

"뭐? 뭐라고?! 지, 진짜? 언제?!"

이성과의 관계가 제일 먼저 진전되고 있는 줄 알았던 시노하라가 무심코 앞으로 고꾸라질 뻔했다.

나도 두 사람 사이에 뭔가 있을 거라 짐작은 했지만, 그 정도까지 진행됐었다니.

하지만 뒤집어 생각하면 결과가 빠르다.

만약 사귀게 되었다면 우리한테 알렸겠지.

부끄러워서 숨기고 있을 뿐이라고 해도 나는 반드시 알아차릴 수 있다.

그렇지 않았다는 건…….

"차였어."

사토는 그다지 초조해 보이지 않았다. 아마 고백한 지 시간이 좀 지난 모양이다.

몇 번이나 울고, 이제 겨우 극복하려 하는 상황이려나.

그럼 시간을 봤을 때—— 아마 겨울방학이 가장 유력하겠군.

우리가 부추기는 바람에 고백을 서둘렀다면 좀 미안한데.

"거짓말! 아야노코지, 머리가 어떻게 된 거 아니야?!"

사토는 외모도 불평할 구석이 없다. 시노하라는 그런 여자가 먼저 고백했는데 거절했다 하니 놀랍기도 하고 화도 좀 나는 모양이다.

"왜? 응? 왜 차였는데?!"

"……감정 문제라더라. 좋아하지 않으니까 사귈 수 없다고 했어."

시노하라가 이마에 손을 짚으며 "뭐야, 그게" 하고 투덜거렸다.

"달리 좋아하는 사람이 있는 거 아니야? 호리키타라든가."

내가 그렇게 말하자 사토는 고개를 가로저었다. 확실히 아야노코지가 호리키타랑 친하다는 이상이 있긴 하지. 호리키타는 최근 들어 점점 반에서 존재감이 커지고 있다. 아야노코지와 호리키타가 찰싹 붙어 있는 것 같다는 소문이 약간 돈 적도 있다.

하지만 이렇다 할 새로운 이야기가 나오지 않으면 그것도 곧 사라지겠지.

"호리키타나 쿠시다가 와도 똑같대."

아니나 다를까 그 두 사람이 붙을 일은 없어 보인다.

"아니아니아니, 뭐라고?!"

호리키타의 이름은 그렇다고 쳐도, 쿠시다의 이름이 나오자 시노하라도 잔뜩 흥분했다.

"그 정도면 연애에 아예 관심 없는 벽창호잖아. 좀 깬다, ㅇㅇ."

시노하라의 말도 이해는 간다.

정작 당사자인 사토는 그렇게 생각하지 않는 눈치지만.

"귀여운 애라도 상대할 마음이 없다면…… 역시 좋아하는 사람이 따로 있는 거 아냐?"

내가 그렇게 말을 꺼내며 사토 쪽을 쳐다보자, 시선을 피하면서도 고개를 끄덕였다.

좋아하는 사람에 관해서는 누구보다도 잘 관찰하는 법. 아야노코지가 누구에게 호감을 느끼는지 제일 잘 파악할 인물은 사토다.

"아마 아야노코지는…… 카루이자와를 좋아하지 않을까 싶어."

딴 곳을 쳐다보면서 사토가 그렇게 말했다.

"거짓말, 잠깐. 정말로? 에, 에, 에엥?! 진짜 진짜로 카루이자와라고?!"

나는 시노하라와 또다시 얼굴을 마주 보았다.

모르는 사람이 보면 너무 의외인 조합.

하지만 나는 겉으로 놀라는 척만 했을 뿐, 사실 별로 놀랍지 않았다.

내 짐작과 아야노코지를 좋아했던 사토의 의견이 일치했으니까.

"응. 그리고…… 아마 카루이자와도 아야노코지를…… 좋아하고 있지 않을까."

"설마 히라타랑 헤어진 이유가 그건가?"

"아마도……."

내 질문에 사토는 미묘한 표정으로 고개를 끄덕였다.

정답은 모르겠지만 자기는 그렇게 생각한다는 거군.

"히라타에서 아야노코지로 갈아탔다고? 아니, 하나도 이해가 안 되는데!"

이케를 선택한 네가 할 소린 아닌 것 같은데…….

"아니라니까. 나도…… 나도, 아야노코지가 더 낫다고 생각하고."

"……아직 좋아하는구나?"

"잊으려고 하고는 있는데, 아무리 노력해도 시선이 가버려서……."

그렇게 매일, 아야노코지를 눈으로 좇으면서 진실을 알아 버렸다는 것이다.

사토에게는 미안하지만, 많이 참고되었다.

"그나저나…… 왠지 최근 들어서 아야노코지의 이름이 많이 들리는 것 같네."

시노하라가 아무렇지 않게 가진 의문.

"사령탑? 아, 그리고 사카야나기가 아야노코지에게 프로텍트 포인트를 줬었던가?"

똑같이 느낀 사토도 아야노코지가 중심이 되었던 사건들을 말했다.

"이상하지. 왜 아야노코지였을까? 호리키타 말로는 우연이라고 했지만."

그건 나도 이상했다. 하지만 이 두 사람을 상대로 진지하게 의논해봐야 답을 낼 수 있을 리 만무하다.

"지금 생각해보면 진짜 좋은 방법인 것 같아. 프로텍트 포인트를 주면 학년말 시험 같은 데서 제물이 되어야 하잖아? 사카야나기가 처음부터 거기까지 염두에 뒀다고 생각하면 말이 앞뒤가 맞아."

나는 그럴싸한 재료를 던져주고 이야기를 이만 마무리하기로 했다.

"아, 그런가……!"

만약 아야노코지가 아니라 이케였다면 사카야나기는 좀 더 편하게 이겼겠지.

물론 뜻밖의 상대를 고른다는 의미에서 아야노코지를 선택한 건지도 모르지만.

어쨌든 지금의 나에게 그것은 나중 문제다.

카루이자와가 아야노코지를 좋아하고, 아야노코지 역시 그럴지도 모른다는 것.

그걸 안 것만으로도 오늘은 큰 수확을 얻었다고 할 수 있다.

이걸 판로로 삼아 접근할 수도 있으리라.

"나처럼 스펙을 중시하는 줄 알았는데, 카루이자와."

"그러니까 아야노코지도 대단하다는 뜻이지."

"고작 달리기 좀 잘하는 정도잖아?"

"하지만 말이야, 똑똑하달까, 뭐든지 다 아는 것 같은 느낌이 있지 않아?"

사토가 우리에게 그렇게 말했다.

"아니, 전혀."

시노하라가 바로 부정했지만, 나는 사토와 같은 생각이다.

"뭐, 이상한 남자애들보다는 좀 건실해 보이긴 하지."

시노하라가 조금도 동조하지 않아서 내가 맞장구쳐주기로 했다.

"그렇지?!"

차였으면서 아야노코지가 칭찬받자 기쁜지 눈을 반짝였다.

아직 좋아하는 마음이 그렇게나 남아 있는 건가.

"단순히 말수가 적어서 그렇게 보이는 것뿐 아니야?"

"이케 같은 애는 반대로 항상 말하는 이미지인데."

"맞아, 맞아. 조용히 하라고 말해도 계속 떠드니까."

영 아니라는 듯 말하더니, 마음이 없지도 않은 듯한 시노하라.

"그래서 말이야, 나——"

사토가 말을 계속하려고 했을 때, 나는 시선의 끝에서 아야노코지를 발견했다.

다른 아이들은 대화에 집중하느라 알아보지 못했다.

"아, 미안. 나 전화 한 통만 하고 와도 될까?"

그렇게 양해를 구하자, 두 사람은 흔쾌히 보내주었다.

"조금 길어질지도 모르니까 무슨 일 있으면 연락해."

그 말을 남기고 나는 전화를 거는 척하면서 자리에서 일어났다.

그리고 뒤를 쫓아 곧 아야노코지의 뒷모습을 포착했다.

쇠는 뜨거울 때 담금질 하라는 말도 있잖아.

시노하라와 사토의 시야에서 완전히 벗어날 때까지 당황하지 않을 것. 전화하는 척하면서 아야노코지의 뒤를 계속 따라갔다. 눈치채지 못하게 미행하려니 긴장감이 올라왔다.

거리를 얼마나 띄우고 걸어야 안전한지 아닌지.

뒤를 밟았다는 사실을 들키면 경계할 것이다. 그러니 우연을 가장하고 싶다.

이 봄방학을 놓치면 다음은 아마 2학년에 올라간 뒤에야 만날 수 있다.

그전에 접촉할 수 있으면 해놓고 싶으니.

심지어 아야노코지에게는 일행도 없었다.

말을 걸 타이밍은 지금이리라. 그렇게 생각했는데…… 나는 곧바로 몸을 숨겼다. 아야노코지에게 다가오는 존재가 눈에 들어왔기 때문이다.

"저 사람…… 새로 온 이사장…… 맞지?"

왜 그러는지 아야노코지에게 말을 걸고 있었다. 흥미로운 조합이다.

새로운 정보를 쥘 수 있을지도 모른다.

만약 '실력'에 관한 얘기일 경우, 저기서 증거가 될 말을 얻을 수 있다면 내가 원하는 대로 될 것이다.

"이사장이랑 꽤 오래 얘기하네……."

시간으로는 10분 가까이.

단순히 길에서 마주쳐서 대화하는 것치고는 지나치게 길지 않나?

혹시 아야노코지는 저 이사장과 예전부터 알던 사이일까?

친한 듯 말을 거는 이사장과 대조적으로 아야노코지는 평소와 다름없는 무표정.

"……모르겠네."

예전부터 알던 사이 같기도 하고, 처음 만나 이것저것 묻고 있을 뿐인 것 같기도 하다.

두 사람의 동작을 봐서는 그 배경이 하나도 보이지 않는다.

조금만 더 거리를 좁히면 대화를 엿들을 수 있을 것 같지만 그건 위험하다.

행인인 척하는 방법도 있지만, 그랬다간 몸을 숨길 곳이 없다.

여기에서 좀 더 관찰하는 게 낫겠지…….

이윽고 긴 대화가 끝났다.

이사장은 멀리 있는 약국 입구 근처에서 기다리고 있는 어른들과 합류했다.

아야노코지는 어떻게 하려나…… 다시 걷기 시작했다.

아무 일도 없었다는 듯, 어딘가로 향했다.

이사장과의 만남에서 정보를 얻을 수 있길 바랐는데, 건진 게 없네…….

원래 아야노코지에게 말을 걸 계획이었지만, 취소하기로 했다.

역시 좀 더 만전을 기한 후에 시도해야 할지도 모른다.

조금만 더 뒤를 밟다가, 아무것도 없으면 시노하라가 있는 곳으로 돌아가야지.

골목 모퉁이로 사라지는 아야노코지의 뒤를 밟으며 나는 그렇게 생각했다.

3

그날 나는 케야키 몰에 혼자 쇼핑을 나왔다.

봄방학이 끝나고 새 학기가 시작되기 전에, 옷이나 여러 가지를 새로 사두고 싶어서였다.

그날 하루는 그것만 할 예정이었는데 도중에 사정이 달라졌다.

첫 이변은 내 등 뒤에서, 두 번째 이변은 바로 앞에서 찾아왔다.

"잠깐 괜찮나요?"

어디부터 둘러볼까 고민하고 있는데 어른 네 명이 내게 다가왔다.

그중 세 사람은 공사업자처럼 보이는 복장이었고, 손에는 클립보드가 들려 있었다.

하지만 나머지 한 사람은 빈손에 슈트를 입은 츠키시로였다.

츠키시로는 날 불러놓고는 잠깐 뒤돌아 세 사람에게 말을 걸었다.

"그럼 공사 쪽은 계획대로 잘 부탁합니다."

그런 지시를 내리고 어른들을 먼저 보냈다.

"아야노코지 군, 봄방학을 꽤 만끽하고 있군요. 꼭 어엿한 학생 같습니다?"

다정한 어조로 무슨 소릴 하나 했더니, 상당히 비꼬고 있었다.

"저한테 무슨 볼일이죠, 츠키시로 이사장 대행."

"어라. 환영하는 것 같지 않네요."

그걸 알면서 일부러 살짝 성량을 높이는 츠키시로. 주위 사람이 걸음을 멈추려다가 그냥 지나칠 수준인 성량은 이 접촉이 의도적이라는 걸 나타내고 있었다.

"이사장이 말을 걸면 괜히 주목받으니까요. 이 학교에서는 실력 없는 학생은 음지에 있어야 한다고 생각하는데요."

가능하다면 빨리 상대의 용건을 끌어내고 싶다.

내 뒤를 밟고 있는 마츠시타도 마음에 걸리고.

"다시 한번 묻죠. 용건이 뭡니까?"

거리가 멀어서 마츠시타한테는 들리지 않을 테지만, 여러 가지로 쓸데없는 억측을 할 것 같다.

"용건은 내가 말하고 싶을 때 말합니다. 그게 괴로운 모양이지만, 참는 수밖에 없어요. 불만 있습니까?"

나에게 츠키시로가 배려 따위를 할 리가 없다.

오히려 잘됐다는 듯 사람들이 오가는 길에서 느슨하게 이야기를 시작했다.

"알겠습니다. 그럼 천천히 말씀하세요."

"그렇게 하죠. 그럼 우선 날씨 이야기부터 할까요."

손뼉을 짝 치며 제안하는 츠키시로였는데, 바로 눈을 가늘게 떴다.

내 반응을 보고 즐기려 했다면 잘못 생각했다.

이런 식으로 내 감정을 부추길 수 있을 리 없을 테니.

"농담입니다. 나도 다음 일정이 있으니 바로 본론으로 들어가죠."

그것도 츠키시로는 당연히 알고 있다.

알면서도 나를 도발한 것이다.

하지만 하고 싶은 말은 있으리라.

학교와 학생. 그 입장은 무슨 일이 있어도 뒤집힐 수 없다.

내가 학생인 이상 저항할 수 없는 힘 관계를 보여주고 있다.

"어때요. 이 봄방학을 마지막 휴가로 삼고 아버지의 곁으로 돌아가는 것이?"

장소 따위 상관하지 않고, 내용도 상당히 깊이 들어갔다.

뭐, 이런 이야기를 다른 학생이 듣는다고 해도 뭐가 어떻게 되진 않지만.

내가 불리해질 수는 있어도 이 남자에게 타격은 없겠지.

그렇다고 해서——

"나를 무시하고 이 자리를 뜨고 싶겠죠. 하지만 그건 좋은 선택이 아닙니다. 나도 이사장으로서 입장이란 게 있어요. 학생이 무자비하게 나온다면 그에 상응하는 태도를 보여야지요."

내 생각을 읽은 것처럼 츠키시로가 웃었다.

"죄송하지만, 학교에서 자발적으로 나갈 생각은 전혀 없습니다."

"화이트 룸으로 돌아가는 게 그렇게 싫습니까?"

"저는 이 학교가 마음에 들어서 말이죠. 학생으로 졸업하고 싶거든요. 그것 말고 다른 이유는 하나도 없습니다."

"예, 좋은 학교죠. 정부에서 내려오는 많은 자금을 써서 이런 쇼핑몰까지 짓고 말았으니까. 아는 사람들은 세금 낭비라며 한탄할 겁니다. 매년 몇억이라는 돈이 물 쓰듯 펑펑 들어가고 있어요. 그런데 국민은 대부분 바보여서요. 자녀들을 육성시키기 위한 자금이라는 개요만 듣고, 잘 알지도 못하면서 받아들이죠."

한숨을 푹 쉬면서 츠키시로는 케야키 몰을 휙 둘러보았다.

"그렇기에 반드시 해야 하는 일이 너무 많아요. 나도 지금은 이 학교의 이사장. 학교를 생각하기에 지금 이렇게 일하고 있는 겁니다."

그래서 공사 관계자 같은 사람들과 이야기했던 걸까.

표면적으로는 일 잘하는 이사장을 연기해야만 하니, 하긴 할 일이 많겠지.

"그런데—— 아야노코지 군을 따라온 여학생, 같은 반 마츠시타 치아키였나요?"

나를 향한 시선을 그대로 한 채 그렇게 중얼거렸다.

"잠깐이지만 담 뒤에 숨는 걸 봤습니다. 꽤 인기가 많은가 보군요."

내 쪽을 거의 보지 않았을 텐데 잘도 관찰했다. 다른 어른들과 대화를 나누면서도 항상 주위를 신경 쓰고 있다는 건가.

"같은 반 학생 이름까지 똑똑히 기억하는군요."

"너희 반 학생 정도는 기억해둬서 손해 볼 게 없으니."

정신적 동요를 노린 공격이라고도 해둘까.

"그녀는 플래시 암산에서 당신이 답을 맞힌 걸 알고 있어요. 아마 그 흐름이겠지요. 점점 답답해지지 않나요? 평범한 학생으로 지내고 싶은데 어려워지고 있으니."

학교에 대해 부정적인 인상을 심어주려고 하는 느낌이다.

"참을 수 있습니다, 그 정도는."

"솔직히 말하자면 난 그쪽이 어떻게 되든 아무래도 좋아요. 오히려 귀중한 시간을 할애해야만 하는 게 불만일 정도입니다."

"그럼 지금 당장 그만두면 되지 않을까요? 억지로 할 필요 없어요."

"그러면 아야노코지 군의 아버지가 용납하지 않겠죠. 그 사람을 거스르면 내가 사는 세계에서 살아갈 수 없어요. 나도 아직, 한참 더 위로 올라가고 싶은지라."

가려고 하지 않고 계속 이야기를 잇는 츠키시로.

"그렇게 기괴하게 대응하지 않아도 변명 따위는 얼마든지 만들 수 있어요. 안 그래요?"

"뭐, 그렇죠."

"화이트 룸에서의 성적은 잘 봤습니다. 과연 비범한 아이였다는 건 무척 인정해요. 고작 열여섯 살 정도의 나이에, 이상하다고 할 정도의 능력을 갖추고 있어요. 평범한 어른조차 정신력, 기술, 체력, 그 어느 것도 아야노코지 군의 발끝에도 못 미치겠죠."

츠키시로가 거리를 좁혔다. 히죽 웃으면서.

"이 학교에서 일 년간 무사히 지내지 않았습니까? 그걸로 만족하고 그만하는 게 어때요? 그게 어른이라는 거랍니다."

지난 일 년을 추억으로 간직하고 화이트 룸으로 돌아가라는 뜻.

"전 아직 어려서요. 그만할 생각은 없습니다."

"흠. 나한테서 도망칠 수 있다고 생각합니까?"

"끝까지 저항할 생각입니다."

"이런 말이 있어요. 우물 안 개구리는 바다를 알지 못한다. 아야노코지 군은 자기 평가가 지나치게 높은 경향이 있는 것 같네요. 그러니까 그렇게 어울리지도 않게 거만한 태도로 나오죠."

츠키시로가 두 팔을 가볍게 펼쳤다.

"이 학교 안에서는 어떨지 몰라도, 밖에서는 그렇지 않습니다. 후발주자인 화이트 룸 출신 중에는 이미 동급, 혹은 그 이상의 학생이 몇 명이나 탄생했어요. 양산형 인간 중 하나에 지나지 않는다는 점을 자각했으면 좋겠군요."

"만약 그게 사실이라면 저한테 상관할 필요가 없어질 것 같은데요."

"그분의 자식이 아니었다면 그랬겠지요. 아야노코지 군의 아버지는 자기 자식을 더 높은 곳으로 데려가길 강하게 바라고 있을 겁니다. 아무리 냉철하게 보여도 아버지란 그런 겁니다. 그는 네가 모범이 되어 많은 사람을 이끌어갈 존재라고 믿어 의심치 않고 있어요."

츠키시로는 그 남자에 대한 불만을 숨김없이 드러냈다.

그건 자신이 선 위치의 강함과 높이를 내게 보여주려는 의도이기도 했다.

"화이트 룸의 존재에 대해 츠키시로 이사장 대행은 어떻게 생각하시나요?"

"무슨 의미죠?"

"필요하다고 생각하는지, 필요 없다고 생각하는지. 그 존재에 대해 어떻게 생각하느냐는 겁니다."

비굴해질 위치에 있는 게 아니라면 꼭 한 수 가르쳐달라고 부탁드리자.

"내가 대답할 필요는 전혀 없죠."

"그 대답을 들으면 제 지금 생각도 바뀔지 몰라요."

"말은 잘하는군요. 좋습니다. 만약 그렇게 해서 아야노코지 군의 마음이 달라질지도 모른다면 값싼 대가겠지요."

내가 한 말이 십중팔구 거짓말이라는 걸 알겠지만 츠키시로는 받아들였다.

"그 시설에 대해 말하려면 먼저 역사부터 돌아볼 필요가 있죠. 화이트 룸이 만들어진 건 지금으로부터 약 20년 전. 그건 알고 있겠죠?"

"당연히. 저는 『4기생』이니까요."

"그렇습니다. 화이트 룸은 첫 1기생부터 1년마다 새로운 그룹을 만들었다는 건 이미 알 테니 넘어가고. 그룹은 각각 다른 지휘관 아래서 교육을 받습니다. 그리고 어느 그룹이

제일 효율성 높게 육성될 수 있는지 검증합니다. 작년에 중단되면서 19기까지만 육성되고 끝난 상태지만…… 이미 수백 명이나 되는 아이들이 화이트 룸에서 교육 프로그램을 받은 게 됩니다."

나이가 다른 아이들과는 만난 적이 한 번도 없었다.

같은 시설에 있으면서, 다른 아이는 얼굴도 이름도 모른다.

"꽤 자세히 아시네요. 화이트 룸 사정을."

"대체로는 알고 있죠."

츠키시로가 아버지와 얼마나 가까운 인물인지는 대화하면서 바로 이해할 수 있었다.

오히려 그렇다고 나한테 보여주고 있는 거다.

단순한 잔챙이처럼 보일 수도 있지만 보는 각도를 달리하면 거물처럼도 보이기도 한다.

그때그때 자신을 바꿀 수 있다.

그렇기에 스파이 같은 활동을 맡았겠지.

"어느 아이 할 것 없이 모두 일정 수준까지는 도달했습니다. 하지만 그 수준을 더 넘기는 게 어려웠죠. 결과적으로 20년 가까이 시설을 운영하면서 목표치에 도달한 아이는 단 한 명도 없었습니다. 그래요, 너를 제외하고 말이죠. 뭐, 이것도 2년 전까지의 이야기입니다만."

도대체 얼마나 많은 돈이 화이트 룸에 들어간 걸까.

몇억이라는 액수로는 부족하리라.

그 결과가 나 한 사람뿐이라니, 얼마나 허무한 일인지를 새삼 느낀다.

"그래도 우수한 인간이 만들어지긴 한 거 아닙니까? 그 아이들은 지금 뭘 하고 있나요?"

내가 아무것도 모르는 부분.

떠난 동기들이 무엇을 하는지는 상상조차 되지 않는다.

츠키시로는 조금 놀라더니 곧 납득했다.

"그러고 보니 아야노코지 군은 시설에서 탈락한 아이들이 어떻게 되었는지 알 리가 없군요. 아이들은 훌륭히 성장해서 사회에 공헌하고—— 있다면 그나마 나았을 테지만, 지금까지 시설에서 자란 아이들은 대부분 문제 있는 경우가 많아서 제대로 활용되지 못하고 있어요. 그런 환경을 견디지 못해 마음이 망가져 버렸을 테니까요."

츠키시로는 질린다는 듯 말을 이었다.

"태어난 순간부터 철저한 관리 교육. 이게 실현되면 일본은 세계적으로 봐도 유례를 찾아볼 수 없는 큰 성장을 이루겠죠. 하지만 일은 그리 단순하지 않아요. 신기하게도 사람의 성장은 각자 큰 차이가 납니다. 아무리 해도 똑같이 키우는 건 성공할 수 없어요. 그래도 착실하게 성과를 이루어 나가고 있습니다. 아야노코지 군의 뒤를 쫓고 있는 5기생, 6기생으로 말하자면 살아남은 아이 중에 엄청난 재능을 꽃피우고 있는 아이도 있어요. 앞으로 제도를 정립해나가면 수십 년 뒤에 화이트 룸은 없어선 안 될 시설이 될지도 모르죠. 아야노코지 군의 아버지가 세운 계획은 지나치게 장대

하고 어이없고── 그러면서 소름 끼치는 것입니다."

쉬지 않고 줄줄 말한 츠키시로는 이렇게 마무리 지었다.

"즉, 이것이 화이트 룸에 대한 나의 감상입니다. 어이없고 소름 끼치는 것."

"장황한 말씀 감사합니다. 많은 공부가 되었습니다."

"마의 4기생이라고 부르는, 지독하게 엄격했던 교육에 다들 잇달아 탈락하는 가운데 유일하게 혼자 남아 마지막 커리큘럼까지 어려움 없이 통과했죠. 그런 아야노코지 군은 귀중한 샘플이라고 나도 생각합니다. 그 빛나는 기록에 상처가 나기 전에 돌아가는 게 좋아요."

츠키시로는 스마트폰을 꺼내 내게 내밀었다.

"지금 당장 아버지에게 전화해서 학교를 나가겠다고 말하세요. 그게 아야노코지 군의 자존심을 지키고, 또 아버지의 애정에 보답할 수 있는 간단한 방법입니다."

"츠키시로 이사장 대행. 당신이 한 말에 거짓말이 보이지 않았습니다. 완벽할 정도로 진실을 말하고 있는 것처럼 보였죠."

화이트 룸에 관해서도, 나에 대해서도.

맞습니다, 하고 츠키시로가 웃었다.

"내가 생각한 츠키시로 이사장 대행은 감정을 읽을 수 없는 철가면을 쓴 것 같은 사람입니다. 그런데 지금 이야기를 할 때만은 그 가면을 벗은 것 같았어요."

즉 의도적으로 인상을 조작해서 대화 내용에 진실미를 띠

게 한 것이었다.

그런 까닭에, 이 이야기에는 신빙성이 있기는커녕 거짓스러운 느낌만 든다.

이 남자 정도 되면 이야기에 진실과 거짓을 섞어 넣을 필요도 없다.

흑을 백으로 보여주는 것도, 백을 흑으로 보여주는 것도 자유자재로 할 수 있겠지.

다시 말해, 순도 100% 지어낸 이야기를 진짜인 것처럼 할 수도 있다.

"나를 신뢰하지 않나 보군요."

"안타깝게도."

"이런이런……."

"츠키시로 이사장 대행이야말로 이쯤 해서 발을 빼는 게 좋지 않을까요? 만약 저를 퇴학시키지 못한다면 아버지의 신뢰를 잃게 될 겁니다. 다소 질책을 받더라도 이 단계에서 물러나는 편이 현명할 것 같은데 말이죠. 수치스러운 일을 겪기 전에."

"걱정해주니 고맙군요. 하지만 그건 말할 필요 없는 이야기입니다. 난 실패하지 않으니까요."

어디까지가 진심인지 모르겠지만 츠키시로가 기분 나쁘게 웃었다.

"그리고 이쪽은 어른이에요. 한번 실패한다고 해서 두려워하지 않습니다. 만에 하나 아야노코지 군이 나를 쫓아내는 데 성공한다 해도 그건 그거고, 다음 일을 하면 되는 것뿐. 수치심 따위, 아무것도 아니에요."

"아버지가 두려워 협력한다면서, 실패는 받아들일 수 있다니. 어느 쪽이 진심인가요?"

"글쎄, 어느 쪽일까요?"

수십 년을 제일선에서 계속 싸워왔을 츠키시로.

내가 평가한 철가면은 상상 이상일지도 모르겠다.

그가 보낸 남자다. 어중간한 녀석이 아니라는 건 알고 있었다.

"납득이 안 되면 어쩔 수 없습니다. 서로 잘해보죠."

"그래야겠네요."

이제야 츠키시로는 만족했는지 내게서 거리를 벌렸다.

"슬슬 가야겠군요. 더 이상 기다리게 하면 실례니까."

먼저 간 관계자를 말하는 거겠지.

"하지만 자진해서 학교를 나가지 않는다면 앞으로 학교생활이 아주 힘들 겁니다."

"평온하게 보내고 싶지만 어쩔 수 없네요. 각오하고 있습니다."

계속해서 미소를 보내는 츠키시로였지만, 가기 전에 마지막으로 한 가지 제안을 했다.

"흠, 아야노코지 군에게 일방적으로 유리한 게임을 해보지 않겠어요?"

"게임?"

"새 학기가 되면 신입생으로 화이트 룸에서 한 명이 들어올 예정입니다."

무슨 말을 꺼내나 했더니, 의외의 발언이었다.

"그런 걸 저한테 알려줘도 되나요?"

"아무런 문제도 없어요. 아야노코지 군도 그 정도는 예상하지 않았습니까? 백기를 들게 만들 역할로 그 아이를 생각하고 있으니, 아야노코지 군이 정신을 차렸을 무렵에는 이미 퇴학 절차를 밟고 있겠죠."

자기가 손 쓸 것도 없다는 판단인가.

하지만 내 경계심은 강해지지도 약해지지도 않는다.

나는 츠키시로의 발언을 기억하면서도 전부 믿지 않았다.

"안 믿는 모양이네요. 혹시 네 명, 다섯 명씩 넣을 가능성을 생각하고 있습니까? 애당초, 여러 명을 투입할 수 있을 만큼 이 학교가 안일한 곳이 아닌데. 난센스로군요."

"한 명이라고 말하든 백 명이라고 말하든, 하나도 안 믿습니다."

억제로 넣으려고 마음만 먹으면, 그 남자라면 몇 명이든 끼워 넣을 것이다.

그런 남자라는 걸 잘 알고 있다.

"하긴 그럴지도 모르겠네요."

"그런데 그게 게임과 어떻게 이어지죠?"

"내년에 입학하는 1학년 160명. 그중에 포함될 화이트 룸 출신이 누구인지 4월 중에 알아낸다면 난 물러나도 상관없어요. 어떻습니까? 파격적인 조건이죠?"

과연, 그게 정말이라면 파격적이다.

성가신 츠키시로가 사라져주면 나로서는 부담을 더니까.

"도저히 믿기 어렵네요."

"이야기의 절반이라도 괜찮지 않을까요. 아야노코지 군에게는 아무런 리스크도 없으니."

정신적으로 받는 타격은 차치하고, 과연 리스크는 없을 듯한 제안.

받아들여도 손해는 없을 것 같은 이야기다.

"알겠습니다. 형태만이라도 일단 받아들이죠, 그 게임. 다만 그 화이트 룸 출신의 능력에 상당히 자신이 있는 것 같은데, 저도 하나만은 자신 있는 게 있습니다."

"호오? 그게 뭐죠?"

"우물 안 개구리는 바다를 모르지만, 그래도 하늘의 깊이는 알아요."

"……화이트 룸이라는 좁은 세계에서 계속 배워왔기에, 누구보다도 그 세계의 깊이를 잘 안다는 뜻인가요?"

내게 흔들림 없는 자신감을 심어준 건 틀림없이 그 화이트 룸에서 받은 교육.

아무리 많은 아이가 같은 교육을 받아왔다 해도 이 경지까지는 도달하지 못할 것이다.

하나 위인 3기생, 혹은 아래인 5기생이라도 가진 생각은 똑같다.

나를 평가하는 듯한 시선을 계속해서 보내는 츠키시로에게 나는 말을 이었다.

"저보다 더 우수한 인간이야 당연히 어딘가에는 존재하겠죠. 이 세계에는 70억이나 되는 인간이 살아가고 있으니까요. 하지만 화이트 룸에서는 달라요."

그 세계에 나보다 더 우수한 인간은 없다.

그것만은 확신할 수 있다.

"그 눈동자── 아버지를 쏙 빼닮았군요. 깊은 어둠을 품은 꺼림칙한 눈동자입니다. 확실히, 그 눈동자의 깊이만은 아무리 다른 우수한 화이트 룸 출신이라 해도 흉내 낼 수 있는 게 아니군요."

더 이상의 대화는 헛수고라는 걸 깨달았는지, 츠키시로는 뒤돌아 걷기 시작했다.

4

츠키시로와 헤어져서 잠시 케야키 몰을 방황했다.

일단은 츠키시로 쪽은 잊어도 괜찮겠지.

문제는 줄곧 기색을 죽이고 몰래 따라오는 마츠시타 쪽인가.

이대로 끝까지 접촉하지 않아도 됐지만, 이사장과 나눈 대화를 엿들었다면 일이 성가셔진다.

나는 마츠시타가 아직 따라오고 있음을 확인한 후, 매복했다가 덮치기로 했다.

왜 내 뒤를 쫓고 있는지, 그 이유를 확인해야 한다.

아니라고 생각하지만, 츠키시로 측 인간일 가능성이 완전히 0이라고는 못하니까.

처음부터인지, 아니면 도중부터인지는 모르지만.

그 점만은 확실히 하고 가자.

문제가 있다면 어디서 말을 거느냐다.

오늘 케야키 몰은 봄방학 막바지라서 그런지, 아직 점심 전인데도 상당히 붐비고 있었다.

경솔하게 말을 걸었다간 남들 눈에 띌 수도 있다.

타이밍을 계산해서, 이른 단계에 결착 짓기로 하자.

다행인 건 마츠시타가 같은 반 학생이라는 사실이다.

누가 대화하는 모습을 보더라도, 시시콜콜한 일상 대화를 나누고 있다고 생각하겠지.

나는 약간 빠른 걸음으로 모퉁이를 돌아, 마츠시타를 기다렸다.

만약 쫓아오지 않는다면 케이를 이용하는 방법도 있다.

10초 조금 더 지나자, 마츠시타가 모퉁이를 돌아 들어왔다.

"꺅?!"

내가 기다리고 있을 줄은 몰랐는지, 깜짝 놀라 비명을 질렀다.

만약 내 뒤를 쫓지 않았다면 이렇게 과도하게 놀라지도

않았겠지.

"나한테 무슨 볼일이지?"

냉정하게 묻자, 마츠시타는 빠르게 뛰는 심장을 진정시키려는 듯 가슴에 손을 얹었다.

"볼일이라니, 무슨 말? ……하고 말해야 하는데, 이미 다 들킨 것 같네."

내 태도와 자신이 보인 실수에 어설픈 변명은 통하지 않는다고 판단한 듯했다.

미행 자체는 아무래도 좋다. '왜' 내 뒤를 따라왔는가.

중요한 건 그 부분이다.

평소처럼 그냥 말을 걸려는 것뿐이었다면 굳이 숨어서 미행할 필요는 없으니까.

"응. 아야노코지 뒤를 몰래 밟았어."

마츠시타는 주위에 아무도 없는 것을 확인한 다음, 미행을 인정했다.

마츠시타와 내 사이에는 이렇다 할 접점이 하나도 없다.

그런데 마츠시타의 태도는 날 상당히 경계하고 있었다. 그리고 그 경계심을 감추려는 생각과 날 알아내려는 생각이 보였다.

"왜 따라왔을 것 같아?"

그건 단순한 질문이 아니다. 명백하게 나에 대한 심리전을 펼치려 하고 있다.

내 대답에서 뭔가를 끌어내려고 한다는 건 분명하겠지.

"글쎄. 전혀 짐작도 안 가는데. 그것보다도 언제부터 따라왔어?"

내가 어느 타이밍부터 눈치챘는지를 덮어버리며 나도 질문을 던졌다.

"조금 전에. 그——"

"조금 전이라고?"

추가 질문을 하지 않도록 마츠시타의 말을 끊고 다시 물었다.

빈틈을 주면 '아야노코지는 언제부터 알아차렸는데?' 하고 물어오겠지.

"누구였더라…… 그래, 새로 온 이사장이랑 말하던 중간부터인가."

거짓말을 섞으면서도 이사장과 대화하는 모습을 봤다는 건 인정한 마츠시타.

하지만 직후에 마츠시타는 살짝 입꼬리를 내렸다. 자신의 판단 실수를 깨달은 것 같았다.

나는 여기서 잠시 뜸을 들였다. 이사장과 내 관계에 의문을 느낀다면 마츠시타는 필연적으로 질문을 던지겠지.

"이사장이랑 얘길 하다니, 무슨 일이라도 있었어?"

"케야키 몰 증축을 한다면서 우연히 지나가던 나에게 의견을 묻더라. 어떤 시설이 있으면 좋겠냐고. 그런 걸 몇 가지 물어봤어."

"호오, 그랬구나……."

중간부터 봤다고 거짓말한 마츠시타. 좀 더 전부터 내 뒤를 따라붙어 얻은 정보를 어드밴티지로 쓰려고 할지도 모르지만, 그건 역효과다. 이사장과 행동을 함께한 작업자들을 본 탓에, 지금 내가 한 말에 오히려 신빙성을 품어버렸다.

"그런데 그게 왜?"

"아니, 그건 별로 상관없는 얘긴데. 좀 마음에 걸리는 일이 있어서."

그렇게 말하며 마츠시타는 뒤따라온 이유일 본론을 꺼냈다.

"학년말 시험 때 말이야…… 아야노코지가 사령탑이었잖아?"

그렇군. 그 한마디에 마츠시타가 무엇 때문에 나와 접촉하려 했는지 전부 이해했다.

"플래시 암산 때, 나한테 가르쳐준 답이랑 코엔지가 말한 답이 일치했었지?"

그걸 단순한 우연으로 정리하기는 어렵겠지.

"중학교 때 플래시 암산을 해본 적 있어서 비교적 잘하는 편이야."

"나도 플래시 암산을 해봤지만, 그건 비교적 잘하는 수준이 아니던데. 전국 수준 아니야?"

그렇게 말하고 바로 한마디를 덧붙였다.

미행으로 내게 선수를 빼앗긴 것이 마음에 들지 않나 보군.

"그냥 자신 있는 종목이었을 뿐이야. 솔직히 말해서 전국 대회에도 나간 적 있어."

"……정말로?"

"그래. 우연히 잘하는 종목이 나온 탓에 마츠시타가 오해했다고 생각해."

"하지만 그런 게 있으면 좀 더 빨리 말했어야 하는 거 아니야?"

"그건 그렇지. 하지만 내 성격 알잖아? 반에서 당당하게 주장할 수 있는 입장이 아니야. 우연히 프로텍트 포인트를 가진 허수아비 사령탑이었고. 무엇보다도 상대는 A반의 사카야나기. 플래시 암산에 아무리 자신 있어도 어디까지 통할지 몰라 불안했어."

자신 없음=약한 발언. 아이들은 이런 이미지를 내게 가지고 있다.

"그건…… 뭐, 그럴지도 모르겠네."

어느 정도 신빙성을 느끼면서도 그대로 받아들이진 않았는지, 마츠시타가 다음 수를 썼다.

"나 말이야…… 봤어. 아야노코지랑 히라타가 벤치에 앉아서 얘기하는 거."

반 내부 투표 때 고립되었던 히라타와 대화를 나눈 걸 말하겠지.

나도 등 뒤에 눈이 있는 건 아니다. 누가 보고 있는 줄은 몰랐다.

그렇다고 해서 당황할 일은 아무것도 없지만.

오히려 그때는 누가 멀리서 봤다고 해도 전혀 이상할 게 없는 상황이었다.

"가까이 가면 알 것 같아서 멀리 있었는데. 울고 있는 건 알았달까."

그 장면과 플래시 암산. 재료를 몇 가지 모은 건가.

마츠시타의 목적이 서서히 선명해지고 있다.

말이나 행동을 봐도 츠키시로와는 전혀 관계가 없다.

"그다음 날부터 히라타가 회복한 건 우연이 아니지?"

평범한 학생이라고 생각했는데 의외로 날카로운 구석이 있군.

마음에 걸리는 것은 '나에게 이런 이야기를 하러 왔다'는 사실 그 자체다.

이건 호기심을 도저히 억누를 수 없어서 나한테 말을 건 게 아니다.

내게는 호기심이 앞서는 척하고 있지만, 살짝 드러나는 태도를 볼 때, 그건 블러프다. 즉 다른 목적이 있다. 마츠시타는 나름대로 논리를 세우고 이렇게 나오고 있다. 그냥 생각난 대로 움직이고 있는 게 아니다. 언젠가 나를 만나서 이야기를 꺼낼 생각이었다. 그게 오늘이었던 건 아마 케야키 몰에서 혼자 움직이는 나를 봤기 때문일 테고.

"전국 수준의 플래시 암산 실력에 체육대회 때 보여준 달리기 실력. 게다가 히라타를 다시 돌아오게 만든 거. 이 모

든 상황을 놓고 볼 때—— 아야노코지, 대충하고 있지? 사
실은 공부도 운동도 훨씬 잘하는 거 아니야?"

군이 별로 가까운 사이도 아닌 나에게 접근하면서까지 끌
어내고 싶었던 것.

내 실력에 의문을 품고 진실을 확인하려 했다.

지금까지 일 년 동안 같은 반으로 접하면서 생긴 마츠시
타의 이미지와는 전혀 다른 모습이었다.

바로 한 가지 결론에 도달한 나는 그 확신을 직접 들이대
기로 했다.

"A반에 올라가고 싶으니 도와달라는 건가?"

"……인정하는 거야?"

깨끗하게 자백하자, 마츠시타는 어떠한 꺼림칙함과 보람
을 동시에 느낀 듯했다.

"대충하고 있는 건, 뭐 그럴지도 모르지."

"왜? 이 학교에서는 성적을 잘 받는 게 제일이잖아?"

어드밴티지를 쥐었다고 생각한 마츠시타의 질문 공세가
시작되었다.

"튀는 걸 좋아하지 않아서……라고 할까. 어중간하게 공
부를 잘하면 누군가를 가르쳐줘야 할 때도 있잖아? 난 그런
건 잘 못 해. 운동도 비슷한 느낌이고."

"그렇구나."

마찬가지로 실력을 다소 감추고 있는 마츠시타. 아마도
자신과 비슷한 이유에 공감대를 느꼈겠지. 내 변명을 의심

없이 믿었다.

"앞으로는 반에 공헌해주길 바라. 숨겨놓은 실력이 있다면 그걸 발휘해줬으면 해. 앞으로 우리 반이 이기기 위해서. 만약 그 실력이 진짜고, 리더의 자질도 가지고 있다면 난 아야노코지를 밀어줄 의향이 있어."

요컨대 호리키타와 같았다. 실력이 있으면 솔직하게 드러내라는 말.

"안 그래도 그러려고 생각하던 참이야."

"뭐?"

내가 순순히 협력하겠다고 나올 줄은 몰랐는지, 맥 빠진 소리를 내는 마츠시타.

"하지만 과도한 기대는 안 했으면 좋겠다. 7, 80%의 실력은 이미 내고 있어. 솔직히 최선을 다해도 히라타만큼은 공부고 운동이고 못 한다고."

앞으로 내가 어떤 식으로 학교생활을 하게 될지는 아직 보류다.

다만 지금은 마츠시타에게 진실을 섞은 적당한 거짓말을 해서 믿게 만들어야 하겠지.

실력을 감추고 있다는 걸 가르쳐 줘서, 더 이상은 날 캐내려 하지 않게 만들었다.

그리고 마츠시타가 감추고 있는 실력을 나도 알아차렸다는 티는 일절 내지 않았다.

마츠시타는 심리전에서 자기가 우위에 섰다고 생각하고

멋대로 내 실력을 잠정적으로 계산할 것이다.

"잠깐, 7, 80%라고? 그거 진짜야?"

마츠시타도 내가 히라타 이상이라고 생각할 근거는 거의 갖고 있지 않을 터다. 하지만 그게 진실인지 아닌지를 확인하기 위해 추가 공격에 나섰다.

"그래."

다시 날아온 질문에 고개를 끄덕였는데도, 마츠시타는 받아들이려고 하지 않았다.

"카루이자와 일은?"

"그게 무슨 말이지?"

"……히라타와 헤어진 거랑 아야노코지와의 관계 같은 거, 랄까."

"그건 어디서 들은 정보인데?"

"아니 그냥 내가 그렇게 생각한 것뿐이지만…… 틀림없이 상관있다고 생각해."

아무래도 사전 조사를 꽤 많이 한 모양이다. 그래서 쉽게 받아들이려 하질 않는 거다.

"왜 카루이자와가 아야노코지를…… 히라타와 헤어지면서까지 특별하게 보는 건데? 그 이유를 알려줘."

"이유라……."

히라타보다 내가 아래라면 카루이자와의 동기를 이해할 수 없다는 뜻이다.

"특별시 하지 않는다고 대답하려고?"

"……그럴지도 모르지."

내가 그렇게 말하자 알겠다는 듯 고개를 살짝 끄덕였다.

"역시. 사실은 더——"

"아니…… 뭐라고 해야 하나, 마츠시타가 심하게 착각하고 있는 거 같은데."

"착각? 내 나름대로 확증을 가지고 물어보는 건데."

"물론 나와 카루이자와 사이에…… 무슨 일이 있긴 했지."

"그걸 알고 싶은 거야. 아야노코지의 진짜 실력."

"아니, 그건——"

"여기까지 와서 말 안 해줄 생각이야?"

"그게 아니라. 뭐랄까, 말하기가 힘들어."

나는 두세 번 말을 머뭇거리며 다른 방향으로 시선을 피했다.

그리고 계속 추궁하려 드는 마츠시타에게, 나는 어쩔 수 없다는 식으로 말을 이었다.

"설명하기 어려운데, 아니 어려운 건 아니지만……. 그게, 아마 단순히 내가 카루이자와에게 호감을 느끼고 있고, 카루이자와에게 내 마음을 전한 탓이 아닐까 싶어. 특별하게 본다기보다, 그냥 나를 괜히 의식하는 거겠지."

"엥……?"

"……?"

서로 얼굴을 마주 보았다.

"카루이자와가 아야노코지의 실력을 알아서 그러는 게 아니라?"

"그건 상관없을걸."

"하지만—— 설령 호감을 표시했다고 해서 그 애가 그렇게까지 널 의식할 거란 생각은 안 드는데?"

나는 마츠시타와의 거리를 좁히고 두 어깨에 손을 뻗었다.

어깨를 잡힐 줄은 몰랐는지 무심코 눈을 커다랗게 떴다.

나는 마츠시타의 시선을 단단히 붙들면서 말했다.

"좋아해. 마츠시타. 나랑 사귀어줘."

"어——?!"

마츠시타는 곧장 패닉에 빠졌다. 나는 바로 어깨에서 손을 뗐다.

"이런 식으로 고백하면, 좋아하든 안 좋아하든 상관없이 앞으로 의식하게 되지 않을까?"

"노, 농담이란 거네. 그렇구나, 그렇구나……."

직접 몸으로 체험하게 하면 앞으로는 알아서 구멍을 메우게 된다.

남자로부터 진지한 고백을 받으면 극단적으로 싫어하는 상대가 아닌 이상 어느 정도 의식하게 되는 거야 당연하다.

"히라타와 헤어진 건 단순히 우연이라고 생각해. 내가 마음을 전한 건 그 후니까."

다만 실제로 고백 같은 건 없기에, 마츠시타는 이 전후관계의 진실을 확인할 방법이 없다.

"……그래? 그랬구나. 미안해, 뒤까지 밟아서."

"아냐, 대신 카루이자와에 관한 이야기는——."

"나도 알아. 소문내지 않을 거니까."

본인이 100% 의문을 해소하는 대답이었다고 할 수는 없다.

하지만 일단은 여기까지. 그 정도 재료는 제공되었을 것이다.

케이와의 일에 관해서도 부주의하게 입을 놀리진 않으리라.

그렇게 해서 내 기분이 상해 비협조적으로 나오게 되는 것이 마츠시타에게는 더 손해니까 말이다.

○막이 오른 청춘

지난 마츠시타와의 일, 그전에 있었던 호리키타 그리고 이치노세와의 일.

게다가 사카야나기 이사장 및 차바시라, 마시마 선생님과의 협력관계 구축.

츠키시로와의 눈치 싸움. 봄방학만 해도 내 주위에서 여러 가지 일이 있었다.

우선 무엇보다도 경계해야 할 것은 츠키시로겠지. 다른 일과 달리 무시하기만 해서는 상황이 악화하기만 할 것이다. 정신을 차렸더니 이미 퇴학 통보를 받았다거나 하는 일도 일어날지 모른다. 그런 만큼 교사들과 연대해서 대응해나가야만 한다. 녀석이 말했던, 화이트 룸에서 학생들이 올 거라는 이야기도 확실하진 않을지언정 충분히 있을 수 있는 일이다. 츠키시로가 24시간 학생들의 교실과 복도 등을 출입할 수는 없으니, 항상 시험 등 간접적인 방법을 통해서만 날 공격할 수 있다. 하지만 학생이라면 이야기가 달라진다. 교실이든 복도든 자유롭게 다닐 수 있다. 항상 나와 접촉할 수 있는 환경이 만들어진다. 그만큼 나를 퇴학시키기 위한 기회를 얻을 수도 있다. 또 정보 정찰로도 유능한 기능을 하겠지.

그게 현실이 되면 내 주위에서 제일 큰 변화라고 할 수 있

319

을 것이다.

그리고 다음으로 호리키타와 마츠시타. 이건 말하자면 반 내의 문제다. 내 실력에 의문을 품고, 그 실력이 어디까지 인지 알고 싶어 한다. 호리키타와는 대결 약속을 했지만, 일 단 아무것도 손 쓸 필요는 없겠지.

이치노세 쪽도 아직 멀었다. 앞으로 일 년 동안 어떻게 싸 우는지 지켜본 다음, 내가 해야 할 일을 덤덤하게 하기만 하 면 된다. 하지만 그러한 것들은 어디까지나 주위 문제.

내 개인적인 변화는 여전히 미세하기만 할 뿐이었다.

그렇다—— 오늘까지는 말이다.

봄방학도 오늘 화요일과 수요일만 지나면 끝이다.

새로운 싸움을 앞두고 학생들이 마지막 휴식을 즐기는 이 시간.

나는 큰 변화를 맞이하기 위해, 어떤 행동을 일으키기로 결의했다.

일을 진행하려면 지금이 적기다.

시각은 저녁 6시가 조금 지났다.

해가 지기 시작해 이제 밤으로 접어드는 시간대다.

나는 가능하다면 많은 사람에게 물어보고 싶은 질문이 하 나 있다.

이를테면 좋아하는 이성이 있다고 쳤을 때, 어떤 과정을 거쳐서 고백까지 이르게 되었는지.

절세 미남 미녀라면 번거롭게 할 것 없이 대뜸 고백해도 통하겠지.

네가 좋아, 하고 말하면 나도 하는 대답이 돌아오는 거다.

하지만 대부분 인간은 그렇게 완벽하지 못하다.

외모 콤플렉스, 성격 콤플렉스, 신체적인 콤플렉스 등.

복잡하게 얽히고설킨 삼각관계 같은 것도 고백까지 가는 길을 방해하는 존재이려나.

어쨌든 연애의 시작인 '고백'은 쉬운 일이 아니다.

그렇기에 머릿속으로 진지하게 망상을 펼친다.

고백 성공 확률을 열심히 쥐어짜 생각하리라.

10%인가, 20%인가. 아니면 2분의 1의 확률로 성공할까.

때로는 80% 90%로, 100%에 가까운 확신을 할지도 모른다.

그래도 불안하긴 한 법.

사람은 고백에 실패했을 때, 상대와의 사이가 바뀔까 두려워한다.

물론 그런 걸 신경 쓰지 않는 긍정적인 인간도 적지 않겠지만, 아직 고등학생일 뿐인 우리에게는 학교가 전부. 보통은 이 학교라는 세계에서 쌓은 관계가 무너지는 데 큰 공포를 느낀다.

더 신중해질 수밖에 없는 거다.

1%라도 더 확률을 높이려면 어떻게 해야 하는지.

그리고 이런저런 노력을 시작하겠지.

먼저 할 수 있는 범위에서, 상대의 취향에 맞게 헤어스타일을 바꾼다거나, 몸단장에 신경 쓴다거나.

공부하거나 운동으로 몸을 가꾼다거나.

또는 식사나 선물 등의 전략을 취할지도 모른다.

이 방법 저 방법을 동원해 확률을 바꾸려 한다.

때로는 1%가 99%까지 올라가기도 하고, 실패해서 99%가 1%로 내려오고 말 때도 있다.

상대에 대해 잘 파악하고, 상대의 감정을 꿰뚫어 보려고 안간힘을 쓴다.

그것이 고백까지 가는 과정.

그리고── 그런 과정을 거치는 건 나 역시 마찬가지다.

다른 남녀와 똑같이 생각하고, 고민한다.

다만, 이건 연애만 그런 게 아니다.

폭넓게 말하자면 모든 일에는 보이지 않는 확률이 존재하고, 매일 그것이 어떠한 사건에 의해 변해간다.

고등학교, 대학교 진학을 위해 공부하는 것도 합격 확률을 바꾸듯이.

얼마나 의식하느냐에 따라 상황의 이해도가 크게 달라진다.

또 시험이나 고백 등이 성공했다 하더라도 그걸로 끝이 아니다.

오히려 거기서부터 시작되는 일도 많다.

진학했다는 사실에 안주하면 중퇴나 퇴학으로 이어질 수

있으며, 연애 역시 바람이나 폭력 문제로 끝나버릴 수 있다.

나는 더 나중까지 상상한다. 한 달 후, 반년 후, 일 년 후.

때로는 계획에 차질이 일어나기도 하겠지만, 돌발적인 행동을 좋아하진 않는다.

내가 먼저 행동에 나설 때는 더욱더 그렇다.

자, 이야기를 다시 되돌려서.

오늘까지 온 것도 다 '어떤 확률'을 변동시키기 위해서였다.

물론 성공 확률을 높이기 위해.

그 성공 여부가 아마 오늘 나올 것이다.

내가 올바르게 읽었다면 슬슬 연락이 올 때가 되었다.

내가 쥐고 있던 스마트폰이 울렸다.

화면에 표시된 것은 숫자의 나열.

등록되어 있지 않은 카루이자와 케이의 전화번호였다.

"나야. 전화하게 해서 미안."

몇 번 벨 소리가 울린 후 전화를 받았다.

30분 정도 전에 내가 먼저 전화했는데, 그때 케이가 전화를 받지 않았다. 그 연락이었다.

"괜찮은데, 뭐야?"

"불만이 느껴지는 목소리군."

"딱히. 불만 같은 거 없어. 물어보고 싶은 게 있긴 하지만."

"저번에 불러낸 이후로 아무런 연락도 안 한 것 때문에?"

히요리와 만난 날. 나는 케이를 불러놓고 결국 말할 내용을 하나도 전하지 않았다.

생각나면 다시 연락하겠다고만 말했었다.

그리고 봄방학이 끝나기 직전까지 일부러 연락하지 않았다.

"잘 아네. 뭐야, 골탕 먹인 거야?"

"그 건 말인데, 직접 만나서 얘기하지 않을래?"

나는 그렇게 말하며 말을 끊었다.

"뭐?"

"생각나면 전화하겠다고 말했던 거, 이제 생각났어. 지금 이쪽으로 올 수 있어?"

"정말…… 너무 자기 마음대로야. ……괜찮지만. 이런 시간에 누가 봐도 난 몰라?"

이 시간에는 기숙사를 드나드는 학생도 많다.

케이가 내 방에 찾아오는 모습을 누가 볼 수도 있다.

"상관없어."

나는 신경 쓰지 말고 오라고 말했다.

"알았어. 아, 그리고 나, 7시에 약속 있어서 시간 많이 못 내."

"짧게 끝낼게. 아마 10분 아니면 20분. 그 정도일 거야."

"그럼 문제없지만. 이따 봐."

그렇게 말하고 케이가 전화를 끊었다.

자 그럼── 시작해볼까.

준비는 다 됐다. 나는 방안을 둘러보았다. 평소보다도 깔끔한 실내.

딱 한 번 거울을 쳐다보았다.

진지한 얼굴로 내 모습을 바라보는 거울 속 나를 마주했다가 바로 시선을 돌렸다.

1

케이는 언짢아 보이는 표정으로 내 방에 앉아 있었다.

과연 외출할 일정이 있는지 말쑥한 차림이었다.

"그래서? 무슨 일인데?"

말을 꺼내지 않는 나를 향해 기분 나쁜 시선을 보내왔다.

불러놓고 아무 말도 하지 않을 수는 없다.

"뭐가."

"아니, 뭐가라니? 할 말이 기억났다며?"

"그러고 보니 그런 말을 했던가."

"…………."

"…………."

내가 말을 모호하게 하자, 케이의 눈에 언짢은 빛이 더욱 깊어졌다.

"그래서 뭔데 대체?"

"뭐, 그렇게 서두르지 말라고."

"아까도 말했다시피 7시에 친구랑 케야키 몰에서 밥 먹기로 했어. 난 시간 되면 갈 거야."

"아직 시간 충분히 있잖아, 괜찮아."

"뭔가 이상하달까, 너답지 않게 쓸데없이 말이 많은 거 같은데."

평소와 다른 내 모습에 케이가 불신감을 안기 시작했다.

"……아, 그래. 너에게 토해야 할 불만이 있었지."

계속 기다려도 내가 말을 시작하지 않자 케이가 불평을 털어놓기 시작했다.

"불만이라니?"

케이가 하고 싶은 말이 무엇일지 솔직히 몰랐기 때문에 순순히 되물었다.

"사토가 자꾸 너와 내 관계를 의심하려 들던데."

사토. 최근에는 얽힐 일이 없었지만, 내게 호감을 표했던 같은 반 아이다.

"내가 고백을 거절해서 날 싫어하고 있을 줄 알았는데. 뭐라고 했는데?"

"내가 히라타와 헤어진 게 너랑 사귀기 위해서가 아니냐고. 넌지시 돌려서 그걸 확인하더라."

빙빙 돌려가며 카루이자와한테 그걸 물어봤다는 건가.

"물론 아니라고 했어. 어디까지 믿었을지는 모르겠지만."

"그래? 비슷한 이야기를 나도 들었는데."

"뭐? 뭐야, 비슷한 이야기라니."

"마츠시타가 너랑 내 관계에 대해 의심하더라고. 사귀는 게 아니냐면서."

얼마 전 마츠시타와 나눈 대화를 알려주자 케이의 얼굴이
새파랗게 질렸다.

"뭐? 뭐라고? 거짓말이지? 그거 진짜야? 농담이 아니고?"

나는 고개를 끄덕인 다음 그렇게 된 경위를 설명했다.

마츠시타나 나처럼 실력을 숨기고 있던 타입이라는 것과
관찰력이 뛰어나 나와 케이의 관계를 의심했다는 것. 그리
고 내 실력에 대해서도 의문을 품고 있다는 것 등.

"자, 잠깐만. 이게 다 무슨 소리야."

두통을 느꼈는지, 케이가 이마를 짚었다.

"왠지 아주 안 좋은 방향으로 가고 흘러가고 있는 것 같은
데⋯⋯. 그럼 그 일과 관련해서 뭐가 있는 거야?"

지금 상황을 알고 내 감상을 물었다. 아니, 대책을 요구
했다.

오늘 불러낸 것과도 관련 있으니, 지금은 솔직하게 대답
해줄까.

"그거 말인데, 그냥 내버려 두면 되지 않을까?"

"아니아니, 안 되지! 애당초 우리의 관계라니⋯⋯ 딱히 뭣
도 없잖아!"

"아무것도 없는데 뭐가 있는 것처럼 생각하는 게 싫다는
건가? 만약, 마츠시타가 소문을 퍼트린다고 해도, 좋을 대로
떠들게 내버려 둬도 되지 않아?"

"뭐? 좋을 대로 말하게 내버려 두자니, 말도 안 되는 소리
잖아! 마츠시타한테 당장 말해. 나랑 너는 아무 사이도 아

니라고."

"지금 마츠시타한테 무턱대고 변명해봐야 역효과만 날 텐데?"

"너라면 그 정도는 처음부터 알았을 거 아냐? 왜 애매하게 거짓말을 한 거야?"

"어떻게 말했어도 상황은 달라지지 않았어. 사토는 나와 네 사이를 의심하고 있었잖아? 사토는 마츠시타와 친하니까, 어디선가 사토에게 너와 내 관계가 수상하다는 이야기를 들었을지도 모르지. 아니 이미 듣고 나서 나한테 접근했을 가능성이 커."

오히려 주위 의견을 들은 다음 나에게 접근했다고 생각하는 게 맞겠지.

"……그럴, 지도 모르지만……."

앞으로도 나는 케이와는 만나야 할 날이 반드시 올 거다.

마츠시타의 의혹을 강하게 부정해봐, 우리가 만나는 모습을 다시 보면 의심을 확신으로 바꿀 거다.

오히려 거짓말이라는 걸 알면 주위에 소문을 퍼트릴 수도 있다.

그럴 바에야 미리 우리 편으로 끌어들이는 게 미래를 위한 길이겠지.

그런데 케이가 신경 쓰는 건 그런 부분이 아닌 듯했다.

"하지만…… 내가 히라타와 헤어진 게, 너랑 사귀기 위해서라는 이야기가 만에 하나라도 반에, 학교에 퍼지면 곤란한데……."

"왜?"

"그런 소문이 퍼지면, 내 앞길에 영향이 생길 거라고."

따지듯 불평하며 계속 강하게 주장했다.

"잘 들어. 남자든 여자든, 이성의 그림자가 따라다니면 다른 사람이 다가올 기회가 줄어든다고."

알겠니? 하고 검지를 내 눈앞에 들이밀었다.

"그러니까 새로운 사랑을 시작하는 데에 내가 방해된다는 말인가."

"……그런 거지."

제삼자의 입장이 되어 생각해보면 그 말도 이해가 된다. 스도가 호리키타를 좋아한다는 걸 아는 사람은 호리키타에게 접근하기 어려워진다. 그런 이야기겠지.

"정말로 아는 거 맞니? 그래, 예를 들자면, 이런 거야."

내가 이해하지 못하는 줄 알았는지 케이가 이어서 말을 꺼냈다.

"너도…… 시이나라는 애랑 친하잖아?"

"시이나? 아아, 히요리 말이군."

"히요……."

성이 아닌 이름으로 부르는 사이.

내가 이름을 부르는 사람은 케이를 포함해 하루카와 아이리 등도 있다.

그건 케이도 잘 알고 있으리라.

하지만 다른 반에도 있을 줄은 몰랐던 모양이다.

"물론 친한 편이지. 독서를 좋아하는 취미도 같고. 그게 뭐?"

그렇게 말하자 케이의 안색이 변했다.

"호오…… 같은 취미…… 호오…… 호오……. 난 전혀 몰랐네."

물론 케이와는 전혀 다른 타입이다. 그건 본인도 잘 알고 있을 터.

"그래서?"

"……아니, 그러니까…… 아아, 진짜! 무슨 말 하려고 했는지 까먹었잖아!"

버럭 화낸 케이가 팔짱을 끼고 다른 쪽을 쳐다봤다.

그러더니 잠시 후 숨을 차분하게 고른 다음 생각났다는 듯 이야기를 시작했다.

"그러니까, 나랑 소문이 퍼지면 시이나도 너랑 가깝게 지내기 힘들어질 거란 말이야."

"그렇군. 하긴 그럴지도 모르겠네."

내가 그 사실을 인정하자 케이가 자리에서 일어났다.

"별로 네가 누구랑 친하든 상관없지만."

그렇게 말하고는 뒤돌아섰다.

"미안한데. 이야기…… 다음에 하지 않을래? 케야키 몰에 좀 일찍 가고 싶어. 다른 반 남자애들도 놀러 올지 모르니까 소문을 불식시키기 위해서라도 기합을 넣어야 하고. 너

따위를 상대하고 있을 여유가 없어."

"기합?"

"히라타랑 헤어졌으니까 새로운 남자친구를 찾아야지. 안 돼?"

"안 되진 않지."

"……그렇지? 그러니까 이만 갈게."

좀 너무 짓궂게 굴었나.

나도 자리에서 일어났다. 케이는 현관까지 배웅해주는 줄 알았으리라.

"안 나와도 돼."

나는 강한 어투로 거절하는 케이를 불렀다.

"케이."

"아 정말! 또 뭔데?"

"단순하게, 싫으면 그냥 무시해도 되는 얘긴데."

"하아……."

대답 대신 질렸다는 한숨. 대체 무슨 말을 더할지 경계하고 있다.

"우리, 만날래?"

"어?"

미간을 찌푸리며, 이해가 안 된다는 듯 뒤돌아보았다.

"무얼? 아니, 무슨 일을 또 시키려고?"

내 말을 이해하지 못한 듯 되물었다.

"아니, 나랑 사귈래? 하고 물어보는 거야."

"아니 그러니까―― 무슨 뜻인지…… 모르겠……."

더 이상 아무 말도 필요 없겠지. 내 눈빛을 받아들인 케이의 눈.

가깝지 않은 관계라면 모를까, 우리 둘이라면 눈빛만 마주쳐도 감정 정도는 전해진다.

"잠깐, 어, 흐액? 무, 무슨 농담이야, 그게! 너무 지나친데……?!"

"농담이라면 그렇겠지."

"하, 하지만! 너 방금 시이나인 것처럼 넌지시 말했잖아!"

"그건 농담이야."

"하지만―― 얼마 전에――"

"그건 케이가 질투할지 안 할지 시험해보고 싶어서 그런 거고."

케이를 카페로 불러내 내가 히요리와 있는 모습을 보게 했다.

물론 굳이 그렇게 할 필요는 없었다.

하지만 이건 내가 연애에 서툴다는 걸 보여주기 위한 한 가지 방법이었다.

"이, 이 얘기가 거짓말이면, 진짜 우리 사이는 완전히 끝인 건데…… 거짓 고백이라도 취소한다면, 이게 마지막 기회야……. 그거, 정말 알고 말하는 거지?"

여전히 의심하는 케이는 예스라고도 노라고도 대답할 수 있는 상황이 아니었다.

"물론 농담이 아니야. 대답해줘."

"앗…… 그, 그그그, 그렇게 말해도?!"

"아까도 말했지만, 싫으면 그냥 무시하든 거절하든 원하는 대로 하면 돼."

"무시하겠다고 말한 사람 없거든?! 아, 아니, 어째서!"

"뭐가 어째서인데?"

"그러니까, 나를, 그러니까……. 아니 그리고 왜 하필 오늘이야…….”

앞은 도중에 얼버무렸기에 나도 후자 쪽만 대답해주었다.

"왜 오늘일까. 왜 오늘인지는 설명하기 어렵지만 왜 지금인 이유는 얼마든지 말해줄 수 있어. 네가 다른 사람의 여자친구가 되는 걸 막고 싶단 생각이 들었으니까."

"그러니까── 네가, 나, 나를………… 좋아…………한다……고?"

케이의 질문은 전에 본 적 없을 만큼 강한 감정이 실려 있었다.

이 순간, 혹은 이 직전에 마음을 흔들었고, 그래서 단호하게 대답할 수 있다…… 그렇게 생각하고 있다.

"그래. 난 카루이자와 케이를 좋아해."

인생 일대의 이벤트 중 하나인 고백.

진짜 마음을 전달해야 하는 순간.

나는 케이의 질문에 진심으로 대답했을까?

원래 누군가에게 고백하는 행위는 단순히 좋아하기 때문

이라는 동기가 전부다.

마음에 있는 상대를 나만의 것으로 삼고 싶다는 욕구에서 비롯한 구애 행동.

"대답은?"

내가 던진 공은 이미 케이가 잘 받았다. 이제 대답만 기다릴 뿐이다.

케이는 혼란스러운 머릿속을 열심히 정리했고, 어느새 달아나 있던 시선을 필사적으로 되돌렸다.

"──사, 사귀어 줄……게."

"그 대답은 날 좋아해서라고 받아들여도 될까?"

"그, 그걸 말로 해야 해?!"

당혹스러운 심정도 알겠지만, 확인사항으로 절대 빼놓을 수 없는 부분이다.

그 대답을 기다리면서 비로소 우리 두 사람의 관계에 명확한 변화가 찾아왔다.

"그래, 말해줘."

내가 재촉하자 케이는 놀라면서도 노골적으로 거부하지는 않았다.

"으……."

제삼자가 물어보는 것도 아니고, 계약서에 도장을 찍는 것도 아니다.

우리 둘만이 아는, 우리 둘만의 대화. 우리 둘만이 서로 지켜나갈 약속.

"대답 못 하겠어?"

만약 대답할 수 없다면 어떻게 할지 내가 먼저 제안해야 하는데.

"자, 잠시만. 지금, 지금 빨리 마음을 가다듬어볼 테니까……!"

두 손바닥을 쫙 펼쳐 앞으로 내밀며 서두르지 말고 기다려달라고 했다.

나는 그 모습을 바라보며 조용히 때를 기다리기로 했다.

그리고 수십 초 정도 지나자 결심한 듯 케이가 나를 바라보았다.

"……그야, 뭐? 그게, 뭐랄까……."

결의를 다지기는 했어도, 그래도 말로 내뱉는 데 애먹는 모습이었다.

그 모습을 보고 있자니 묘하게 사랑스러워서 기다리는 시간이 힘들지 않았다.

"너를…… 그러니까, 나는……."

아주 많은 용기를 쥐어 짜내느라 고생하면서도, 눈만은 절대 피하지 않았다.

그것이 케이의 각오를 증명해주는 건지도 모른다.

카루이자와 케이의 강한 부분.

한 번 정해버리고 나면 어떤 상황에서도 그것을 관철하려는 의지.

"조, 좋아……한달……까……."

점점 목소리가 작아지면서 우물우물 고백을 이어갔다.

"나도…… 좋아……하게 됐어……. 분하지만…… 인, 인정할게! 인정한다고!"

왜 그러는지 화를 내면서, 그러면서도 케이는 자신도 같은 마음이라고 말했다.

나는 팔을 뻗어 케이의 두 팔을 부드럽게 붙잡았다.

"자, 잠깐잠깐?! 서, 설마 키스라도 하려고?!"

좋아한다는 말을 할 때보다 훨씬 큰 반응을 보이는 케이.

여기서 키스해도 케이는 싫어하지 않겠지만, 거기까지는 하지 않았다.

"그건 안 해. 아직은."

"아…… 아직은……"

즉, 앞으로는 그런 행위도 생각하고 있다는 것.

그 모습을 상상한 케이는 마치 얼어붙은 듯 굳었다.

나는 그런 케이를 부드럽게 끌어안았다.

이것은 우리 둘의 관계에 큰 진전이 있었다는 증명이기도 하다.

"이 정도는 괜찮겠지?"

"──뭐, 이 정도라면……."

얼굴을 보지 않아도 알 수 있다.

케이는 지금 분명 당황했고 긴장했지만, 한편으로는 기뻐하고 있을 것이다.

미소라고도 뭐라고도 표현할 수 없는 표정을 짓고 있겠지.

"있지, 너 키가 좀 큰 것 같지 않아?"

"그럴지도 모르겠네."

입학 전에 쟀을 때는 176cm였다. 일 년 동안 컸어도 이상하지는 않다.

다른 학생들도 다들 그렇겠지.

사람은 성장하는 동물이니까.

그리고 학습을 좋아하는 생물이기도 하다.

이건 본능.

자전거 타는 법이나 수영하는 법을 익히듯.

젓가락 쥐는 법이나 빨대 빠는 법을 익히듯.

나는 케이를 통해 연애를 학습한다.

지금까지의 인생에서 배우지 못했던 것.

화이트 룸에서 배울 수 없었던 것.

탐구심이 나를 마구 자극한다.

그리고 그 대상이 케이라는 건 또 하나의 중요한 의미가 있다.

이 연애는 카루이자와 케이라는 인간의 성장 과정에 필요한 것이 될 테니까.

앞으로의 일 년을 전망할 때, 나와의 관계가 중요하게 작용할 것이다.

숙주에 기생하며 살아가는 케이인 채로 있어서는 언젠가

망가지기 마련.

그걸 막기 위해서 이 단계는 절대 빠질 수 없다.

나는——
나는 지금, 어떤 표정을 짓고 있을까?
웃고 있을까.
아니면 쑥스러운 얼굴을 하고 있을까.
그것도 아니면 당황한 표정이나 미소를 짓고 있을까.

모르겠다.

지금, 내가 어떤 표정을 짓고 있는지 모르겠다.

——아니.

아니다.
사실은 알고 있다.
내가 지금 어떤 표정을 짓고 있는지.
무엇을 생각하고, 무엇을 하려고 하는지 알고 있다.
사람은 학습하면서 기쁨을 느낀다.
그건 공부든 운동이든 게임이든 마찬가지다.
잘한다는 걸 실감하면 희열을 느낀다.

그건 연애도 마찬가지.

나는 연애도 모르고, 사랑도 모른다.

남녀 관계가 무엇인지 모른다.

끝에 기다리고 있을 수치심이나 쾌락도 모른다.

분명 가까운 미래에 나는 그 하나하나의 답을 알게 되겠지.

하지만 아무것도 달라지지는 않으리라.

그저 학습할 뿐.

그리고 성장해서 앞을 향해 나아간다.

말하자면 케이는 나에게 있어서, 이성이라는 제목으로 된 한 권의 교과서.

그걸 다 읽고 나면—— 그것은 '역할'을 마치게 될 것이다.

그게 아니면——

그렇지 않은 미래가, 기다리고 있을까?

몸에서 떼놓을 수 없는, 무엇과도 바꿀 수 없는 존재가 되어 있지는 않을까?

모르겠다.

그걸 바라는 자신과 불가능하다는 걸 아는 자신이 있다.

부디.

이 순간—— 소중한 사람을 끌어안고 있는 내가 미소 짓고 있기를.

그녀를 소중히 여기기로 맹세한 한 어린 학생이기를.

다정하게 케이를 안으면서, 나는 조용히 기도했다.

안정적으로 4개월 만에 인사드립니다. 여러분의 키누키 누입니다.

레이와(令和) 원년인 2019년, 여러분은 어떻게 보내고 계시는지요. 저는—— 잘 지내고 있습니다.

제 근황부터 말씀드리자면, 어느 주말에 바다 카약(sea kayak)을 한 번 간 것 말고는 쭉 일만 했습니다.

가을 나들이 철이 되면 드라이브 겸 일박 이일로 온천 여행을 가고 싶다고 생각하면서, 지금도 묵묵히 일하고 있습니다. 생각해보면 최근 1~2년 동안은 신사도 가지도 못했네요.

작은 에피소드입니다만, 최근 들어 제가 나이를 먹었다고 느낀 것이 하나 있습니다.

옛날에는 컴퓨터라든지 기계 종류에 강했었는데, 점점 버전이 업그레이드되는 스마트폰 기능을 이제는 따라가지 못하는 자신을 깨달을 때 말입니다. 너무 복잡해서 뭐가 뭔지 모르겠고, 앱도 최소한의 기능 이외에는 제대로 활용도 못하고 있습니다. 그런 자신을 객관적으로 바라보니, 기계에 약하던 어르신들의 모습이 겹쳐졌습니다. 차를 운전할 때도 잘 모르는 버튼이라든가 기능 같은 것도 잔뜩 있고……

아아…… 그런가, 나도 이렇게 해서 도태되어 가는 건가, 하고.

이렇게 한심한 제 이야기는 이쯤 하고……. 네, 이렇게 해서 1학년 편이 마침내 종료되었습니다. 길게 느껴졌는데 막상 끝나니까 찰나 같은 느낌도 드니 참 신기한 일입니다.
주인공인 아야노코지, 그리고 주위 친구들. 이번 권에서는 많은 등장인물 중 일부밖에 등장하지 않지만, 다양한 변화와 성장 등을 확인할 수 있습니다.

그리고 다음 권부터는 드디어 2학년 편이 시작됩니다만 지금까지와 마찬가지로 같은 학년에서의 반 대결은 물론이고, 선후배 그리고 학교 측까지. 사방팔방에서 이루어지는 싸움을 중심으로 이야기가 전개될 예정입니다. 정보량이 늘어서 힘든 부분도 있지만, 부디 끝까지 함께해주세요.
일러스트 쪽도 착착 진행되고 있어서 이미 메인 비주얼, 다음 권 표지 등의 제작이 진행된 상태입니다. 곧 메인 비주얼 쪽이 선행 공개되지 않을까 싶으니 기대해주세요.
그럼 다음 권도, 아니 다음 권부터 또 새롭게 잘 부탁드립니다.

YOUKOSO JITSURYOKUSIJYOUSYUGI NO KYOUSITSU E 11.5
©Syougo Kinugasa 2019
First published in Japan in 2019 by KADOKAWA CORPORATION, Tokyo.
Korean translation rights arranged with KADOKAWA CORPORATION, Tokyo.

어서 오세요 실력지상주의 교실에 11.5

2020년 2월 15일 1판 1쇄 발행
2024년 2월 15일 1판 6쇄 발행

저 자	키누가사 쇼고
일 러 스 트	토모세슌사쿠
옮 긴 이	조민정
발 행 인	유재옥
이 사	조병권
출판본부장	박광운
편 집 1 팀	박광운 최서영
편 집 2 팀	정영길 조찬희 박치우 정지원
편 집 3 팀	오준영 이해빈 이소의
디자인랩팀	김보라 박민솔
디지털사업팀	박상섭 김지연 윤희진
라이츠사업팀	김정미 맹미영 이윤서
영업마케팅팀	최원석 박수진
물 류 팀	허석용 백철기
경영지원팀	최정연
인쇄제작처	㈜코리아피엔피
발 행 처	㈜소미미디어
등 록	제2015-000008호
주 소	서울시 마포구 토정로222, 403호 (신수동, 한국출판콘텐츠센터)
판매 및 마케팅	(070) 8822-2301

ISBN 979-11-6507-277-3 04830
ISBN 979-11-5710-286-0 (세트)